▲2016年里约奥运会，感受巴西人对体育的热爱

◀2018年7月，法国里尔的球迷们庆祝法国队夺得世界杯足球赛冠军

▶2018年7月，车迷们在比利牛斯山观看环法自行车赛

◀2018年环法自行车赛的车手们

▶2018年环法自行车赛的车手们

◀2021年10月，北京冬奥会火种采集仪式在希腊奥林匹亚举行

▶2021年10月，北京冬奥会火种交接仪式在希腊雅典 大理石体育场进行

◀吉祥物"冰墩墩"在北京冬奥会上最受欢迎

▶2022年2月，媒体记者们在首都体育馆拍摄北京冬奥会花样滑冰比赛

▲近距离观战2021年东京奥运会皮划艇静水

▲在新国立竞技场的媒体看台观看东京奥运会田径比赛

▲2010年温哥华冬奥会，人们热衷于交换徽章

▲2004年环青海湖自行车赛，车手们在高原上疾驰

天地一沙鸥

一沙鸥

张婷婷 著

一个体育新闻编导
的随笔

中国广播影视出版社

目录

　　　　体育带给我快乐、幸福和满足感。兴奋之余，我时常
感谢这份工作赋予的机遇和荣誉，给了我欣赏高水平竞技
体育的机会以及奔走于中国和世界各地的经历。

第一章　一个体育迷的追求

　　　　第一次"现场"观摩《体育新闻》的直播，我的内心
充满憧憬和欣喜。后来发现，记者们飞奔赶新闻、编导们
播前紧张繁忙乃是家常便饭。这一刻起，我真正踏入媒体
从业者的行列。

第二章　车轮滚滚

第三章　赛场纪实

第四章　奥运纪事

第五章 足球情结

第六章 看体坛"群英会"

第七章　乐在其中的报道随想

第八章　与体育相伴

IL DIVO，中文翻译成"美声绅士"，是四名来自欧美、风格各异的年轻歌唱家的组合。他们演唱了2006年德国世界杯主题歌Time of Our Lives（《生命之巅》）。

2020年的疫情导致全球体育停摆，欧洲杯、奥运会被推迟一年。经历休赛期"重燃战火"后，各项赛事慢慢恢复，即使没有助威呐喊声，体育人也向世界传递了信号——体育都在！这个特殊时期，体育成了全人类重要的精神必需品。

疫情改变世界，也改变了所有人习以为常的生活和工作模式。我们唯一能做的就是活在当下，生活永远不可能像想象的那么好，也不可能那么糟，它所有的馈赠都是一生中弥足珍贵的财富。

热爱应该是一种能力

央视体育　张斌

　　张婷婷，我多年的同事，央视《体育新闻》的铁杆主力编辑，新闻播出一线历练日久，编辑系统前一坐便是二十载，稳如拜仁之于德甲吧。在屏幕上，她的名字会和同事们一道在节目末尾有如跑马灯一般匆匆而过，常在机房与其相遇，总是一副脚下匆匆，被新闻赶着向前的姿态。

　　平日里，张婷婷常向我的微信中投放有趣的体育故事与掌故，微博中的边边角角好像尽在她的视野中，百余字的故事线索交到我手里后，下面的期待便是我能将其延展纵深为一篇专栏文章，让更多的体育迷享用。我很少在微博世界里呼吸，因此每当看到张婷婷转发的资讯，总会发自内心地感佩体育资讯达人遍天下，一个全民架构体育资讯传播场景的时代其实早就到来了，多元有趣早已胜过往昔。

今年，张婷婷告诉我她要出本书，算是二十年职业生涯手记，书稿飞进邮箱，单从标题看，便已足够丰富了，能以厚重的书籍存留职业记忆，我是相当羡慕的，面对各自职业生涯中点点滴滴，重新回看并形成文字，那是需要巨大韧性和足够心力才能完成的。我是断然无法完成的，张婷婷显然更是有心人，其分享的不仅是二十年职业历程，更是一位资深体育编辑独特的体育观。

我入门体育传播的第一个角色便是体育新闻编辑，30多年前作为实习生迈进了心中仰视已久的央视大楼，在那个体育新闻栏目第一代同事们都再熟悉不过的6937小屋中打开了一个斑斓的世界，尽管那个小屋不足20平方米，紧邻演播室，没有窗户，门外不远处便是武警岗哨。6937，是一部电话分机的号码，当年长期联通着央视体育的新闻流动渠道，大家以此命名自己的阵地所在，在一天仅仅是5分钟体育新闻播出的年代里，那间小屋整洁安静，似乎可装下我们所有的痴狂梦想和所有家当。那是一个古典体育新闻高歌猛进的年代，年轻人群体所做的每一个张狂之举都会将自己带到行业发展的最前沿，一份份小小的努力，都能在辽阔的事业版图上留下浅浅的印记。相比较于当下的蓬勃科技，当年的体育新闻操作尚属石器时代，手写稿件、传真往来、笨重的磁带，但总有一团火焰在胸中，总有一种探险的冲动，总要一次次去探寻能力的边界和表达的极限。

张婷婷应该是未曾有过6937的经历，她是新世纪之后才迈进央视大楼的，体育新闻早已度过了蒸汽机时代，互联网悄然笼罩世界，加速改变一切，体育新闻的各档播出固化着某种信息传播的节奏和路径，定时约定和线性传播依旧是主流模式。因此也才有了主播梁毅苗虽常年在午间《体坛快讯》中磨砺，但深得大学生群体钟爱，那是因为中午12点从教室奔到食堂，看着墙上毅苗姐姐的播报，吃着碗里的小炒，那是一位大学男生真实的每天的日子。毅苗姐姐收到的观众热情来信大半以上来自校园，足可以麻袋计的。

如今的体育新闻业态翻天覆地，随时随地，随看随评，所谓的去中心化式传播业态气势汹汹，立身于如此的发展时代，一个一线编辑的感受要比我这个逐渐变为观众的从业者更为真切些，因为他们要面对每天极为细碎的信息，要考量表达的方式与边界，还要在不再有独家新闻的情境里找寻总还可以自傲的某种独特。

做体育新闻，也是一门手艺，出徒最快可以是完整的一个自然年，这一年间你要经历所有赛事从你身边隆隆而过，你要远隔万里去闻每一个赛事的独特气息，你要将自己放置在一个最恰切的环节之上，随着体系的节奏稳定循环。直到新的一年来临之际，你会发现此后自己遇到的每一年都仿佛是旧友重逢，那些可预知的新闻好似钟摆一般准时发生，你的职责就是让更多人精准获得。

做好体育新闻，需要一个独特的内核，对体育资讯和场景的持续需要，这种持续最好是一生。读张婷婷的自序和每篇手记，你可以真切感知到最打动她的人和事之外，记忆痕迹最鲜明的便是无数个真实体育场景，时时能置身其中那便是幸福。当年我们从6937小屋迈向无垠世界的冲动也是如此，那些分布在时间轴线上的大赛坐标甚至可以帮助我们规划人生。原来，珍爱体育，坐稳岗位，最终也是要跑遍这世界的。

热爱，这个词很好用，随处可见，众人体悟不同，有人原生热爱，有人后天习得，但无论怎样，热爱之于职业该是扎实的基本面吧，甚至可能是一种核心能力，一种持续的能量和美好心智。张婷婷便是拥有这种能力的人，每日即使不在岗位之上，也将自己沉浸在体育的情境之中，感悟着，滋养着。祝贺她的这本小书问世，同道者会知其价值所在，希望她继续以热爱作为能力持续向前，我也随时等待她用各种体育故事投入我的微信，帮我看到更多。

写在前面的话

体育之神奇在于特别容易让人感叹年华老去却又不觉伤感。每当打开回忆的闸门，所有经历的过往就如同潮水般喷薄而出，一泻千里，涌向幸福的彼岸。

从小时候听长辈们讲容国团的故事，到听广播知道中国女排成了世界冠军，从电视机前见证北京申奥成功和国足第一次进军世界杯，到细数足球带给我无数个愉悦又伤感、悲情又狂喜的清晨，我生命中有四分之三的时光都是在体育的浸染中度过的。不必问"时间都去哪儿了"，都在与体育相伴的日子里相同又不同地重复着。

刚走出校园的我曾不止一次想过，如果能从事与足球和体育有关的工作，那该是多么幸福的人生。2002年一次偶然的机缘巧合，让我实现了自己的梦想。我经过几轮考试，走进CCTV5《体育新闻》编辑组，成为一位体育媒体人。起初的经历并不平坦，从球迷到电视体育新闻编导，呈现在我眼前的不仅是外部环境的改变，更有大量新闻行业、体育范畴内的知识亟待去学习和认识，以及提高面对一切突发状况的应答和解决能力。简言之，隔行如隔山，开启一个全新的世界必将伴随从头到脚的更新换代、辞旧迎新。

好在这个过程不算长，我推开这扇门，打开了一个宽广丰富、绚丽多彩的体育世界。我参与过奥运会、亚运会、全运会、世界杯、欧洲杯、网球大满贯，以及数都没数过的、大大小小的体育赛事报道。几十个证件就像军功章，每一个背后都有属于它的故事。我有幸带着自己的独特视角编辑心仪的比赛，抒发对球员、球队的仰慕之情；有幸在赛场边看着无数强者披荆斩棘和一个个世界纪录的诞生；有幸报道像环法自行车赛这样闻名遐迩的赛事，并和法国球迷一道见证他们国家足球队再夺世界杯冠军的辉煌；也有幸作为一名东道主媒体人，看着北京2008年夏奥会和2022年冬奥会的圣火在鸟巢点燃，让世界彻底刷新对中国、中国人和中国文化的全新认知。

2016年里约奥运会上，我现场观看中国跳水运动员陈艾森摘取男子10米跳台金牌的全过程，还借了一位华侨姑娘的国旗在赛场拍照。升国旗奏国歌的瞬间，滚滚热浪顿时在胸中奔涌澎湃，那种感觉难以名状，却刻骨铭心。著名教育家马约翰说过："体育是培养健全人格的最好工具。"而体育带给我更多的是快乐、幸福和满足感。所以，兴奋之余我时常心怀感激，感谢这份工作赋予的机遇和荣誉，给了我欣赏高水平竞技体育的机会以及奔走于中国和世界各地的经历。

与体育结缘还让我无数次为运动员们超越自我和突破极限的精神所感动，为他们不断追求"更高、更快、更强"的经典时刻泪目。南非前总统曼德拉有过这样一句名言："体育能在唯存绝望的地方创造希望。"当腿伤让阿赫瓦里步履艰难时，代表祖国完成比赛就是他的希望；当年逾40岁的丘索维京娜一次次站上赛场时，尽一个母亲的责任是支撑她的希望；当菲格罗亚冒着瘫痪的危险，第四次角逐奥运并摘金时，当布拉德伯里经历数不清的伤病，最终圆梦冬奥会，成为"唯一一个站着冲过终点的人"时，是体育给了他们坚持的希望。假如把一场比赛的起落沉浮比作跌宕的人生旅程，那每一个选择坚持的人都值得敬仰。

除了幸福和感动，我眼中的体育还是温暖和多彩的。作为足球迷，我时常把"赛季"当成衡量时间的标尺，年复一年，只是岁岁年年人不同。然而这一切在2020年春节后戛然而止：因为疫情，全球体育停摆，我们都见证了这段历史。复赛后的中超开幕式上，各队队长和参加揭幕战的队员们集体列队欢迎武汉卓尔队登场，"春归武汉，夏启新橙，感恩手足同胞，致敬抗疫英雄！"这是武汉队和武汉这座城市对全体中国人民发出的由衷感谢。我还听到一个故事：一位妻子这样形容自己的球迷丈夫——原先只听他要么叫好，要么哀叹，但赛事重启后看到热爱的球队登场比赛时，这位男士却流泪了。瞬间，我觉得这一幕真的好美，美到似乎所有的体育比赛都有了温度和色彩。虽然短期内仍然无法恢复到从前，但至少给了人们目标和希望，还有更多的精神食粮。

体育是人类文明进步的宝贵财富，能尽自己所能把体育的力量、美感、文化和精神传播出去是体育媒体人的职责。从这个意义上讲，这份职业让我深感骄傲、自豪和幸运，每当翻看报道比赛时记录的文字和照片，那些美好的过往就如同过电影一样，一幕幕从脑海中穿行而过；另一方面，我也时常感到焦虑不安，甚至如坐针毡。职业意味着责任和坚守，我会为寻找一个镜头耗尽心力，会为发现一些珍贵的素材兴奋不已，会为编辑出一个自己满意的节目暗自高兴，也会为出过的错误深深懊悔。然而，正是这些或苦或甜、或咸或淡的经历贯穿着我的"职业生涯"，让它变得丰富、丰厚、丰满。

与体育相伴的这几十年被我视作人生最幸福的时光，我不断思考和记录，在因为疫情不得不暂缓下来的日子里，我将自己的工作随笔整理成册，这里有我身处不同国家和城市报道比赛的独特见闻，有我参与奥运会、亚运会和世界杯等大型赛事的工作体会，有我编辑热爱的足球、网球、篮球、游泳、田径和冰雪等项目的心得感悟，也有我对电视编辑手法和技巧的探讨与思考，随想随写，有归纳也有总结。我期待就像同自己的心灵对话一样，让曾经的那个我给未来的我多一份鼓励和指引。我更希望通过记录，将自己对体育的这份热情永久延续下去。

我感谢体育，它给我的人生带来快乐，让我的生活更加充实；我热爱体育，它让我或念过往，或惧将来，却不困眼前，不负时光。

第一章

Chapter 1

一个体育迷的追求

1 当体育让生命无限精彩

"那是无法抗拒的气息，当所有情结汇聚；那是无处不在的默契，当每刻在心底涌起；给彼此奉上期待，给每刻绘出欢快……"还有人记得这个曾经在CCTV5播过的体育宣传片吗？虽然那时它看上去很平常，却让我心潮澎湃，心驰神往，我期待自己有朝一日也能成为一个体育媒体人，用独特的视角参与体育报道，而不仅仅是一个旁观者。

2002年10月底，经过几轮考试的我和十几个小伙伴一道，进入中央电视台复兴路办公区，位于22楼的体育频道是大家共同的目的地，身份都是实习生。记得当时制片人有话在先：实习期3个月，之后留下8个人。老实说，相比我的足球和奥运知识的积累，《体育新闻》所覆盖的内容和范围要大得多，但我后来深切体会到，在体育这个大范畴内，对任何项目的兴趣都是可以培养的，换言之，身在体育媒体，完全有机会让自己对其他项目从了解到熟悉，再到热爱。

实习期第一个月，我被分到新闻部采访组，指导我的是一位报道重竞技的专项记者，他科班出身，当过语文老师，拍片角度独特，写稿风趣幽默，既有专业的评述，又擅长充满京味儿的调侃。我第一次去体育总局训练局就是跟他去采访备战世锦赛的国家举重队。初到那里，我像刘姥姥逛大观园一样，对一切事情都充满了好奇心和求知欲，当我亲眼见到那些熟悉的运动员和教练员时，既激动又不敢过于显露，于是默默听其言、观其行，心里慢慢体会和学习。

这段时间我的工作就像"跑龙套"，跟着各路记者拍新闻，采访对象中最大的"腕儿"就是当时刚刚担任国家体育总局乒羽中心副主任的蔡振华。见我们登门拜访，他有点儿为难，怕CCTV5一报道，其他媒体蜂拥而至，又担心有的媒体不负责，捕风捉影地说出一些不实消息，造成不好的影响。不过在我们"软磨硬泡"下，他还是答应了。蔡振华的办公桌上放着一本《中国通史》。他口才不错，谈吐务实，也没什么架子，采访很成功。

我第一次独立完成采访任务是报道中国体育代表团吉祥物评选揭晓仪式。临行前我很兴奋，认真做了一些准备，到了总局才知道，金奖空缺，我之前想好的思路统统要改。三个银奖得主中有个中学生，于是我就采访了这个小姑娘，她将自己的创作思路讲述得生动、有趣又新奇，特别符合这个年龄段青少年的想法，这段采访给那天的新闻增色不少。我还去过中国残联，采访国际残奥委会主席克莱文一行访华，那是我第一次见到这位坐着轮椅的老先生，在后来的2008年北京残奥会闭幕式上，克莱文发自肺腑地说"谢谢香港，谢谢青岛，谢谢北京，谢谢中国"，我听着既亲切又感动。

让我真正体会到记者"赶新闻"是报道那年冬天在地坛体育馆进行的国际警察搏击大赛。比赛在每天下午和晚上进行，下午的场次结束时大概距离《体育新闻》开播不到一个小时，为节省时间确保路上不堵车，我那几天坐地铁往返于场馆和电视台之间，还在地铁里赶稿子。派我来报道这次搏击大赛，一来是为赶新闻，二来是因为专项记者学的是俄语，我需要协助采访更多能讲英语的选手、教练或官员，我也第一次发现了拍新闻的乐趣，比如，匈牙利队的领队说他们刚从少林寺回来，期待能借到一些好运气，他还介绍说全队都是职业警察，他本人在匈牙利警察署工作。

短短一个多月时间，我大致感受到记者的工作流程和紧张节奏。虽然没有一个是我熟悉的项目，但我"笨鸟先飞"，期待"勤能补拙"，将难题一个个攻克。

此外，除了适应和熟悉节目形式和内容外，对新人而言，另一项必备的技能就是使用编辑机。那时候制作节目用的是一种叫作"对编机"的设备，素材带和编辑带分别放在两个机器卡槽里，先在编辑带上打点，然后在素材带上选好的镜头处也打点，按下红色按钮，选好的部分就被复制到编辑带上了。编辑一条新闻，需要这样往复几十次，对编机发出"咔嗒咔嗒"的声音，机房也充满了严密的机械感，还有监视器里的横斜纹，以及时不时出现的马赛克……在我记忆中，编辑设备是在2006年彻底"鸟枪换炮"的。技术升级带来了手段的革新，剪辑节目开始向电脑数字化进阶，再也不用像过去那样，为了找一个镜头，可能需要抱着一堆素材带编新闻。当然，现在那种机器和磁带剪辑的机械操控感已经很难找到了。在结束采访组的实习后，我换到新闻编辑组体验另一种工作。

应该说编辑组的工作更接近我最初的想象。笼统地讲，编辑——我们后来习惯叫编导，是负责整档新闻节目的播出。除了梳理记者采访拍摄的新闻之外，每天都会有大量国际体育赛事消息需要编辑完成，比如欧美足球联赛、NBA、网球、F1等。

我到编辑组第一天做的节目是皇家马德里队与国际明星队的友谊赛，随后几天，还有各国联赛和各类足球消息。作为编导，平时要涉及的内容非常庞杂，几乎所有体育项目都要有所了解。我在之后相当长的一段时间内都在不断努力扩充知识，保持干劲，寻找方法，理顺流程，让自己适应新闻多变的节奏和培养处理突发事件的能力。

那时的我从没想过自己能否通过三个月的实习期，只是觉得不管未来结果如何，当下都要尽情体验。我的心态很简单——成功固然好，但失败也没失去什么。所以我无论笔试或面试，状态都非常放松。因为我热爱体育，我想要在自己可以无所顾忌拼一把的年龄去做一次大胆尝试。

第一次"现场"观摩《体育新闻》的直播，我的内心充满憧憬和欣喜。老编辑们在身边忙忙碌碌，我低头看看自己的脚，心里盘算是不是站错了地方。后来发现，记者们飞奔赶新闻、编导们播前紧张繁忙乃是家常便饭。第一次看直播那天，我彻底和过去那个纯粹的、只是一个观众角色的我告别，这一刻起，我不再是旁观者，而是踏入了媒体从业者的行列。尽管当时还是个"菜鸟"，不时感叹台里的自助餐好，甚至走路时眼睛都忍不住去追逐各路名人的我，在进入体育新闻这个行业后，就给自己加足了马力，一路狂奔。我用一星期的时间看完了"躺"在大办公桌上的《体育大辞典》，这里海量且丰厚的知识也让我体会到解说老师们的种种不易。在以后的日子里，我尽量每天爬一次22楼，让自己"不要过得太舒服"。我每次看完新闻都会做笔记，划重点，学习老编辑们的表述方式和语言文字，这些方法在一定程度上也帮助我快速进步。

这一年，与体育相伴成了我的职业。回到开篇那个宣传片，最后两句话说到了我心里："当我们刹那相望，生命就会舞动节拍。当希望守在身旁，生命就会无限精彩！"

这一年，我成了一名体育媒体人，我曾为自己的这份勇气沾沾自喜，然而更大的考验和挑战还在后面，2002年，我只是迈出了一小步。

2 给挫折一个微笑

2003年春天，我正式成为体育新闻编辑组的一员，上班最直观的感受就是"赶"：赶稿子、赶剪辑、赶播出，总之，就是要跟时间赛跑。一位老编辑曾这样形容：播出是第一，你新闻做出花来，赶不上播出就全白搭。多年以后，我也把同样的话讲给"后浪们"听。每次说到这儿，都禁不住想起自己那段曲折又充满挑战的日子。

电视直播是个既考验编辑能力，又磨炼心理抗压能力的工作。那时候，在每天的《体育新闻》结束后，我还要为晚上的《体育世界》编辑一组简明新闻，虽说篇幅不长，但并不简单。这需要我筛选每天的新闻，重新写稿和编画面，配音后还要包装，流程看似不复杂，但整套程序需要合理地安排时间，否则工作积压到最后就会使人抓狂。有一次，我没来得及包装，制片人第二天详细询问了整个经过，善意地批评我没有理顺流程。这组简明新闻一般会被放在《体育世界》最后播出，一来它本身的性质就是"速览"，二来还具有调节时长的功能，也就是说，如果前面的内容超时，简明新闻可能播不全，甚至一条都播不出去。3月底的一天，我精心编辑了以欧洲足球为主的简明新闻，但直播时临时加了一条4分钟的节目，导致我的工作"付诸东流"，但我完全能理解，因为很多突发情况是无法预知的，像这样的事情后来也屡见不鲜，所以"小编们"的心理素质极为重要。

当然，心理抗压能力的增强与学习新知、增长经验是同步前行的，而其中遭遇的坎坷和不顺往往会伴随很久，让我不断地深思和反省。新闻直播中，编导们必须具备很多实战技能，比如放播出带和上字幕。就在我刚学会上字幕时，在一次直播中我没能将人名字幕与模板合成，导致出现在屏幕上的人名字幕是一个空白条，演播室顿时哗然，我虽然迅速反应过来，及时调整了字幕格式，但刚才出现的瑕疵已经无可挽回，这个过程也给我心里留下了深深的烙印。

后来我发现，直播中的确有不少出错的可能性，比如报错比分、打错字幕、搞错日期和数据。制片人常说，你编辑的每一个节目都要力求精益求精，不允许出差错，因为播出去就不代表你个人了，而是整个CCTV5。我还听说曾有位编导，在播出前半小时就开始紧张，还有位导播，直播时直接晕倒。我后来的法宝类似电视剧《士兵突击》里吴哲的那句名言——"平常心、平常心"，事后再宽慰自己说："你看，还是比想象中容易吧，所以没什么解决不了的问题。"

能成为一名体育新闻编导让我无比骄傲，我也始终坚信把兴趣变成工作乃人生一大幸事。但后来有了不同的感受，比如之前看足球是单纯作为球迷去享受比赛，如今看比赛多半是带着任务，要考虑这个镜头怎么处理，这段过程如何描述等。这种不同角色的转换让我有点茫然甚至充满矛盾。一位资深媒体人也有过类似的感受，他说："我虽然热爱，但不愿意成为一个专职足球评论员，如果热爱变成工作或职业，我害怕自己会失去那份执着和狂热……"好在这个问题我很快就想通了，体育新闻编导这个职业，首要工作可不是去纯粹欣赏体育，而是无差错地按时制作节目，我对体育本身的热爱和积累也必须首先为新闻直播服务，兴趣固然是最好的老师，但更要踏实、细心和客观，还要不断积累和磨炼。当时的我处在由兴趣到职业的"转型期"，我常常告诫自己"不以物喜，不以己悲"，始终对事业抱有一往无前的追求和百折不挠的雄心。

现在回想起来，在2003年那个初春，面对新的环境、新的工作内容和新的生活节奏，我过得有点儿难。直到路边玉兰花开，成排嫩柳开始摇摆，我似乎都没有好心情去享受春光的温暖和煦。进入编辑组的第一个月，我从稿子编排不合理被批评，辛苦做完节目却被拿下，从上字幕时的紧张到在电视屏幕上第一次看到自己的名字，这种辛苦与成就感并存的感觉难以言表，也从内心感悟到电视"小白"成长的苦衷……这些经历都是对我的打磨和考验，累积起来就是一笔不可多得的财富。

春末夏初，全国人民抗击"非典"疫情取得胜利，我的工作也苦尽甘来，逐渐开始接受更重要的任务。那年5月的世乒赛，我成为专职编导之一，每天忙完《体育新闻》还要报送给《新闻联播》，我忽然觉得自己在编辑组有立足之地了。再后来，工作越来越顺，日复一日，周而复始。我不断有出差任务，参与大大小小的各类体育赛事，从白班到夜班，黑白颠倒，乐此不疲；我经历了更多直播中的突发事件，见识了各类体育赛场内外的奇闻逸事，以及主播和编导们让人忍俊不禁的差错；我编辑的新闻得过奖，也曾被上级领导要求"修正"。工作对我来说越来越像一个大大的"舒适圈"，舒适得让我忐忑，让我禁不住想自己还能再做点儿什么。

日子飞快，一晃就是20年，我"舒适"中唯一没忘的就是记录，记录自己的喜悦、兴奋以及矛盾、无奈和迷茫，这个过程中，我被助推着前行，也被生活挤压，说不上成功也不算失意。好在我看中的是"过程"两个字，在无聊的时候，想想经历的过往，心里就会多一点儿自嘲、自省，多一份从容淡定。当时日渐远，回望走过的路，我发现曾经的困惑、畏惧和焦虑都成了生命里一块跳板，让我微笑面对成长。

第二章

Chapter 2

车轮滚滚

1 在那遥远的地方

当得知我被派去报道环青海湖自行车赛时，第一反应就是兴奋，毕竟无边际的蓝天、白云、高山、湖水、草原，还有成群的牛羊……这份简单、纯净和神奇已经离我们越来越遥远。青海湖，这个中学地理课本中的名词，突然变得触手可及。当时，我刚刚成为体育编导还不到两年，这也是我第一次出远门报道一项大型赛事，无论成功与否，都有重要的意义。

整理行囊的过程是快乐的，我像准备出门旅行一样，查阅大量关于青海湖风土人情的信息，虽说出差和旅行有本质不同，但爱玩的天性让我无法拒绝这份诱惑。

第1赛段：7月17日 西宁绕圈赛

我们乘坐上午11点半的航班从北京首都国际机场起飞，快要降落西宁时，一场突如其来的暴雨让飞机迫降兰州，在机场候机厅闲逛，突然想起这座城市有久负盛名的拉面。

50分钟后，我们从兰州起飞，快到西宁时从舷窗往外看，飞机的肚子几乎擦着山顶慢慢降落，看着一座座大山被我们甩在身后，我的每一个细胞都禁不住欢呼雀跃。走下飞机，只见群山起伏绵延，一望无际。

飞机晚点让前来接机的人半途而归，好在我们碰上八一军体大队一位政委，就搭他的车前往赛场。

2004年的环青海湖国际公路自行车赛已经是亚洲级别最高的公路赛事了，级别由前一年的2.5级升至2.3级，这意味着参赛选手实力的提高和竞争的激烈。

第1赛段是城市绕圈赛，来自美国纳威卡托保险车队的白俄罗斯选手莱普英斯基摘得本赛段冠军，还穿上黄色领骑衫，这时候他还是一脸骄傲，没想到三天后就随着我的一次采访"销声匿迹"了。

我们下榻在位于西宁市西边的夏都影视港，简单收拾行李，大伙前往一家名叫"雅君东乡手抓肉"的餐馆吃饭。本次环湖赛上，组委会特意组织了一支摩托车队为摄影记者们开车，供他们沿途拍照，这家店铺的老板赵雅君是车队负责人，或许是手艺精良，店铺格外吸引外地游客和到西宁参加活动的媒体人。一楼大厅里挂着雅君老板与黄健翔、白燕升、鲁健等人的合影，老板的热情、细致、周到很让我感动，回想起来，尽管这顿饭不算是本次环湖赛上最丰盛的，但吃得最尽兴。

西宁市中心繁华喧闹，城区里有许多正在修建的高楼，这无一不是"西部大开发"政策带来的利好，所以，西宁给我最初的印象就是一座"正在崛起的城市"。广场大屏幕里正在播放亚洲杯揭幕战：中国对巴林。回到宾馆，我们就如何报道本届环湖赛开了个短会，这次行程安排是"打一枪换一个地方"，我们每天的任务就是跟车跑、编新闻、做专题，或许对比赛还没有直观的感觉，反馈到我脑子里仍是云山雾罩，莫名的压力慢慢袭来，夹杂着些许新鲜的感觉，那一晚我没休息好，第二天高原反应就来了。

第2赛段：7月18日 西宁至西海镇

第2赛段182公里，是全部9个赛段中最长的。清早从西宁出发时我兴奋不已，因为能一睹沿途的美景，也能亲身体验报道比赛的乐趣。

车队在驶离西宁后上了高速，两旁的景观让我惊讶：绿色的高山，金黄色的油菜花，偶尔穿梭在山间身着艳丽服饰的人们，还有农田里的牛羊，一切都美得洁净，美得清澈，不带有任何雕刻过的痕迹。我们在山谷和隧道中穿行，除了车载台播报的赛况外，几乎感受不到这是一场竞赛。

按规定，记者的车在超越车手和队车时必须格外小心，在一个爬坡路段，选手们分成几个方阵，我们将他们一个个甩在后面。超过第一集团时，我看到远处祁连山上的雪。这时候，天上乌云开始增多，先下起雨，又变成冰雹，高原的天气变幻莫测，20分钟后，我们进入日月山区，天空拨云见日，太阳又出来了。

日月山和唐代文成公主进藏有关。据说当年文成公主拿着唐王赠送的宝镜来到这里，从宝镜中，她能看到家乡的繁荣昌盛，但想到自己肩负的让藏汉两族共同繁盛的使命，文成公主毅然将宝镜抛到山下，宝镜碎裂之处形成了两座亭子：日亭和月亭，这里也被叫作日月山。

长途跋涉中，车手要解决的问题有很多：比赛、吃喝、上厕所，我们也一样，只是漫漫旅程长了，很多繁文缛节都不得不简化。当开车行驶在真正的蛮荒之地，几乎找不到一点人为痕迹时，就成了"解决问题"的地方。相比男士们背过身就OK时，我必须"翻山越岭"，或在没人的墙脚旮旯，或在茂密的庄稼丛中。在这之后，我每天出发前都会做好周到的准备，途中尽量不喝水，以免危急关头有麻烦。

距离终点还有20多公里时，青海湖出现在我们面前，尽管此时的湖水只是一条细细的蓝线，但我已经能感受到她的温情了。

赛段终点西海镇是我们此行下榻的海拔最高的地方，在拎着机器架子又走了一段路后，我明显感觉到心跳开始加速。

这一赛段中国车手王国章穿上了象征亚洲最佳的蓝衫，这是他本届环湖赛第一次、也是唯一一次登上领奖台。组委会设立"亚洲最佳"这个奖项为的就是鼓励中国和中国香港车手，因为王国章和中国香港名将黄金宝都曾在前两届环湖赛上穿过黄色领骑衫，有着很高的人气。但随着赛事的升级和参赛选手水平的提高，登上领奖台也变得难上加难了。

地处西部，天黑得晚，8点多钟，依然天光大亮，9点半才能全黑。那一晚我头疼得厉害，感觉脚下的地都在浮动。其实，许多人都有不同程度的高原反应，包括参赛队员，特别是那些来自菲律宾和荷兰等低海拔国家的选手。

当晚，我把头埋在枕头里，睡了几天中最沉、最美的一觉。

第3赛段：7月19日 西海镇到鸟岛

一宿过后神清气爽，我仿佛被打了一针强心剂，空了一夜的胃也舒服了许多。用过早餐，暖暖的阳光照在身上，这里仿佛不是夏天而是初秋时节了。

西海镇往西20公里就是金银滩，据说，著名音乐家王洛宾创作的《在那遥远的地方》中，那位美丽可爱的姑娘当年就住在这里，几十年光阴沧海桑田，如今还能依稀想象出当年草丰水美的景象，音乐家的传说早已伴着歌声随风而去，这里也成了著名旅游区，我们和车队一路经过时，悠扬的旋律在耳畔回荡。

和昨天爬山不同，本赛段道路两旁都是平坦辽阔的草原，成群的牛羊就像歌中唱的那样，有如珍珠撒在草原上。曾经，我是那样向往草原的美丽宽广，想象自己信马由缰地驰骋或赶着牛羊的情景，想象有蓝天碧水映衬的感觉是何等多情浪漫，但对世代生活在这里的人们来说，最需要克服的恐怕就是长久的寂寞与孤单了。

司机小谢说前面不远处叫"靶场"，是1964年第一次核试验的前期试验基地，我们决定绕道去看看。基地是座很小的房子，房顶用种植的草覆盖，避免敌机监视，屋里空间狭小又黑暗，蜡人蜡像做得十分逼真。

继续上路后，车载台不断传来坏消息：某某队员出现严重高原反应，宣布退赛，最可怜的要数菲律宾队，本赛段出发前，他们6人中有5人宣布退出，这意味着菲律宾队也是第一支退出团体赛争夺的车队。

行进中，大部队逐渐分成若干个小集团，尽管彼此间隔都不长，但一点小小的差异恐怕就会造成最终的差距。

赛段冠军是来自意大利迪纳尔迪车队的西蒙尼，这位车手外形酷似意大利足球明星托蒂，尽管他的英语水平不怎么好，但面对话筒，他的表演欲倒十分强烈。他说这是自己第一次来中国参赛，因为还在学校读书时，就从书本里知道青海湖的美丽，于是慕名前来，他的谈话时而英语，时而意大利语，时而法语，弄得我们一会儿明白一会儿又不明白，稀里糊涂地听，最后他说"你满意吗"，我倒是为他的执着和热情而满意。

我们住在布哈河边的海兴宾馆，据老记者介绍，相比一年前，这里如今有电源，有独立房间，我们不用住老乡家里，不用在商店里编新闻了。

晚上8点多，太阳还趴在山顶上不肯下去，留给夕阳中的鸟岛一缕阳光，我和摄像沿着布哈河边散步，典型的内陆气候让这里昼夜温差很大，夜色降临，天上的星星似乎也比城里多，繁星点点，像撒了一大把碎钻石在天上，远处的藏包里传来熟悉的歌声，悠远、纯净又美好。

第4赛段：7月20日 鸟岛到青海湖宾馆

从地图上看，鸟岛到青海湖宾馆这一赛段已经属于青藏高原了，这也是我继2001年9月云南行之后再一次走进青藏高原，尽管两次都在它的边缘，海拔不高，但有这样的经历，等回到北京，自然成了吹嘘的资本。

本赛段路途短，3260米的平均海拔却是9个赛段中最高的。骑了不到30公里，还没到第一个爬坡点，菲律宾队仅存的那名队员就支撑不住，选择退赛，这样，可怜的菲律宾队就"全军覆没"了。

一路上，青海湖碧蓝的湖水在我们身旁荡漾。青海湖，蒙古语称"库古诺尔"，藏语称"错温波"，意为"蓝色的海洋"，汉代人把它叫"仙海"，北魏以后才更名为"青海"。我不知该如何贴切地形容青海湖的美丽，那种浩淼无垠的蓝色，在高原阳光的映衬下，显得纯净、脱俗，远离人间烟火，耐得住轻轻寂寞，而蓝天、白云、高山和草原都是它简单而永恒的陪衬。

　　接近终点时，制片人打来电话，让我去采访几名外国选手，问问他们对沿途风光以及参赛的感受。我在两辆车并排行驶时从车窗接过了话筒，准备"十万个为什么"。随后却有点犯难，因为大部队早已冲过终点线，队员们肯定都休息去了，在车队下榻的酒店前，只见有人零零散散地整理行李，机械师们忙着调制和清洗赛车。

　　采访谁？能不能采访到不同国家的选手？是不是要先跟新闻官打个招呼？我迅速为自己制定了"'敌'进我退、'敌'退我追、'敌'驻我扰、'敌'疲我打"的策略。我决定从正在清洗赛车的澳大利亚队入手。为保险起见，我询问了一位官员，说明来意后，他笑着说所有选手你随便问。于是，我的话筒伸向了一位正在休息的队员，他很配合地摘下墨镜，别看这个小伙子年纪小，已经来中国3次了，他说路旁的风景很迷人，车迷也热情好客，在思路有些混乱时，我低头看了下采访提纲，他笑了起来，可能我表现得还有点稚嫩吧。

　　就在我继续寻找"目标"时，发现美国纳威卡托保险车队一位貌似车手的年轻人正在装卸行李，我走上前问他能不能说两句，他说完全可以。这是他第一次来中国，青海湖的群山湖泊都给他留下了深刻的印象。当我称赞他们全队成绩优异时，他说那是因为大家都很努力。这个小伙子就是最终的总冠军得主——菲利浦·泽杰凯，队友们亲切地叫他"菲尔"，此时的黄衫还穿在菲尔的队友莱普英斯基身上。当这位白俄罗斯人参加完颁奖仪式走进大厅时，被我逮了个正着，他特别能说，面对镜头问一答十，侃侃而谈，省了我很多问话，他说想要最终夺冠很难，因为后面两个山路赛段才是真正的考验，而事实也正如此，前4个赛段还领先的他最终就输在那两段山路上。

　　午后强烈的阳光把我烤得像一条干鱼，加上准备仓促，时间有限，还有点紧张，我对自己的采访只能用"狼狈"概括，当晚却得到制片人的表扬，美中不足的是，所有被访者都朝向同一个方向，这不算错，但剪辑起来会有点儿别扭，唉，谁让我没经验呢。但这次采访对我很有意义，就像迈过一道门槛，此后我每天都有勇气和信心，去突破语言障碍，与不同参赛者交流。

　　那一晚的鳇鱼宴吃得很尽兴，煎炒烹炸煮，凡是能想到的烹饪方式统统端上饭桌。当地人说，鳇鱼由于长得慢所以价格贵，他们还介绍，作为青海湖特产的鳇鱼曾在20世纪60年代初帮助解决了当地老百姓吃饭的大问题，也算阴差阳错、因祸得福了。

我们决定明天一早去湖边拍点风景，给环湖赛总结片《告别青海湖》积累素材。

第5赛段：7月21日 青海湖宾馆到西宁

清晨7点，我们来到湖边。几天来匆匆赶路，难得有这样的闲情逸致。此时的青海湖就像一个刚刚睡醒的美人，在微风的映衬下显得格外宁静，光与波的和谐，那样柔和、舒展，站在岸边望去，的确和海没什么两样。

这一赛段从青海湖宾馆到西宁，此时我们已经整整绕着青海湖走了一圈。本赛段173.2公里，在9个赛段中名列第二，但路面平坦，为慢下坡，赛程过半时大部队都没有分化。骑行了大约60公里时，青海湖在视线中慢慢消失了，我的第一次青海湖之行就这样匆忙画上了句号，前方还有很长的路，也同样有很多没有领略的风景。所谓距离，无非就是从一个地方转战到另一个地方，而路始终在脚下，永远延伸，没有尽头。

领先集团在经过西海镇时逐渐形成，当我听到冲在最前面的3名队员中有我昨天采访的菲尔时，有点惊讶，莫非是我"慧眼识英雄"？

颁奖仪式上，菲尔真的穿上了黄色领骑衫，看到我拿着话筒走上前，他高兴地说："昨天你采访过我！"

至此，环湖赛赛程已经过半，据统计，到现场观看的人数已经超过百万人，占青海省总人口1/5还多。青海省领导在接受采访时充满信心地表示，环湖赛一定要一年一年办下去，要办成像环法那样的知名赛事。

由于2004年夏天有奥运会，所以环湖赛日程比往年提前了半个月，这几乎和环法自行车赛同时进行。于是，制片人有了"三方连线"这个创意，三方就是北京、西宁和法国巴黎。我们需要选择合适的时机，让三方记者视频通话，再由美工后期制作和包装，同时，还需要相互配合做一些内容相近的专题片，用来比较环湖、环法这两项大赛。多年后，当我亲临环法大赛时还和同事们聊起当年"三方连线"的情景，此乃后话。

回到环湖赛，我们即将启程北上。旅途，同样令人喝彩，同样辛苦漫长！

第6赛段：7月22日 西宁到门源

夜里做了个可怕的梦，我梦见在下坡路段，一名车手突然摔倒，还带倒了一大片人，类似的场景我曾多次在电视上见到过。

发车前我们一如既往地在车队中穿梭，"偷窥"他们如何准备。各队机械师们在对自行车进行最后检修，我发现车子脚蹬上有个槽，队员们鞋底有个突出的部分，骑行时正好能卡在槽里，因此出发前，鞋子同样需要机械师们仔细检查。此外，整理服装、头盔和耳机也是车手们必不可少的工作。当然，有时还要满足车迷们签名和合影的要求。

这一天是农历六月六日，是当地的传统节日"花会"，而环湖赛的举办无疑增添了更多的喜庆气氛，几十公里的道路两旁全是观赛的人，一直延绵到大坂山脚下。

与前几天辽阔的草原、湖泊相比，山路赛段的美丽截然不同。溪流淙淙，树木葱葱，一夜之间好像换了个世界。镶嵌在山间的小村庄，家家田地里都种着金黄色的油菜花，开着白花的土豆，开着小碎花的青稞。在林间小河畔，成群的奶牛和绵羊无比悠闲，贪婪地享受着大自然赐予的阳光、溪流、青草、野花和让人流连忘返的美景。

远山的临近提醒我们海拔在不断升高，快到大坂山时，我看见前方的选手们开始了他们本届大赛上最艰难的爬坡路段。盘山赛道上，车手们好像就从我们头顶上骑行而过。向下望去，我倒吸口凉气，从山底到最高点少说得有几百米，走在险峻的山路上，仿佛稍不留神就会从悬崖上坠落，我握着海拔仪，看着上面不断快速变化的数字。

对自行车运动员来说，山路赛段最能体现实力，最能磨炼意志，最能拉开差距，因此也往往决定最终的名次。不知不觉中，大部队分成了若干集团。

不远处是著名的大坂山隧道，也是本届环湖赛海拔最高的地方——3792.75米，我们在隧道前停下车，专项记者将出镜地点选择在这里。

距离终点大约30多公里时，道路两旁出现了上万亩的油菜花地，这是我见过的最辽阔、最茂盛的一片，以至于多年后，闭上眼睛，那片金黄色还无时无刻不在记忆中浮现。

此时突然接到同事的急电——终点发生了撞车！经多方考量，这条新闻就不在当晚的《体育世界》中再播了。事后得知，其余几家媒体还没有报道这件事，我们的成了独家新闻。

黄衫依旧属于菲尔，走下领奖台，他不断称赞全队的努力，尽管此时领先优势只有5秒钟，但他对拿下总冠军信心十足。

第7赛段：7月23日 门源到互助

清晨一场大雨让我从梦中惊醒，本届环湖赛第一次雨中发车，后来才知道只有门源县城里下了雨，出发30公里后，连路面都是干的。

虽说第6和第7赛段都是山路，但风景还是不太相同。长龙般的车队，身着五颜六色队服的车手，还有道路两旁的绿水青山，颠簸的山路上，我的眼睛一刻也没有离开窗外的美景，看着车队的倒影从水中掠过，看着道路上泛起一层层细微的灰尘，我感觉心境也无比快乐明朗。

一同前行的还有车里延绵不绝的歌声，我们听韩红、杨坤、刀郎，还有《丁香花》，轻歌曼舞的旋律与飞驰的节奏极其合拍。

或许是为了保存体力为后半段的"十二盘"做准备，在骑行了100多公里后，大部队依然没有拉开距离。"十二盘"绝对海拔3470米，但难度极大。

高原的天气变幻莫测，车窗外的天，一会儿晴空丽日，一会儿又乌云密布，山与山之间涌起的乌云团浓密而低沉，压得人透不过气来。而所有的变化都是一夕三刻之间的事，没等下雨，我们就开始下坡，很快抵达终点互助县。

这几天是互助土族自治县成立50周年的日子，姑娘和小伙儿们穿得花花绿绿，他们五彩斑斓的服饰为赛后颁奖平添了几份喜庆和热闹。

身穿黄衫的菲尔此时领先优势已经扩大到两分零五秒，我觉得他胜券在握，因为最后两个赛段都是平地，其他人很难赶超了。

那天应邀去同事家吃晚饭，两层小楼的院落里种满了花花草草，茂密繁盛，同事的妈妈亲自下厨做了地道的煮羊腿，我们按当地人的习惯，一人饮了4小盅青稞酒，那味道甜甜辣辣，后劲十足。

结束第7赛段意味着我们的远游行程告一段落，从第二天起，赛段都将围绕西宁城区进行，想到这，一种失落感油然而生。

第8赛段：7月24日 西宁—平安—乐都—西宁

这个赛段比较简单——从西宁出发再回到西宁，途经西宁市外的大峡和小峡——两个小型水电站。驶离起点后相当长的一段路程跟第2赛段从西宁到西海镇是一样的，不过感受完全不同，那天的新鲜感觉成了一丝淡淡的离愁别绪。

发车时天有点闷，像要下雨的样子，果然，刚过平安，雨点就像珠子一样掉了下来，好在来得快去得也快。从起点到终点，大部队始终步调一致，这在9个赛段中还是头一回，连车载台都懒得播报赛况。还没到中午12点，赛段就结束了，没有起伏，没有波折，一切平平淡淡。

我们在车里讨论最后一天节目的安排和框架，除了做菲尔这个人物专题外，我提出编一组运动员、教练员告别青海湖的话——希望他们说中文。现在回想起来有点儿土，但那时候，恨不得给自己的创意点1000个赞.

尽管没听清楚最终的名次，但我确信黄衫仍然是菲尔的。他们的领队爱德华满面笑容接受采访时说，全队战术就是将每个人的优势体现出来，菲尔没有短板，实力比较平均，所以不管什么赛段都能发挥平稳，但又诡异一笑说，不到最后时刻，比赛就没有结束，我告诉他，我想让菲尔说句中文，爱德华兴奋得像个孩子，说他也愿意来参与。

我找到身穿黄衫的菲尔，那天问了什么问题我已经记不清，只记得当他用中文说出"我爱青海湖"这5个字时，周围爆发出阵阵欢呼声。爱德华的模仿能力更强，将5个字说得铿锵有力。

传送新闻时，青海电视台一位部门领导说，他们已经把我们所有回传的新闻专题都复制了下来，让记者摄像们好好看看，相互学习取经。

第9赛段：7月25日 西宁绕圈赛

我做事儿考虑不周全，虽说这几天攒的素材足够多，但编辑人物专题似乎还有点欠缺，于是我们9点来到西宁市中心广场补拍采访，随后，我回到酒店用最快速度编辑完成，11点左右我又出现在市中心广场，我实在不想错过最后一个赛段的任何精彩片断。

2分35秒的差距让那些想赶超菲尔的选手无能为力，他冲刺后绕场一周，接受大家的欢呼。菲尔说这是自己4年职业生涯第1个冠军头衔，但最大的收获是友谊，因为全队的努力很让人感动，几天来，大家就像一个大家庭一样生活在一起。当我提到阿姆斯特朗第6次摘得环法自行车赛桂冠，而我们节目要分别介绍环法和环湖这两项大赛的冠军时，菲尔有点受宠若惊，他说自己还很年轻，只有25岁，未来一定要变得更强大、更有竞争力。随后，他对着镜头签下名字，他的环湖赛圆满落幕，我的人物专题片也正好用这个收尾了。

作为组委会特邀嘉宾，我们报道团队参加了当天晚上的颁奖晚宴。青海省各级领导、国际自行车联盟高级官员巴意先生及各支代表队都来了，热烈的气氛超乎想象，选手们依次登台，接受奖杯、奖金和鲜花，菲尔领取了个人总成绩第一的奖项，领队爱德华过来敬酒，我告诉他我们已经编辑了关于菲尔的人物专题片，并非常感谢他们的配合和帮助。

面对丰盛的自助大餐，我却没什么胃口。亢奋了几天的神经突然松懈下来，让人有点儿难适应。

后记：在路上

环湖赛结束后第二天，我们前往位于西宁市西南角的塔尔寺参观，这座北方寺院雄伟壮观，与周围群山也融合得相得益彰。塔尔寺有3件宝：壁画、立体绣和酥油花，但遗憾的是，做工精细、色彩鲜艳的立体绣目前已经失传。我没有买纪念品，长久以来的习惯是一定带一张地图回去，那时候没有智能手机，也没有百度、高德，所以地图于我就像藏品一样珍贵。

下午启程回京，与我们同行的还有荷兰和澳大利亚车队。忽然想起爱德华说过，他们要在西宁玩一天，因为这里给全队都留下了美好印象。

对我又何尝不是呢？

短暂的10天，我们背着行装，拎着机器，匆匆赶路，在紧迫的时间里采访、写稿、编新闻，在规模庞大的车队中疾驰向前，在辽阔的草原、山林、田野里风驰电掣……当需要冲锋陷阵时，每个人都责无旁贷。而我，更深切体味了平时难以感受到的付出和辛劳，我编的新闻谈不上优质，但能保证播出；我做的采访说不上完美，但解决了问题。每天挥汗如雨后，我都静静体会学到的经验，感悟其中的艰辛和喜悦，并从心底深深感谢这份工作——是它给了我一段别人不能轻易体验的经历，给了我一次提高和充实自己的机会，也给了我一段浓缩的生活，所以于我而言，青海湖不仅是一片单纯而美丽的湖泊，她更是我神圣的精神家园和温馨的港湾。

回京后，我又开始按部就班的规律生活。想念青海湖时，就看看照片，翻翻日记，心里还是向往一种不经常的"流浪"——拖着一副行囊，走在疾驰的路上……

2 疯狂的轮子

出差时一天换一个地方是什么感受？这样的体验发生在我唯一一次报道环南中国海自行车赛上。虽然自行车比赛往往是风光最美、感觉最爽的，但对记者摄像们来说，也几乎是最辛苦的。接到这个任务后，我匆忙整理行装，告别北京的冬天，来到温暖如春的南国。

这届环南中国海自行车赛前后一共10天，分8个赛段，途经8座城市。12月中旬的一天，我们从北京飞抵深圳，打车直奔罗湖口岸，和先期抵达的同事会合，寻找入港的"大门"。一个工作人员见我们提着大包小包和机器架子，便引导我们来到内地旅客通道，一刻钟后一行4人顺利坐上地铁奔赴香港。接近午夜零点，车厢里依旧熙熙攘攘，可以想象上下班高峰时是什么样子。和前几年第一次来香港出差入住繁华的旺角不同，这次住沙田，行走在南国湿热的空气中，衣服都粘在了身上。

环南赛首个赛段是香港，组委会第一次把发车地点设在繁华的中环，好在是周末，不比平时车水马龙，人来人往。一大早有点儿阴冷，还飘着蒙蒙小雨，但前来观赛的人似乎比原定的多许多，因为参加这站的业余选手占了多一半。道路两旁，中学生们正在为一个"鼓励年轻人参与户外活动"的公益事业做宣传。

发枪后，车手们大概需要一个半小时才回来，我和《南华早报》一位记者决定绕着中环走走看看。中环，是香港的金融心脏，高耸入云、鳞次栉比的高楼大厦，富丽堂皇、人头攒动的购物广场，无不给人一种国际繁华大都市的感觉，然而，拐过一个街角，也会偶与遍布小摊小贩的街市撞个满怀。时尚与素朴、现代与传统、高大上与平民风情毫不违和地共生于同一片天空下，尽管这片天往往会因高楼林立而显得狭窄、细长。每到星期天，中环一带就被在这里做工的菲佣们占据着，爱丁堡广场、圣约翰教堂、街心公园、地下通道甚至麦当劳里，全挤满了菲佣，他们或席地而坐，或摆摊卖货，或唱歌表演，或攀谈唠嗑，据了解，当时在香港的菲佣大约有20万人。

比赛结束后，我们去央视驻香港记者站传送新闻，然后坐轻轨去罗湖，奔赴第2站深圳。夜色中，轻轨飞驰而过，连同短暂的关于香港的记忆。

在深圳，记者下榻的迎宾馆离罗湖很近，据说当年小平同志南巡时就住在这儿。小院子里，既有人工雕饰的园林景观，又有大片大片的椰子树林，加深了我对南国的美好印象。

比赛地离深圳市区有点远，拍完新闻赶回宾馆坐公交车要一个多小时。这天是西方传统的平安夜，马路上都是商场打折的叫喊声，绚烂、热闹、霓虹闪烁……

早知道CBA有个东莞马可波罗篮球俱乐部，而直到这次环南赛，我才第一次来到东莞，对这座城市第一印象就是干净和精巧。去东莞电视台的路上，看着气派的市政大楼，别致的喷泉广场，感觉飘浮的空气都轻灵剔透，而街面上更是一尘不染，只有不断飘落下来的树叶。

还没尽情感受东莞的温和气息，一大早又要去广州，这样的出差节奏如果对常年奔波的人来说，单是赶场式的颠簸就足够让人厌倦和麻木了，还好，我不常有这样的体会，所以还能保持一份独有的新奇感。

在广州，本届环南赛迎来了第一个晴天。比赛地设在离市区较远的大学城，发车时，学生们都在宿舍阳台上探着脑袋观赛，而组委会不供应午餐，于是，我们几个记者决定去学生食堂用餐，重新体验一把校园生活的乐趣，顺便"考察"下如今高校的伙食。

接下来的佛山站是黄飞鸿的故乡，我们有一路记者专门去了黄飞鸿纪念馆拍摄。其实，每个途经的城市都有自己的独特文化，如果把文化与比赛相结合，也许就能从这看似平常的背后挖掘出新的内涵。佛山站赛段在世纪莲花体育场附近，这里曾经是全国足球甲B联赛佛山队的主场，时过境迁，不知还有多少人记得佛山队当年参赛的情形。佛山电视台很有特点，整体布置像厂房，又像迷宫，所有房间的门都极其相像，稍不留神就会走错，走廊的墙上贴着刚刚落幕的亚洲青年艺术节的照片。

相比前几座城市，第6站中山有很多头衔。原名"香山"的中山市人杰地灵，名人辈出，有着灿烂辉煌的历史，它不仅是一代伟人孙中山先生的故乡，还是首批全国文明城市、品牌经济城市、全国优秀旅游城市和联合国"人居奖"等称号的获得者，只是老城区显得有点凌乱。环南赛举办12年来，中山站首次将发车地点放在狮山公园门口，不过由于道路略窄，拐弯处多，而且地面含硫多，车手很容易滑倒，当天就发生了几起车手摔车事故。夜晚漫步街头，空气不再湿热，而是像北方城市那样，有种深秋季节干爽的味道。

珠海的情侣大道是本次环南赛最美的赛道，没有之一。海浪拍打岸边的声音让人感到亲切又自然。珠海站比赛期间，我多半时间都沿着海边大道走路、看风景，听大海的声音。本届环南赛上，珠海是我们唯一不住宿的城市，传送完新闻，大家直奔拱北口岸，进入澳门。

穿过关闸，一切都让我熟悉和向往，和几年前东亚运动会相比，澳门变得更漂亮了，手机神州行卡也可以使用了，公共汽车迎着夜色穿过澳氹大桥，对面的新葡京和美高梅酒店流光溢彩，前面的威尼斯人酒店雍容华贵。曾经很多人将澳门比作东方的拉斯维加斯，可我觉得，应该说拉斯维加斯是西方的澳门，因为在澳门名扬世界的时候，拉斯维加斯还只是一个破旧的村庄呢。

第二天一早的发车地点设在旅游塔附近，我用相机记录了清晨的宁静和安详。车手们将要骑过澳氹大桥，在路环岛绕圈，最终抵达妈祖庙脚下的终点。

晚餐过后，我们在新马路游荡，在人来人往中，发现这里增添了很多圣诞节特有的元素，我最喜欢的大三巴牌坊还是老样子，自从20世纪那把大火烧完后，它的外观就永远定格了。

相比繁华的香港，我更喜欢澳门——它纯净甜美、温润如玉，还有东西方交织碰撞的文化。我喜欢一个人漫步街巷，坐在黑沙海滩的秋千上发呆，或登上山顶远眺，在大桥上看海鸟飞翔，也喜欢看山坡上的教堂和夜晚的五彩斑斓……

从香港启程到澳门结束，一天1个赛段的环南中国海自行车赛到这里就结束了。这一年的最后一天，我飞越两千多公里，从阳光明媚的南国回到寒冬中的北京，一路上，整个人昏昏欲睡，浮想联翩。

一来一去的飞机上，我读的航空刊物中都有关于安徒生的文章，不知是不是一种巧合，而更巧的是，在安徒生的家乡——丹麦小城奥登塞，它的另一张名片就是自行车。曾几何时，北京、上海等中国大中城市曾拥有一支"自行车大军"。如今，当中国人感慨"自行车都去哪儿了"的时候，安徒生的祖国丹麦已悄悄成为"自行车王国"。百年前的安徒生用童话温暖了无数人的心灵，如今的人们又是怎么想呢？一位来自安徒生家乡的年轻设计师这样说："骑自行车可以让人回忆起童年的自由时光，而自由是所有人的向往。"

满地的灯光提醒我，快到北京了。因为外面风大，飞机无法降落，只能在上空盘旋。眼看地面上时而星星点点，时而又漆黑一片，直到光点快贴到飞机肚子了，我们才缓缓落到地上，此时，距离元旦还剩不到5个小时，我在奔波的10天中辞旧迎新，迎着满天星斗，满街霓虹，迎接新年的黎明。

3 听 "传奇" 老沈讲故事

在我为数不多的现场报道比赛的经历中，做采访的时间往往都很短，只有一次是例外。其实，那并不算是真正意义的 "采访"，确切说应该是聊天。我们畅谈许久，他的故事、他的经历深深打动了我。那时的他是中国香港自行车队总教练，他就是沈金康。

2007年年底，在环南中国海自行车赛结束深圳赛段后，在龙华区一家很不起眼的面馆，沈金康打开电脑，翻出了香港特区政府颁发给他紫荆勋章的照片，上面的他西装革履，他说，除了这种场合，自己很少穿成这样。

说起沈金康，熟悉自行车的人会很自然地想起他的弟子黄金宝，在我们聊天时，这对师徒已经合作了整整14年。

"我第一次看到阿宝是在1991年的北京青年锦标赛上，当时我领他到体育总局作了一个身体素质检测，当时证明他身体条件非常好，但那个时候我还没有到香港去。"

1992年，黄金宝因为种种原因没能参加巴塞罗那奥运会，一年后，沈金康来到香港，见到了已经发胖的黄金宝，那时候，阿宝的体重比他运动生涯巅峰期重了至少8公斤，很多人已经开始叫他 "肥宝" 了，沈金康对他说，要是再不练，可就真没机会了。

1994年，沈金康正式进入中国香港队。为了招收队员，他贴出了告示，上面写道 "凡是15岁到35岁的香港居民，热爱自行车运动，能全天训练，都会成为香港运动员"，结果几天下来，只有阿宝一个人来。

"知道是什么让我最终决定收他为徒弟吗？是因为他说'你只要当一天教练，我就练一天自行车'！"

就在那年的广岛亚运会上，黄金宝拿了第6名，面对记者的镜头，阿宝信誓旦旦地说"4年后要拿金牌"，沈金康听了感到很振奋，于是4年中为了这个突破，师徒俩练得异常艰苦。

"我们总共去了7次泰国，考察地方，适应环境，还找了俄罗斯运动员和韩国场地车手来陪练。为了专门练习冲刺，我还让香港队员编了3个队，每个队骑1/3的路程，而黄金宝则是全程骑行，我自己骑摩托车跟着他，因为没有牌照，还被当地的警察扣留过。"

说这话的时候，沈金康的表情很轻松，甚至透着喜悦，当然，这是因为两人的努力终究没有白费，他们的付出得到了应有的回报，在1998年曼谷亚运会上，黄金宝果然不负众望，拿到冠军。

为了能让阿宝的水平再上一个台阶，沈金康带他来到云南，进行高原训练，同时，还让黄金宝断绝了与外界几乎所有的联系，因为只有这样，才能达到师徒俩想要的结果。

沈金康说他带黄金宝的几年中很舒心，因为心无旁骛，所以一切都来得顺理成章。但只有一件事儿，让他感觉到为难。

1997年金秋10月，上海第8届全国运动会，在香港任教3年多的沈金康带着在别人看来陌生的队员回到家乡参赛，然而，他不得不面对黄金宝和昔日弟子汤学忠之间的较量。

听沈金康描述当时的情形时，我依然可以感到有一丝难以释怀的感觉滑过他的眉宇间："我带了汤学忠8年，面对自己的曾经和现在，心里很矛盾，但别无选择，这就是体育本身的竞技性。"

沈金康说，当时，他力争做到内心的公平，而所谓的内心公平，大概就是他对汤学忠的了解只"停留"在他任教的时候，让如今的黄金宝和"曾经"的汤学忠较量。

对那届全运会的自行车比赛，我没有半点印象，但可以想象，不管谁夺冠，老沈心里肯定都会高兴，可能也都会有那么点儿不自在，但唯独可以问心无愧的是——这就是竞技体育。

黄金宝赢了，这对香港运动员、香港年轻人有着非常深远的影响。沈金康说，这样的胜利让香港人看到了走体育之路的希望。

对黄金宝，沈金康是教练和师傅，更是阿宝的心理老师。在老沈看来，除了自行车本身所需要的种种技能磨炼外，一个运动员的心理承受力更加重要。

老沈说过，在对待黄衫的态度上，人和人不一样，有人拼，有人保，还有人承受不了压力最终选择放弃。阿宝能拼，但必须有个过程，好在黄金宝对待比赛的态度让老沈非常欣赏，那就是认准一个目标，绝不放弃。

每每说到阿宝，沈金康的脸上总是洋溢着喜悦，这太能理解了，就好比每个家长在谈到自己的孩子多么出色、多么有成就一样。而如今，黄金宝在香港的地位早就今非昔比，举个例子，在机场，假如他的行李超重了，工作人员会帮忙搬运，而且还能免去所有费用。

说到这儿，老沈开玩笑地说："如果哪一天你们的行李在香港机场超重了，就说是给黄金宝带了礼物吧！"

对一个教练来说，弟子取得荣誉是他最大的欣慰似乎毫不过分，但沈金康不一样，他的人生有段更残酷、更艰难、更惊心动魄，也更精彩的篇章，他平心静气地说，那是他一生最大的成就。

20世纪80年代初，当时的沈金康还是一名自行车运动员，一次极其平常的公路训练中，身为队长的老沈骑到桥头，等待后面的队员跟上，就在这时，一场灾难悄然袭来。

"我正停下来等后面的人，没想到一辆卡车过来了，从自行车上轧了过去。当时，我被轧断的腿和身体只有8厘米的皮肉相连接，别人都慌了，但我很镇静，教练车赶到时，我是自己跳上去的。"

为保住膝关节，沈金康甚至和医生争吵起来，最后他赢了：膝关节没有被截掉，装了假肢还可以正常行走。病榻上的第3天，沈金康拿起书本复习，准备报考上海体育运动技术学院，为自己的将来做准备。

"这事儿磨炼的是我的心理承受力，有这样的经历，我好像从来都没觉得什么事情难做，而面对现实，也会从容、淡定，因为我救过自己的命。"当后来得知卡车司机是个只有24岁、家境不富裕的年轻人时，沈金康放弃了赔偿。

假肢安装得很成功，没有影响他后来的生活，也没有影响他成为国家自行车队总教练，更有趣的是，他的传奇故事还被拍成了电影。

直到现在，说起那次旁人听来胆战心惊的车祸，沈金康依然从容淡定，在广州时，一位记者跑上前，很关切地问："您的腿怎么了？"老沈笑笑说："我的腿？假的！"

都说人只有在经历了一次劫难后，才会懂得更多，回想我所有报道过的自行车赛，但凡见到沈金康，他从来都是一副自然、平和、与世无争的样子，当然，作为教练，他可能会在我们看不到的地方表现自己应有的权威。

在国内自行车界，沈金康的名字无人不知晓，但不知有多少人知道，"环南中国海自行车赛"这个名字还是老沈起的，老沈说，12年过去了，他还有个新的设想，那就是将它改成真正的公路赛，而不是绕圈赛。

至于环南赛是怎么搞起来的。老沈诡秘地笑了笑说："猜不着吧？是玩出来的！当时，我们给每个队发邀请，就问他们：'来过香港吗？来过澳门吗？这些都是好地方啊，逛街、购物，很不错的。'于是乎，就开始有车队跃跃欲试了。澳大利亚队最有意思，我找了个工作人员问他：'你想当领队吗？只要你能找4个运动员组个团就能参赛，你就可以当领队了。'"

因为这个赛事总在年底举办，所以对职业车手来说，它是名副其实的"放松赛"，当然，这也是它后来吸引人的一个重要原因。

听沈金康说话最强烈的感觉就是平和，或许经历得多，心自然就沉得下来，而且他还是个极其善于与人沟通的人。比赛中，面对所有媒体，沈金康都做到了他所谓的"公平"，对那些和运动员一样，顶着烈日冒着酷暑跑自行车项目的记者来说，有这么一位受访者，也是一大幸事了。

和年底北方干冷的空气相比，环南赛和风沐浴，温暖如春，比赛结束后回到北京已经快元旦了。我在整理和沈指导闲聊时攒下的"素材"，纠结于发不发到自己的博客上，但只要一天不落笔，心里就好像记挂着什么。

2017年7月，沈金康出任中国自行车运动协会主席。而我在那次闲聊之后，也只在电视上见过他，依然是那种乐观、轻松、宽和的神态，生活对他是先苦后甜，但老沈对现实全盘接受，从一个看似劫难的开始，把自己的人生活得潇洒、自在、丰盈。

如今，他百分之百忘了我是谁，忘了曾把自己的经历讲给我这么个愣头青，但我想说，听故事的感觉真好！我发自内心感谢环南赛，感谢自己跟自行车的缘分，更感谢分享人生阅历的"传奇"老沈。

4 菜鸟环法游记

2018年4月底，我接到任务——报道环法自行车赛。经过两个多月杂七杂八的准备，我们小团队一行5人在俄罗斯世界杯足球赛渐进高潮时离京奔赴法国。7月底归来时，我的随行笔记就写了近3万字，因为要总结的东西太多：我们绕着地图巡游法国乡村小城，误打误撞经历了法国足球队的夺冠和狂欢，在阿尔卑斯山的雪地上撒野，在比利牛斯山上背着机器徒步行进，经历夜晚车子坏在高速上的有惊无险，还有临登机前护照被盗的惊魂一刻……

我们从北京飞赴阿姆斯特丹，然后转机去位于法国西部的南特，在和负责租车的朋友迅速完成交接后，我们的"环法之旅"正式开启。距离比赛开始还有两天，我们注册证件，熟悉环境，我更要了解传送事宜，然后规划好拍摄选题。

　　那时候，在俄罗斯举行的世界杯足球赛激战正酣，于是我在思考一个严肃的问题——当世界杯遇见环法。一个号称世界第一的运动，拥有全球最多的观众和球迷；一个则有着百年历史，久负盛名，还有最美的线路和令人神往的风景古迹，当两者相互碰撞，人们会如何选择呢？

　　7月6日，环法自行车赛发枪的前一天，恰逢法国足球队迎战乌拉圭足球队。我们一早前往第1赛段起点努瓦尔穆捷岛，顺便看看当地人对环法自行车赛和足球世界杯赛这两项运动的关注程度。

　　其实我想复杂了，时间不冲突，体育迷完全可以两者兼顾。采访中，多数法国人更爱足球，遇到不少英国人，答案正相反，环法更吸引他们。有一对英国夫妇，丈夫觉得自行车让人放松，容易参与，妻子的回答挺机智，她说："英国人的确很爱足球，但我们选择一个相对小众的运动，岂不是更有趣？"

　　7月10日，环法进入萨尔佐市，比赛结束后，我们赶往洛里昂，拍摄车手们看世界杯半决赛法国队对阵比利时队。在决定这个采访选题后，我先找到拥有法国和比利时车手的一些车队，查找他们下榻最集中的酒店。我们赶到时，只有车队的工作人员在大堂观看直播，一打听，车手们都在按摩、休整，言外之意是他们不能被打扰，那没什么，我成功采访了比利时乐透、BMC和财富银行车队的工作人员，三个人中，两个来自法国，一个来自比利时，正好"对立"。

　　法国队战胜比利时队晋级决赛后第二天，他们的对手也产生了，那就是克罗地亚队，但法国球迷似乎并不关心。在奥代河畔的坎佩尔商业区，只有零星几家咖啡馆和餐馆在播放英格兰同克罗地亚这场半决赛。回到酒店，看到法国电视台正在直播世界杯的节目，请的嘉宾都是重量级的：法国队前国脚德塞利、皮雷和帕潘等。

　　我这几天也在准备做关于世界杯决赛的前瞻，在采访车迷时，我就捎带问了关于世界杯决赛的话题：谁会赢？比分多少？谁进球？甚至连剪辑方式都想好了，我发现，自己已经置身于一个法国球迷的立场中了。

说起胜负，球迷们言谈比较随意，几位法国记者稍显矜持，但预测比分，都一边倒地认为法国队会赢，总共10个人，有6个说2比1，其余都是1比0或2比0。

都没猜对！

至于谁会进球，一位老球迷预测姆巴佩进两个，他说自己也很喜欢克罗地亚队，但决赛还是会支持法国队。一位在云南留过学的法国小伙表示，肯定是法国队夺冠，进球者是姆巴佩和格里茨曼。几名法国记者有的说坎特，有的说博格巴，也有的说吉鲁。

决赛当天，环法自行车赛进行到位于法国和比利时边界的城市鲁贝，一个记者推荐我们去里尔戴高乐广场观摩球迷看球，里尔距离鲁贝不到20公里，我们刚一上路，法国队就1比0领先了，真是好兆头，也许我们真能见证一次夺冠的狂欢呢！

赶到里尔时是中场休息，戴高乐广场还不如王府井的人多，人们集中在几家稍大的咖啡馆，我们在广场中间，听着不断传出的欢呼，知道法国队又进球了。最终，决赛踢出了4比2的大比分，最近3届世界杯决赛的进球数都没有超过一个，而这场一进就是6个。

终场哨响，法国球迷疯狂的庆祝拉开序幕。我们爬到一个酒吧的2层，捕捉整个广场的壮观情景，镜头扫到哪儿，都是无数人挥手、蹦跳、欢呼、互相搂抱，这样的场面真是千载难逢。我正感叹身为球迷"此生足矣"时，突然想到一个问题：我们该怎么挤出去？我跟在摄像身后，一步步往前蹭，举步维艰，空气中弥漫着浓浓的爆竹和烟花的气味，上万人涌入广场，欢呼声震耳欲聋，终于挤到旁边的小道上。此时第二个问题来了，怎么采访？就算看似人少的地方，只要一伸出话筒，都会被几十人包围，然后冲着镜头各种狂叫，还拽着我们一起狂欢，采访实在很难进行下去。第三个问题是：我站在什么地方做报尾呢？等人群稍微平静，我找到一个十字岔口，刚拿起话筒，又是一群人围拥过来，居然有人高喊：感谢CCTV，感谢China！

我终于找准时机在不算特别疯狂的人群中完成了任务，最后被人们从画面中挤了出去。可第四个问题来了，我们的车子怎么驶出去？所有道路都被堵得水泄不通，所有车辆都肆无忌惮地狂按喇叭，警察根本没心思管事儿，不少人飞奔过来击掌、拥抱、强吻，我们好不容易杀出一条血路，夺命下一站。

路上还有个插曲。

我的电脑突然启动不了，搞得我以为自己这一天有价值的劳动就要付之东流，赶到酒店，在我们的技术和台里索贝老师的远程操控下，终于在《体育晨报》播出前50分钟解决了所有问题。

节目播完，领导发来消息，说我们拍摄的"法国球迷里尔庆祝夺冠"感觉很不错，传送及时，反应迅速，是他看到的夺冠后回传最快的新闻。当时，新闻中心驻法国站记者的消息还没有传来，美联、路透及世界杯官方等媒体只传了空镜，没有采访。而《体育新闻》节目因为有了我们这组打游击的环法小分队，而在第一时间有了最及时的回应。

我发自肺腑地想说：感谢我们的技术大咖们！感谢法国队！感谢世界杯！有生之年能这样见证一次世界杯夺冠，今生不知还能否有第二次。

2018年7月15日，我心甘情愿当了回法国队球迷，享受了这疯狂的半天，我不确定今后会不会成为法国队真正的拥趸，但足球有时就是会让人相信英雄，让人热爱生活，让人执着于当下，明天或许会不如意，却依然要过好每一个在明天看来都值得回味的过去。

老实说，我出发前一度担心选题不好找，但置身现场就感觉这种焦虑是多余的，因为现场一定有鲜活且无法预知的突发事件，因为"现场易碎"。

每年环法自行车赛，我们都有转播信号收录和集锦，所以我时常会问自己——身处前方的意义是什么？除了拍摄比赛相关的新闻、当地文化和赛事背景之外，我很想在现场捕捉到更多有价值的东西。当然，"现场感"总不可避免地伴随着很多意外，特别是山路赛段。

比赛进入比利牛斯山后，我看到一条消息：英孚教育车队的克拉多克在第1赛段就摔成骨裂，但他一直不退赛，而且坚持每完成一个赛段，就给家乡德克萨斯州捐100美元，用来修复被暴雨毁坏的自行车场，那是他从小学习骑车的地方，他的行动激励了很多网友，募捐数额达到10多万美元。我立即在总成绩单上查找他的名次，是最后一位，但谢天谢地他还在坚持，于是我当天就决定赛后去采访。

正想着，媒体工作间里突然一阵惊呼，原来，比利时快步车队的菲利普·吉贝尔在一个下坡时车子失控，整个人摔出了赛道，随后他被人救起来，扶上车，继续比赛。

那个赛段距离结束不到10公里时，记者们开始出动，有的在各车队大巴门口守株待兔，有的架好机器，随时开拍，有的跑步前进。我和摄像一直等在英孚车队门口，克拉多克最后一个到达，比其他人晚了大概15分钟。看见他走过来，我上前先自报家门说来自中国，很关心他现在的身体状况，随后又问他是什么时候决定捐款的，有没有想过会有意外，是什么让他咬牙坚持不放弃？他很有耐心地回答，但看得出非常疲惫，回答完第4个问题，他礼貌地示意自己要上车休息了，我让开道，结束了采访。

这个过程很顺利，当时唯一感到遗憾的是，恐怕拍不到快步车队吉贝尔的最新情况了。因为所有车队几乎要同时收工下山，然而回去的路上，我发现快步车队的大巴车还没离开，莫非我们没有错过？大概两分钟后，吉贝尔推着车缓缓走过来。媒体一窝蜂凑过来，我也把话筒伸了过去。吉贝尔说"自己完全不知道发生了什么，也不知道后面会怎样"，然后摇了摇头，突然掩面而泣，转身上了车。他的小腿缠着绷带，已经被鲜血浸透。大约15分钟后，我把画面传回北京。第二天，他因髌骨骨折而宣布退赛。

在之前与环法组委会的邮件往来中得知，他们今年要给参加报道30年以上的老记者们颁发荣誉证书。在几百号人一起工作的媒体间，随处可见满头白发的老者。我采访到一位来自丹麦《政治家》报社的老记者，他叫摩根斯·雅各布森，即将年满74岁。老爷子每天中午准时抵达媒体间，对着电视看直播写稿，他从1978年开始报道环法大赛，除了去年因为生病没来之外从未缺席过。此外，他还报道过3届世界杯、7届奥运会，以及其他一些体育赛事，但最爱的还是环法，因为有美丽的风景和热情的观众，他希望明年还能如愿来到赛场，但毕竟年岁大了，一切都不好说。我提前和老爷子约了采访时间，并认真整理出十几个问题，我最后问他在哪里能看到他写的环法报道，年轻人也可以好好学学，老爷子乐了，说自己只用丹麦语写作，所以估计能看到的人不会多。

在媒体间，常见记者们之间相互采访。在巴涅雷德吕雄，一家当地媒体还采访了我，我谈了亲临环法赛场的感受和报道环法的体会，还介绍了中国的共享单车。在波城，巧遇一个由3个美少女和2个小帅哥组合成的青年记者团，他们也问了我几乎同样的问题。我想，传播是媒体的职责，把我知道的内容传出去，把我的所见所闻告诉不知道的人，我的任务就完成了，我的存在就有了意义。

一路上，我为车迷的热情所感染，也为他们追随比赛并身体力行的执着所打动。

阿尔卑斯山的阿尔普迪埃有21个发卡弯，自从1952年成为环法赛段以来，这里就对冠军归属起着决定性作用。中途采访车迷，所有人的回答都是"难！累！但一定要骑上去"。在比利牛斯山，一对装备很职业的英国父子已经先后跟骑了4个赛段，那位爸爸骄傲地说，他10岁的儿子能够完成一个整赛段，让他倍感欣慰。

巴黎香榭丽舍大街是环法大赛的终点，在最后的荣誉骑行中，英孚教育车队的克拉多克依然落在最后面，他成了环法历史上第一个、也是唯一一个每个赛段都最后完赛，却最终没有退赛的车手，冲过终点时他喜极而泣，从第一天就摔成骨裂，到坚持骑完全程，用他自己的话说，德州人就是为挑战而生。

颁奖仪式充满荣誉感，不少记者拍摄完立马打开电脑在第一时间传送。还有一家电视台，请来阿斯塔纳车队，还准备了香槟，面对镜头，宾主举杯相庆，气氛轻松和谐。我站在一旁看着，感觉这是一个媒体人最幸福的时刻。

我的报道任务已经完成，回想自己这一路，既没有充分的时间做足功课，也没有足够的精力去消化，但不管现场出现什么状况，我都尽力快速去应对。经历了，才能感知到它的苦累，体会到其中滋味，然后用很长时间去慢慢溶解、分享，让它逐渐变成生命里最值得珍藏的财富。

我想起曾经报道过的很多自行车赛，而历经环法，更感受到这项运动的深厚底蕴和自己知识的浅薄，也更理解运动员和车迷们的坚持不懈与追随不舍。这漫漫长路就像每个人在攀爬中前行的生活，明知它深不可测，但依然坚信自己，明知前面沟沟壑壑，却仍要勇敢前行。在做环法总结片时，我将原先准备用来报道世界杯、却最终没有使用的一段放在了这里：法国车迷和球迷对着镜头，用法语读出了法国著名作家罗曼·罗兰的那句名言："世界上只有一种真正的英雄主义，那就是在认清生活的真相后依然热爱生活。"

我最初的报道计划是，除了拍摄跟自行车相关的内容，前半段可以多拍关于世界杯的，后半段转战阿尔卑斯山，就多拍些冬奥会的，特别是像阿尔贝维尔、格勒诺布尔这些举办过冬奥会的城市。另外，我还根据赛程，把每个赛段起点和终点都挨个百度了一遍：历史、人文、社会和地理特征，出过什么名人，举办过的体育比赛或大型活动，甚至当地特产等，好在法国丰厚的文化食粮提供了很多选题，这也是我的期许——工作，但与环法"无关"。

我看到环法路线之后第一个确定下来的选题就是阿尔贝维尔，这里是1992年冬奥会举办地。当年的奥运主场馆位于小镇中心西南，火炬塔只有两层楼那么高，像个小喇叭，比起如今越来越高大上的奥运设施不知袖珍了多少倍。这里门可罗雀，几位工作人员告诉我们，场馆最近不开门，因为有些地方还在施工。得知我们远道而来，他们愿意带着进去看看，但婉言谢绝了采访。

这座曾经的奥运会主场馆分新、老两个馆，老馆最多可容纳6000多人，如今多用来举办音乐会或演唱会，以及乒乓球或网球等比赛，新馆更受年轻人欢迎，可以打冰球、冰壶等。门口堆积的旧帆布上，还有用各种语言写的欢迎词，中文"欢迎你来"非常清晰。

我还打算问问当地人有没有关于1992年冬奥会的印象，一位女士说出了我想要的内容。她说自己那时候还在上大学，特别高兴看到有来自世界各地的人聚集在这里，让她第一次感受到体育盛会的乐趣。还有两个美国人，一个说知道这里举办过冬奥会，虽然印象不那么深刻，另一个表示北京夏奥会那么成功，所以很期待2022年将要在北京举办的冬奥会。

距离阿尔贝维尔很近的安纳西一直在坚持申办冬奥会，结果输了两次，最近一次输给了韩国平昌。安纳西也是我们第一次拍摄环法的起点，除了想体验不同的赛场氛围外，这里的美景更让人难以拒绝。

清晨，安纳西湖周围已经聚集了不少人，跑步、骑车、遛弯、晨练……这里被称作欧洲最纯净的湖泊，法国启蒙思想家卢梭曾在这里度过了他生命中最幸福浪漫的12年。安纳西小镇最著名的景点是"中皇岛"，也叫"老监狱"，景色迷人，游人如织。在发车起点处，车迷体验区的游戏和美食更吸引人，饮料、咖啡、主食、肉肠、甜点、沙拉、薯条和爆米花等，统统免费享用。

像环法这样打一枪换一个地方的公路自行车赛，我最喜欢的就是它既跟体育有关，又有丰富的风土人情可做介绍，所以将它定义成"工作加旅行"可能更恰当。

抵达法国的第二天，我们直奔第1赛段起点努瓦尔穆捷岛，拍摄一条号称"世界上最任性公路"的格伊斯通道。

还没走上这条路，路旁的警示牌就提醒所有人：当心您的车子被海水淹没。这条名叫格伊斯通道的公路全长4.2公里，因为两旁都是海水，水流急速不说，经常有潮汐涨退，所以车辆想要通过只能选择每天早晚两次退潮的时间，而且速度要快。我们来到这里恰逢中午，海水已经漫过道路，于是和很多游客一样，除了欣赏大自然的神奇作品外别无选择。在1999年和2011年，格伊斯通道曾作为环法赛道，可因常年被海水浸泡，早已经湿滑不堪。今年比赛时，车手们走跨海大桥开始他们的环法征程，而格伊斯通道更多是作为旅游景点来吸引观光客。如果想尝试通过，那必须注意道路另一侧的警示牌，上面写得很清楚：下午5点34分将是退潮时间，一天只能通行两回，难怪格伊斯通道被称作"世界上最任性公路"。

当实在找不到选题时，就只能拍历史人文方面的内容。在第1赛段的丰特奈勒孔博物馆，我请馆长介绍了几个中国观众比较熟悉的桥段。比如一个位于门框正上方的金黄色制品，这块外面裹了金子的木头是1670年法王路易十四第一次观看莫里哀的话剧《贵人迷》时的一块舞台布景，左边两个"大太阳"来自路易十四的香波城堡卧室，后来几经辗转搬到这里。我们参观的最后一个展品是一个类似望远镜一样的支架，因为大家都没猜对它的用处，于是我在编辑的节目最后抛出一个问题给电视观众——猜猜这是做什么用的？其实是一个压榨葡萄酒的装置。

拍法国历史人文，一个绕不开的人物就是拿破仑，环法前几个赛段经过的西部小城，多半都和他有关。第2赛段终点叫永河畔拉罗什，1804年，拿破仑为了镇压这里的叛乱，将城市改成这个名字。广场上拿破仑雕像也因为环法系上了黄绿圆点儿和白色的缎带。小城步行街上，各种环法体验活动搞得如火如荼。一个迷你骑行体验吸引了我们的注意，体验者的年龄要求必须4岁到14岁。小朋友们大多很喜欢尝试，每人在骑行两圈后，还可以得到一个证书。

在法国的众多城堡中，唯一被我们拍成节目的就是位于南部的卡尔卡松中世纪古堡，这是欧洲现存最古老、最完整的古城堡之一，也是军事要塞，距今已有2600多年。城堡分内城和外城，层层设防。里面的导游仍身穿中世纪服装，马车也装扮得如同几百年前的样子。进入内城，就变成普通的生活场景了，各类店铺琳琅满目，很像北京的古北水镇。夏季是这里的旅游旺季，游客摩肩接踵、络绎不绝。站在城堡里，远眺卡尔卡松新城，还能望到比利牛斯山。17世纪中期，法国与西班牙的边界就在卡尔卡松城郊外。城堡出口有个很特别的同心圆设计，他是法国艺术家瓦里尼2017年的作品，为庆祝卡尔卡松成为联合国世界文化遗产20周年而作。而卡尔卡松作为环法赛段的一部分，今年已经是第10次了。

7月14日是法国国庆日，在巴黎的阅兵仪式上，不仅天上的飞机喷错了国旗颜色，地上表演的摩托车也发生了撞车。那一天的比赛来到距离巴黎很近的亚眠市，这里有3个让我感兴趣的信息点：一是索姆河，一战著名的索姆河战役就发生在这里。二是凡尔纳的故居，他19世纪末搬到这里，总共在亚眠生活了18年，写出《环游地球八十天》等世界名著。三是这里是时任总统马克龙的家乡。此外，亚眠主教堂是法国最宏伟的哥特式大教堂，比巴黎圣母院大两倍，一战二战都有故事。

都说旅行是拯救人心灵的最佳途径之一，如果真给自己放个假，去尽情享受沿途的每一个地方，那环法绝对是世界上最美、最丰富、最值得体验的体育比赛，没有之一。一路上，我们住过中世纪古堡一样的酒店，在图卢兹、鲁尔德、波城和沙特尔等名城游走，拍过菜市场的煎饼摊，还融入巴约讷狂欢节一起嗨翻天……

这是我第二次来法国，上次是多年前和妈妈一起旅游，两次所见所闻所感完全不同。所谓旅行，有人调侃说，就是从自己活腻的地方，跑到别人活腻的地方，花自己的钱让别人富起来，然后满身疲惫，口袋空空地回到自己的地方，继续顽强地活下去。

当职业与兴趣爱好结合，当工作与山水美景、历史文化相融，这似乎是一种最理想的状态。但安全这根弦千万绷紧，要随时提防一些意外。

我们小分队的两位男士承担了这次环法之行大部分的驾驶任务，不管平路、高速，还是盘山路、发卡弯，两人娴熟安全的驾驶保障了这次报道任务的平安圆满。

但客观条件千变万化，我们多次与意外狭路相逢。在安纳西赛段结束后，我们返回驻地途中走错了方向，结果在一个加油站刚加完油，问题就来了：车子时速只能徘徊在22公里左右，怎么调试都不行。我们只能把车停到路边，先打电话联系租车公司。

对方在问询了情况后说，需要加5升的AdBlue，也就是车用尿素，我们不得已步行返回加油站，拿了货架上最后一瓶AdBlue，沿高速再步行回去，将大瓶AdBlue兑进矿泉水小瓶，再一点点灌进车里，重新启动车子，终于恢复正常。

从瓦朗斯赛段结束后转战芒德，高速路不知什么原因堵成一团，一个小时都挪动不了几步。我们决定驶出高速，重新导航，没想到地图将我们引上了一条山路。记不清楚那一晚翻了几座山，穿过几座小村庄，只记得车子在没有光亮的山路上小心前行，很多都是发卡弯。感觉身边的树影忽高忽低，车上没人敢打盹，都仔细看着两旁的道，大伙说得最多的就是"小心""别着急"。

雪上加霜的是，车胎胎压还几次报警。在一个相对平坦的地方，担当司机的摄像下去检查。他后来回忆说，真有点儿心虚。我说是不是怕万一车子坏在路上，结果他回答，自己担心荒郊野岭可别窜出只豹子来！

雨夜加山路，让那天原本准备的晚餐成了夜宵，赶到酒店已是午夜，一碗热粥下肚，竟有种"劫后余生"的感觉。

第二天气温骤降，白天在太阳下晒着体感还可以，到了傍晚，小风一吹，感觉自己似乎在经历一个假的夏天。我将T恤衫、衬衫、羊毛衫和一个薄薄的羽绒服全部穿在身上。一天光景体验了一年四季，这样的经历也算难得了。

车子也好，胎压也罢，只要人没事儿就一切OK。

我多年前第一次去巴黎旅行时就被告知要时刻警惕人身财产安全。一个在法国生活的中国教授曾说，巴黎的游客分两种：一种是已经被偷过的，一种是将要被偷的。我们此行在巴黎只停留一天半，就不幸撞上了这样的事儿。

最后一天上午，我们分头行动，我乘地铁前往埃菲尔铁塔，刚拍完几张照片，突然接到同事急电：护照被盗。此时距离我们登机回京不到10个小时。好在我们有报道环法自行车赛的证件，以及临行前台里开出的红头文件，在大使馆工作人员的协助下，终于及时办好加急签证，没有延误登机。

我们在机场交接车辆，退税，准备办手续时又出意外。不知什么人把行李办了托运但人突然消失，机场安保人员如临大敌，下令所有人撤离。过了大概40多分钟，才重新开始。所有人的时间都被压缩，变得更紧急了。一路上，关于我们的摄像机能否带上飞机，每个岔口的工作人员说法都不一，终于在距离飞机起飞还剩不到30分钟时，通过了最后一道安检口。

飞机顺利起飞，我好像还没从最后一天的跌宕起伏中缓过神儿来。座位上一本《三联生活周刊》里有句话，来自一位爱尔兰语言学家，他说："谁的人生不是在某个时刻天翻地覆，而又最终一去不复返呢！"

回京后的状态调整比我想象中困难一点点。整理素材时发现，我们总共拍摄内容有5个多小时，传回22条片子，播出节目总长1小时多一点。拷贝素材非常繁琐，但最大的好处就是整理这段记忆，然后将它好好封存。

我们沿途总共采访了80多人，大多数很配合，有的自报家门，推销自己。一个叫克莱蒙特·勒鲁瓦的自行车定点站立世界冠军就是这样，是他的主动成就了那期节目。有人留下邮箱，让我一定给他们发视频。当法国电视台同行们看到他们的形象在我们编辑的节目中呈现，都兴奋得拿手机留影。那几天我拍环法，又兼顾世界杯，很忙碌但也非常开心，真是发自肺腑的快乐！

虽然有些法国人英语说得不够好，但毫不影响他们的热情。记得雨夜走山路时，找不到卫生间，无奈之下我们敲了山上一户住家的门。开门的大爷问明来意后，热情地让我们使用他家的，我送了他一瓶赞助商给的红酒以表达谢意。法国人办事儿效率不算高，类似信用卡、电话卡这样的事儿能折腾一个多小时，但极好的态度让人没脾气。总之，一路上的所见所闻足够讲几天，我们遇到的每张面孔的背后大都是帮助、提醒和包容。有了他们的合作，才有我们每天精神抖擞地拍片，才有能留存心底的这份小小的骄傲和荣耀。

当我第一次在异国他乡，面对近乎疯狂的人群，举着话筒采访和播报时，除了感觉新奇有趣外，还为我的新闻生涯增加了更丰富的经历，所以我特别想说：感谢环法，感谢世界杯，感谢一路同行的伙伴们，感谢一直给予我们支持的各路高人，让我们在中国北方最炎热难熬的时候来了个消夏之旅，体验了这项公路自行车顶级赛事的魅力，见证了一个世界杯冠军历经20年后的重新崛起，也实现了一个新闻媒体工作者的意义和价值。

所以，我倍加珍惜这个夏天发生的一切，它让我在沉浸世间、浸透烟火后，依然能一腔诗意、心怀感激。

天 地 一 沙 鸥

第三章

Chapter 3

赛场纪实

1 海上乒乓

从天津到上海，从1995—2005年，短短10年光阴，乒乓球比赛发生了一系列变化：球变大了，21分制改11分了，发球不让遮挡了，胶水没毒了，香港队不再是"海外兵团"了，我们也跟随着偶像们一道长大了……2005年，第48届世界乒乓球锦标赛在上海举行，对入行体育新闻没几年的我来说，亲临这样的大赛是全新的体验，这让我很兴奋。五一节，我和同事们奔赴上海，抵达时已经晚上6点多了，可那也是世乒赛前我们唯一一个可以充分放松的夜晚。我约了几个同学，一起去淮海路和上海"新天地"小坐。老友叙旧固然开心，但想到接下来将要应对很多未知的工作和任务，我心里不由得七上八下，坐在餐吧外的长椅喝着新鲜橙汁，脸上却写满了迷茫。

我们下榻在徐汇区龙华西路的航天神州大酒店，距离赛场万人体育馆步行只要15分钟，能"以步代车"省时又省力，真是莫大的荣幸。第二天一大早，我们就去了赛场。瑞典队和俄罗斯队正在训练，佩尔森、卡尔松、隆奎斯特和斯米尔诺夫等在场，都是特别熟悉的面孔，奇怪的是瓦尔德内尔并没有出现。

一直对佩尔森印象不错，喜欢看他跟王涛、马文革、刘国梁争得不可开交的场景，也喜欢他1米9的高大身躯弓在乒乓球台边发球的样子，这一次亲眼见到他，印象依然如旧。趁着他们训练结束，要离开赛场时，我叫住他希望合个影，谁知我的相机不太给力，任凭怎么按快门，就是不理不睬，还是身边的同事用她的相机救了急。在这段时间里，佩尔森就一直在旁边等候，直到满足了我们的合影要求。

第一次亲临现场与这么多大腕儿近距离接触，我对他们的"追捧"让一位老记者忍俊不禁。在他看来，我还是个学生气十足的"追星族"，而我则把"追大腕"当作每天的"收获"。从第一天开始算起，我几乎天天都有收获。其中，第二天感触最为特殊，因为我不仅见到了男单卫冕冠军——奥地利的施拉格，还接受了奥地利电视台的采访，谈对施拉格的印象。在2003年世乒赛上，施拉格以黑马的姿态一路前进，先后淘汰中国选手王励勤和孔令辉，决赛又战胜韩国削球手朱世赫，一举夺冠，这也是迄今为止，欧洲选手最后一次拿到世乒赛男单冠军。由于在我们的前期报道中，我编辑过施拉格的专题，因此当奥地利电视台想了解中国媒体对施拉格有何印象与评价时，制片人就把我推荐给他们。采访者是3名来自奥地利的媒体同行，被采访的感受很特别，突然间成了别人镜头前的受访者，我感到了一点新奇的乐趣。交谈中，我谈到了施拉格在中国球迷中的名气，虽然有些大器晚成，但卫冕冠军的身份让他已然成了中国队的主要竞争对手之一，从技术上看他发球出色，变化多，相持过程中的正手弧圈球旋转强烈，还会突然改变节奏，给对手一个措手不及。我还告诉他们，因为乒乓球号称中国国球，所以在这个项目上有名气的运动员都会无一例外被中国观众熟知。我也希望自己的回答能给这个男单卫冕冠军带去点好运，希望奥地利的观众在收看电视节目时，能知道施拉格在中国的人气儿。

正选赛开始的第一天晚上，我在混合采访区"堵"住了刚刚参加完双打首轮的施拉格，和他合影并进行了简单交流，一切都很顺利。谁料24小时后，他就在男单第二轮中遭遇了一位43岁的华裔西班牙老将何志文，并以总比分3比4被淘汰出局。失利后的施拉格还是那样平静，面对记者的围堵，他坦言自己近来伤病比较多，缺乏系统性训练，所以不在最佳状态。他还开玩笑说，没准儿这是中国观众都愿意看到的，因为中国选手将会少个强有力的对手。此时，我正忙碌地编辑其他场次的比赛，来不及回味施拉格是怎么被淘汰出局的，但也知道，自己早先准备的施拉格的编辑资料已经派不上用场了。

本次世乒赛对两位重量级的人物瓦尔德内尔和王楠来说，有着非常特殊的意义——这将是他们的最后一次世乒赛。

在男单第三轮，即将年满40岁的瓦尔德内尔败给了欧锦赛冠军、白俄罗斯名将萨姆索诺夫。赛后，老瓦非常疲惫，现场观众不住地为他鼓掌，此时很难说谁是比赛的胜利者。我挤进混合区，为老瓦拍了几张照片。他一面应对记者们的话筒，一面耐心地为人们签名。由于我在前期报道中做过一个老瓦的专题，对他的战绩我早已烂熟于心，这时候我什么都不想问，只是默默注视着他——这个和六代中国选手拼争了20多年的老对手，这个和中国有着特殊缘分的40岁老将，这个超越胜负成败的、令人尊敬的乒坛常青树。我在想：退役之后的老瓦会去哪儿逍遥呢？

当晚，王楠与韩国选手文炫晶的比赛又是另一番味道。王楠在文炫晶的反手生胶面前显得一筹莫展，这让我想起悉尼和雅典奥运会上，王楠与李佳薇的两次对阵，一赢一输，而这一次，王楠同样没有足够的运气逃过此劫，3比4，卫冕冠军王楠以这样的方式结束了她最后一次世乒赛单打之旅。

失利后的王楠没有接受任何媒体的采访。

5月6号上午的女双半决赛，王楠和张怡宁击败中国香港的帖亚娜和张瑞，将与队友郭跃和牛剑锋在决赛碰面。之后发生的一件事儿让所有人感到惊喜。一群王楠的球迷为她的最后一次世乒赛准备了一份特殊的礼物——10001朵艳丽的红玫瑰，寓意是"万里挑一"。走到采访区的王楠开始时心情平静，当看到玫瑰时，她强忍泪水，感谢"楠迷"的鼓励、支持、包容和付出。那一天，王楠的眼泪成了我们节目中最煽情的"催泪瓦斯"。

傍晚《体育新闻》节目播出时，我正在为德国电视台录制一组他们需要的素材，当德国同行看到王楠接到10001朵玫瑰感动落泪时，提出想把这条新闻也录制下来，他说其中的意思自己全懂，也被粉丝们的执着深深触动了。王楠的眼泪告诉所有人，比获得冠军更让运动员感动的就是爱。有了爱的伟大力量，他们就拥有了一切。淘汰王楠的文炫晶随后遇到了代表荷兰队出战的李娇，比赛中，李娇得到了全场观众忘情的呐喊和支持，拿下最后一个球时，李娇高举双手接受闪光灯的"洗礼"，这位青岛籍姑娘在万人体育馆充分享受了一回主场待遇。

刘国正和德国名将波尔的男单1/8决赛堪称那届世乒赛经典之战。在波尔拿到赛点后，刘国正一个球擦边了，此时裁判并没有看清，于是判波尔得分，然而，波尔诚实地纠正了裁判的错误，最终输掉比赛，却因此获得世乒赛"公平竞赛奖"以及所有观众的掌声和尊重。丹麦的梅兹是那届比赛最大的黑马，他先后4比0战胜王皓，4比3力克郝帅，丹麦人上演童话的功力让人折服。遗憾的是，好状态没能坚持到最后，他半决赛败给了马琳。

那届大赛成就了张怡宁的圆满，她成为继瓦尔德内尔、邓亚萍、刘国梁、孔令辉和王楠之后，世界上第6位大满贯球员，站在领奖台上，这位一贯面容严肃的小姑娘也露出了灿烂的笑容。

5月6日晚11点半，我们最后一期专题节目《海上乒乓》终于结束，大家不约而同鼓起了掌，为胜利播出和成功报道，也为我们几个月来的辛苦付出。兴奋中开始拆卸设备，才发现用过的编辑带、写过的稿子和查过的资料竟然有那么多！几天来，我也用相机拍摄了所有人的工作状态，这是一次记录，一种纪念，也是一段经历。相比以往守在电视屏幕前，现场观赛的感觉无法用语言形容，所有参与者的表情神态尽收眼底，所有音响被无限放大，所有人的神经高度紧张，所有的感情都是内心最真实的流露。

回京后得知，就在我们忙碌得不可开交时，前方的报道得到了各级领导的好评，制片人还让我将经验和教训好好总结，找时间给大家讲讲，让我受宠若惊。

我们的世乒赛报道早在3月份就启动了，为了让节目做得新颖，不落俗套，制片人召集大家开会集思广益，在所有中外名将中筛选出几位，制作了包括人物专题在内的前期节目。世乒赛从5月1日到6日进行，我们在前方每天有两档专题，尽管我事先已经做好充分的思想准备，但亲临大赛，这种紧张程度和工作密度依然超乎想象。我每天给后方传比赛画面和采访，有时需要整理当天的综述和"五佳球"，还要编辑欧亚选手之间的比赛，及时传送给国际乒联……一天下来忙忙碌碌，往往到凌晨才能休息。但随着比赛的进行和自己逐渐调整适应，我感到自己的应对能力得到很大提升，身边各个工种的同事们同样在肩负重任，他们的坚持、淡定和自信也缓解了我的紧张和压力，我们相互支持，力争将前方报道做到最好。

所以该怎么总结呢？时任国际乒联主席认为，这场盛会对乒乓球来说就像一个节日，这项运动在中国如此受欢迎，是其他任何项目所不具备的礼遇。而我在这届大赛上经受的历练和挑战让我受益匪浅，是一段难得的成长历程。

2 一个人和三个城市

我从四个月大开始坐火车，从小走东闯西，对"轰隆隆"颠簸的感觉很亲切。小学和中学寒暑假时也经常从青岛坐火车回北京姥姥家，一路上所见所闻都是我在小伙伴面前的小小谈资。不过参加工作以来，我出差机会并不算多，但2005年10月到11月，我分别去了南京、澳门和绵阳，报道全运会、东亚运动会和拳击世锦赛，奔走频率高，强度也不小，一个多月仿佛没在北京落脚，直到年底才整理出那年秋天关于一个人和三个城市的故事。南京、澳门、绵阳，就像三张截然不同的画卷瞬间展现在我眼前，让我眼花缭乱。

南京——第10届全国运动会举办地

南京是我造访次数最多的城市，前后算起来有四五次。在我心中，它无法用简单的语言来概括，"六朝古都"的历史丰饶厚重，城市风貌也多姿多彩。

2005年"十一"一过，我随全运会前方报道团抵达南京，当天晚上就被带到江苏广播电视台熟悉工作环境。这次全运会我们需要使用一套全新的编辑播出系统，俗称"索贝"。编辑们被分成早、中、晚三班，我不偏不倚上中班，不必起早贪黑，能按时吃饭、睡觉。

最初几天，大家在结束工作后抽空来逛逛夫子庙，跟着夜色中摩肩接踵的游人一道，观赏孔庙贡院，品味秦淮文化，品尝各色小吃，感受南京的夜生活。一片片游船像树叶在秦淮河上缓缓飘过，迎着河边的杨柳和茶楼，一派现代都市中"夜泊秦淮近酒家"的风情。

夜晚的光影交错与白天的清秀浓绿构成了我脑海中南京的轮廓，我把它定义为"既有皇城的豪气，又有江南的秀气，更不乏小资情调的地方"。当然，在相当一部分人眼中，南京是带有浓浓的悲情色彩的，因为在近代中国，这里有太多不堪回首的记忆和屈辱悲惨的往事。一个下着雨的中午，我们去参观南京大屠杀遇难同胞纪念馆。它没有想象中大，却有想象不到的庄严肃穆。正对门口的一面高墙上，"300000"的数字特写非常醒目，旁边是一座黑色的警钟，几个明显的标志就勾勒出警世的寓意。我们跟着人群边走边看：遇难同胞墙、同胞名录、万人坑模型，还有历史资料纪念馆。同时参观的还有一个来自日本的团体，听馆员介绍，每年都会有日本大大小小的团队前来参观、纪念和植树。

历史永远都是一面镜子，拂去岁月的烟尘，便是无法掩盖的现实和责任。南京这样的历史名城，它的每个角落都有不为人知的故事存在，它的每一块城墙、每一座亭台楼阁都展示着属于某个特殊年代的往事。

身为"六朝古都"的南京在明朝得到最全面的发展，坐落在长江大桥起点处的狮子山公园是当年朱元璋大败陈友谅几十万大军的地方，如今，这里树立起一座铜砌的朱元璋全身像，不远处的阅江楼与黄鹤楼、岳阳楼和滕王阁一并被称作"长江四大名楼"，并以朱元璋的《阅江楼赋》而闻名。登上城楼可以眺望长江，俯瞰南京旧城和新城。还有一种说法是：当年登上阅江楼最高点就可以看见整个南京城的轮廓，而轮廓的形状好似朱元璋的脸，自认为其貌不扬的朱元璋不愿意让人们知道自己的长相，于是，阅江楼就成了百姓不得进入的地方。楼下是著名的静海寺，据称当年郑和就是乘坐这里制造的宝船，开始他的南洋之旅，将古老的中国同世界用商贸连接在一起。

坐落在中山陵西侧的明孝陵和北京十三陵都是明朝的坟冢，游人多半都是先去中山陵，然后再顺着一条长满法国梧桐的大道走到明孝陵。同中山陵蓝白色为主的基调不同，明孝陵大多处保留了当年的红土色城墙和黄色顶层。明孝陵是朱元璋孝陵皇后的藏身之地，我最喜欢的是它的神道，在石人石马"陪伴"下，在一大片绿色、红色和黄色的树叶中穿行，空气中早已弥漫着浓浓的寒气，感觉秋天已经来临。站在有些光秃的城楼上，抚摸着斑驳的墙壁，南京的厚重又一次深深感染了我。这是一个谜一样的城市，一座需要细细品味才能体验的地方，一个永远无法吹散历史尘埃的古都。

全运会结束的前两天，我们登上300多米高的江苏电视塔，俯瞰整座南京城，此时，夜色中的古城披上了一层富丽堂皇的色彩，显得豪华气派。塔顶不断旋转，南京每个角落都毫无保留地展现在我们眼前。星星点点的灯火变幻着颜色，让人抛弃白天的一切烦忧，陶醉在它的五彩斑斓中……

此次南京之行，我留下一个小小的遗憾，就是没去燕子矶公园。这个遗憾在2014年得以弥补，那一年我坐车先过长江大桥，然后步行，最终光顾了这个坐落在江边悬崖峭壁上的景点。当时距离全运会已经过去快10年，南京还是那样让我着迷和向往，它浓绿清新的色彩，它保存完好的古城墙，它现代时尚的博物馆，还有诱人的鸭血粉丝汤、梅花糕和皮肚面……

结束全运会从南京返程时，我依依不舍。第二天，就要奔赴另一个地方，开启一项新任务。

澳门——第4届东亚运动会举办地

从南京回北京，再启程赴澳门，这中间我在北京只停留了不到20小时。抵达澳门国际机场后，我们前往"澳门蛋"体育馆办理证件，恍惚中发现，汽车行驶在道路的左边。

澳门特别行政区由澳门半岛和氹仔、路环两岛组成，当时加在一起不过27平方公里，人口只有50万。尽管密度不低，但对于生活在北京，天天面对滚滚车流和茫茫人海的我们来说，澳门在大多数时间里都显得安静、悠闲。

新马路一带的市中心非常热闹，南欧式风格的建筑，罗盘和海鲜图案的灰白色街道，窗户上装饰的五彩斑斓的鲜花，琳琅满目的商店及大大小小的繁体汉字……它充满异国情调，温馨优雅，又清新开放。马路上没有自行车，却有颇具阵势的摩托车大军，每当绿灯一亮，"车手们"齐刷刷向前冲，简直就是一道风景。

这一带距离我们下榻的金域酒店坐车不过四、五站地，这里汇集了相当多的澳门当地办事机构，像邮电大楼、民政总署、新闻局、澳门银行，还有葡萄牙驻澳门领事馆——全澳唯一一处飘着葡萄牙红绿两色国旗的地方。当然，最吸引我的还是那些著名历史景点——大三巴、澳门博物馆和大炮台等。

大三巴建于17世纪，原是一座天主教堂。在经历近代无数次战火后，这里只剩下一座牌坊一样的"门脸"。它原名叫"圣保罗大教堂"，只因St. Paul的发音同"三巴"类似，被后人称作"大三巴"牌坊，是澳门的象征。

牌坊旁边有座哪吒庙，别看只有几平方米，当地人介绍说这是中国唯一既有西方天主教堂，又有东方佛教寺庙的地方。它和大三巴常被视作澳门中西文化和谐相处的缩影。

离这里不远的妈祖庙，又称妈祖阁，是澳门建筑物中历史最悠久的。17世纪，当最早的一批葡萄牙人抵达这里后，就建造了妈祖庙，后来，越来越多的葡萄牙人乘船进行贸易往来，这里的灯塔还为远行的人们带去光亮。如今，妈祖庙红色的大门已经在风吹日晒中褪去颜色，院墙也显得陈旧，然而这里的香火却一天也没有断过。

在澳门，据说粮食蔬菜都是从内地运来的，蔬菜往往比肉还贵，比较常见的是菜心、洋葱和西红柿。当地特色"葡国菜"的确味道很独特，葡式鸡和葡式鱼让人垂涎欲滴。此外，如果去最南端的黑沙海滩，还会途经著名的安德鲁蛋挞店，可以品尝最新鲜正宗的葡式蛋挞。整个店铺也就几十平方米，但生意极好，一会儿工夫，刚出锅的蛋挞就全都卖出。人们坐在小店旁边的石凳上边吃蛋挞边撸猫，享受着生活的悠闲自在。

澳门普通的居民区特别拥挤，隔着马路都能彼此相望，甚至在山上都能看见对面楼里的人们在做什么。阳台上总是鲜花点缀，美观又大方。街道上，果皮篓和公厕很多，所有的公厕都清洁整齐，所有的果皮篓都造型各异，他们仿佛不只是"承载"垃圾的地方，也随着赋予个性的装饰融入整座城市氛围中。

独特的人文地理环境铸就了澳门独特的风貌，也赋予了这座城市特殊的历史价值与使命，所以相比香港，我觉得澳门有更多值得游人驻足思索的地方。东方人的土地上树立起西式教堂，中国的城市街道上行走着各种肤色的人们，因此澳门也被称作"东西方文化的桥梁"。

澳门有座山叫西望洋山，也叫主教山，山脚下是著名的"亚婆井前地"，是最早来到澳门的葡萄牙人居住的地方。"前地"的意思就是"前面的一块空地"。近代著名思想家郑观应还曾在这里定居。坐落山顶的教堂院落不大，但依山傍海，让人心旷神怡，在这里能看到不远处的南湾湖水上中心和澳门旅游观光塔，与它们隔马路相望的就是澳门特别行政区政府，一座粉红色的建筑。下山时途经圣洛伦佐教堂，里面金碧辉煌，只有寥寥几个人正在做祷告。与西望洋山相望，澳门岛的最高点所在地叫东望洋山，又名松山，因这里的松树和松鼠得名，山顶最高处的灯塔建于1864年，是中国海岸第一座现代灯塔。在山上，几乎可以看到澳门半岛上所有的建筑，像驻澳部队驻地和中联办驻澳门机构等，还有1999年澳门回归时，中央政府所赠的礼物——"盛世莲花"。

此外，澳门北部还有座望厦山，1844年，清政府代表和美国人就是在这里签署了《中美望厦条约》。

作为特别行政区的澳门有着其他城市无法比拟的娱乐业，每当华灯初上，白天的清静悠闲就会变成夜晚的五彩斑斓和绚丽夺目。历史最悠久的葡京酒店，全澳最大、号称"亚洲的拉斯维加斯"的金沙娱乐城，还有各种大大小小的、灯红酒绿的地方此时就成了这座城市最活跃和生动的细胞。

澳门博物馆众多，像设计独特的艺术博物馆、林则徐纪念馆、赛车博物馆、葡萄酒博物馆、凼仔岛的葡式建筑博物馆，以及路环岛的土地自然博物馆等，只是博物馆里通常游人不多。

澳门人给人印象纯朴善良，谦逊礼貌。在这个渗透着多元文化的地方，不同肤色、不同种族的人早已融合到一起，就连澳门公共设施的标志上也都是简化字、繁体字、英语和葡萄牙语通用。

因为东亚运动会，我第一次来到澳门，它的南欧式街区、教堂剧院、海滩灯塔和城市夜景都让我印象深刻。第二次来澳门是两年后——环南中国海自行车赛的最后一站，这次有两个深切感受，一是澳门更漂亮了，二是我的神州行手机卡可以用了。只是停留时间太短，只有两天半。适逢年底，澳门的大街小巷到处都充满了圣诞氛围，增添了很多喜庆的元素，新马路人潮拥挤，正是澳门旅游的黄金时节。

2019年，澳门迎来了回归祖国20周年纪念，尽管我已经10多年没有再踏上那片土地，但每当看到关于它的消息，我心底都会涌起一股暖流，然后闭上眼睛，任它的纯净、甜美、清新和温情在我断断续续的回忆中，像一叶小舟悠然划过……

绵阳——第13届世界拳击锦标赛举办地

东亚运动会结束后从澳门回京，北方已是初冬。在北京待了3天，我启程奔赴四川绵阳，报道第13届世界拳击锦标赛。飞抵成都后，又经过两个多小时汽车的颠簸，我们一行6人才抵达本次比赛的目的地。

初见绵阳，印象就俩字——干净！别说大街小巷，就连建筑工地都整理得井井有条，10天下来，我竟然没有看到街面上丢下一片纸屑、果皮。当地人介绍，这里几乎年年都被评为全国卫生模范城市，果真名不虚传。唯一让北方人不太适应的就是阳光吝啬而雨水充沛。

比赛场馆九州体育馆位于绵阳西侧，从我们下榻的临园宾馆到赛场大约20分钟车程，途经著名的长虹集团。估计赛事组委会没有料到会有如此多来自境外的媒体前来报道，他们提供给记者们办公的区域显得狭小、简单而拥挤。因为央视是负责提供国际公用信号的主播台，拥有一间存放设备的大办公室，于是我们一行6人就把这里改造成了临时编辑间，两张办公桌，几把椅子，一部饮水机，把便携式编辑机往桌上一放，一个编辑机房兼休息室就搭建完毕。

这次拳击世锦赛，除了必备的新闻专题外，"双视窗对接"是一项更重要和艰巨的任务。从提前10分钟试线一直到连线结束，我们6个人承担着截然不同的角色。一位摄像主要负责拍摄，另一位则要用旁边一台机器给嘉宾打灯光，音频老师用便携式调音台处理声音，为的是让对接中的音效达到最好，我扮演了"保安"的角色，防止直播中突然闯进"UFO"——蚊虫等不明飞行物。拳击专项记者是我们要衬托的红花，另一位记者则负责协调，避免前后方连线中出现意外。我们那几天的连线不断赢得好评，除了及时播报最新赛况外，还有嘉宾画龙点睛，时任国家体育总局拳击跆拳道管理中心主任常建平、中国拳击队主教练张传良及最后夺冠的邹世明都先后来到镜头前。几天中，我们的工作流程因为彼此间的磨合一次比一次顺利，内容也因邹世明的出色表现一天比一天吸引人。

　　我还有个任务，就是采访外国选手和教练，以及国外媒体和官员等，看看会不会有什么新闻点。比赛开始后第3天，我就发现了身着统一队服来报道比赛的古巴广播电台，并以他们为拍摄对象做了个小专题。第2天，他们兴奋地告诉我，昨天在电视里看到了他们自己。

　　最后一期专题里，不少国外同行都对这次央视的转播很满意，有的还提了一些中肯的建议，相当多的人都表示，愿意在2008年来北京报道奥运会。欧洲广播联盟一位英国评论员说，绵阳都这么好，那北京一定会更好，因此奥运会是绝对不会错过的！

　　回京那天，我们的工作依然不轻松，因为当天晚上还有一期《体育故事——邹世明》等着播出。接到这个任务时，决赛马上就要开始，但比赛一结束大伙就得赶飞机，没法四平八稳地编辑。于是我们分工，专项记者提前写稿，另一位资深记者在成都机场候机厅就支起编辑机开始干活。登上飞机后，最后一排的3个座位又成了他的工作间。在飞机上不到3个小时的时间里，他硬是编成了一个10分钟的专题片，从地面到天上，这期《体育故事——邹市明》就这样完成了。

　　后来，制片人让我将这段"飞机上编片子"的特殊经历写成一篇报道，我给它起名字叫"天上地下"。

　　当飞机飞越秦岭，一刹那拨云见日，晴空万里。在转战3个城市后，我又回到了北京。此时的北京已经入冬，空气干冷，凉风嗖嗖。车子在公路上疾驰，我歪着脑袋，有些疲惫地看着两旁的建筑飞快地"后退"。南京、澳门和绵阳，我经过的每个地方都有属于它们的鲜明个性和特征，沉浸其中，我感受到的是它们的绚丽多彩和带来的惊喜与回味，我也期待这种感觉在人生漫漫长路上不断出现。

　　这就是我在这忙碌的两个月里与3个城市的故事。

3 春城依旧

跟残疾人体育赛事结缘始于2007年全国残疾人运动会。之前，我对残疾人体育知之甚少，所以得知要去前方报道时还兴奋了一阵子，既能学到新东西，满足我的好奇心，又能再看看昆明，何乐而不为？原本我的角色只是编辑，每天应该在云南电视台等着记者们拍片子回来，结果一位记者临时有事回京，递补又来不及，于是我和播音员、摄像，组成一个临时"三人行"作顶替，往返于体育场和云南台，如此往复却乐此不疲，因为每天都有新鲜事发生。

残运会开赛前，我们仨的任务是拍开幕式演员的准备情况。彩排中，一对残疾舞蹈演员成了焦点人物，他们是来自河南省残联的马丽和翟孝伟。我曾在《东方时空》中看过对他俩的采访，他们的作品《牵手》在当时刚刚结束的CCTV电视舞蹈大赛上获过奖。除了舞蹈本身的魅力外，两人谦和的态度让我很感动。马丽原本是一个非常优秀的舞蹈演员，20岁因为一次车祸失去右臂，和很多残疾人一样，最初几年，她彷徨、沉寂，惧怕和外人接触，后来在河南省残联的邀请下，才参加了2001年全国残疾人文艺会演，正是这次演出改变了她的命运，用马丽自己的话说，当看到那么多残疾人拖着残缺的身体展示艺术才华时，自己无论如何也不想退缩了。

一个偶然的机会，马丽碰到翟孝伟，那时，小伙子还是一名残疾人体育运动员，对艺术并不在行，他没有左腿这个外形条件引起了马丽的关注。马丽先请翟孝伟看了自己的舞蹈专场表演，随后给他讲解了很多舞蹈和艺术知识，让小伙子逐渐入了门。2005年，《牵手》这部作品问世，马丽和翟孝伟获得全国残疾人文艺会演金奖，后来，两人的一系列奖项接踵而至。在他们排练的现场，很多志愿者和工作人员围着他们合影留念，马丽的脸上依旧是平和的笑容，翟孝伟则有点儿腼腆。

参加开幕式演出的大腕儿不少，有著名的表演艺术家和歌唱演员等，我们挨个敲门，挨个录制，让每个亮相开幕式的大腕儿们都对着镜头表达了对残运会的寄语。

正式比赛开始后，我们报道的主题就变成了"知识普及"，普及残运会知识，介绍残疾人体育项目，因为大多数人对这些都不熟悉，比如盲人跑步、盲人跳远、聋人110米栏、轮椅竞速、轮椅投掷及各种不同形式的接力。

残运会田径项目分级由前缀字母+数字的形式组成，田径的代码是T和F，后面的数字中，1开头代表盲人，3是脑瘫，4是肢残，5是轮椅，6是聋人。而第二位数字表示的是残疾程度，数字越小，程度越深。拿盲人项目来说，T11是全盲，竞赛项目中必须要有引导员，特别是短跑，两人配合要非常默契。我们采访了辽宁省代表团的盲人运动员刘向坤和他的引导员李佳雨，两个男孩非常朴实可爱。刘向坤说除了练体育，自己平时的职业是盲人按摩师，他最期待的就是进入国家集训队，参加北京残奥会。一年之后的2008年，我真的在残奥赛场看到了这对搭档。

在介绍聋人110米栏这个项目时，我很想"人为"地和刘翔联系在一起，但不确定怎么处理才显得自然而不牵强，没想到被访者说得很精彩，这个项目的冠军得主、来自辽宁队的李林打着手语，他的教练帮忙"翻译"说："他最崇拜刘翔，立志要像刘翔那样，做中国跑得最快的残疾人运动员。"

每天在赛场都能看到新鲜事物，所以时刻都在感叹自己不了解的东西太多了。比如肢残运动员进行投掷时，场上就会多一个特殊的设备——投掷凳，因为运动员要被固定在上面才能进行比赛。盲人运动员跳远助跑时，教练需要在旁边用手打拍子，随着频率越来越快，拍子节奏越来越急，运动员会"心领神会"纵身一跃。于是，我跟制片人建议，在节目里增加一些类似

"小知识"这样的版块，介绍残疾人项目的分类和设置。我们分布在赛场的几路记者有时间就相互探讨，从不同角度报道残疾人体育的特殊性。

所有残疾人田径项目中，轮椅竞速是公认最精彩激烈也是观赏性最强的。1964年东京残奥会上，轮椅竞速首次成为残奥会比赛项目，还被媒体形容为"残疾人体育运动中最令人振奋的元素"。不少汽车制造商，如德国宝马公司等都从材料、空气动力学以及转向系统等方面不断研发，提升轮椅竞速的竞技水平。竞速轮椅有两个大轮子和一个小轮子，为了使轮椅不易翻车，后面两个轮子必须呈"八"字形。尽管比赛中运动员只能靠自己去驱动轮子前行，但它的速度还是超乎想象得快。站在场边观赛，看他们风驰电掣般呼啸而过，冲过终点的瞬间，运动员们脸上洋溢的笑容更如同昆明的天空一样明朗。看着他们幸福地击掌欢庆，我又想起著名教育家马约翰的那句话："体育是培养健全人格的最好工具。"残疾人虽然肢体是残缺的，但精神可以通过体育的塑造而变得完整和圆满。

忙完每天的工作，我们偶尔会穿过翠湖公园，再坐公交车回酒店。5月时节，昆明时而晴天，时而下雨。在汪曾祺老先生笔下，昆明的雨季是"明亮的、丰满的、浓绿的、使人动情的"，因为"草木的枝叶里的水分都到了饱和的状态，显示出过分的，近于夸张的旺盛"。和几年前相比，这次造访昆明，感觉城市似乎大了许多。我们住在西北市郊高新产业开发区，周边是正在建设的楼群、街区和立交桥。早晚时分，大大小小的主干道也会堵得水泄不通。工作之余，我忙里偷闲在城市中穿行，满大街的三角梅，飘香的鲜花饼、普洱茶，琳琅满目的南国水果，还有美味的云南美食，都让我流连忘返。

闭幕前一天，大家抽空去了石林。我几年前对石林的美好印象依然留存在脑海中，面对大自然的鬼斧神工，不管多么华美的辞藻都显得多余而不足分量。面对天工的杰作，除了唏嘘感叹，举目仰望之外，唯有深深的敬意。

最后一天的闭幕式，我被派到昆明民俗文化村蹲点，看看负责文艺表演的团队在准备过程中有什么可以拍摄的。这里同样让人大开眼界，云南总共

25个少数民族，大多都是这里独有的。在民俗村，大理的三塔模型、傣族的山寨、拉祜族的对歌、纳西族的蜡染艺术，还有佤族姑娘小伙们的艳丽服饰让我们大饱眼福，看着他们唱歌跳舞的欢快劲儿，几天的劳累和烦忧早已抛到九霄云外。

　　闭幕式结束已经是傍晚6点，可感觉就像北京的下午四五点钟。车子行驶在西郊宽阔整洁的路面上，天空纯净、空气清新，我闭上眼睛，脑海中满是春城美好而可爱的形象。

4　剑客下江南

　　记忆中第一次看到"剑客"是在影片《铁面人》中，上小学时知道栾菊杰这位洛杉矶奥运会女子花剑冠军，但对击剑这项运动，我并不是非常熟悉和了解。2007年初秋，突然接到去南通报道亚洲击剑锦标赛的任务，第二天我就拎着大包小包和摄像一起出发了。

　　南通刚下过一场雨，天空通透，空气湿度适宜，让人神清气爽。从机场到组委会为我们订的酒店乘车大约半小时，抵达目的地时天已经黑了。

　　组委会曾告诉我们，居住的酒店距离比赛场馆只隔一条马路，结果第二天上午我们去探营时，发现那里冷冷清清，打电话一问，才知道组委会搞错了。比赛地点是南通体育会展中心，距离我们驻地打车约十几分钟，匆忙赶到时，男子重剑个人赛已经开始，中国队最有名的选手就是雅典奥运会银牌得主王磊。很有经验的摄像先带着我见了组委会赛事运营负责人，对方非常热情，说有什么问题尽管找他，顿时我心里就踏实了。可比赛看着有点无聊，看台上空空如也，偌大的场馆里只听得见队员得分后的尖叫声。

我这一天最大的收获居然来自一位出租车司机，一路上他给我普及了南通的许多典故，还有风土人情、历史渊源、名胜古迹和当地特产等，让我对南通有了一个初步印象，心中不免有些期待。

下午进行的女子佩剑个人赛是中国队强项，亚洲几乎难觅对手。半决赛时，中国选手包盈盈大腿受伤，导致她决赛只象征性挥了一剑，就将胜利让给了队友谭雪。而王磊就没这么顺利，他在男子重剑个人赛半决赛上输给一位哈萨克斯坦选手，获得季军。听经验丰富的摄像说，王磊输掉比赛就总躲着媒体，于是，我在颁奖后悄悄找到他，拍了个独家采访。

第二天，我们在赛场碰到三位北京电视台的同行，他乡遇故知，于是这一天从一开始就充满欢声笑语。

男子花剑个人赛上，中国队4名选手都进入8强，遗憾的是朱骏和黄良财过早相遇，1/4决赛中，最有希望冲金的雷声输给了日本的福田。赛后雷声坦言，他自己刚做了手术，正处在恢复中。我决定把雷声出局和男子花剑决赛分成两条新闻做，这样既能保证资源被充分利用，也能把来龙去脉表述清楚。

男子花剑决赛颇富戏剧性，黄良财对阵日本的太田雄贵，14平时，两人互相刺中，可即便是通过视频回放系统，也难辨别谁先谁后，这给裁判出了难题，主裁、副裁加上录像裁判，4个人一起看还是没有结论，于是两人比最后一剑，用击剑中的"突然死亡法"一决高下，结果，太田比黄良财快了一步，夺走了这块金牌。这让中国队主教练王海滨很郁闷，当我们赛后去找他时，他正一个人在楼道里来回踱步。

随后一条赛场花絮又给我增添了新闻资源。在女子重剑1/8决赛中，中国选手骆晓娟与澳大利亚的霍尔斯同台竞技。霍尔斯的丈夫兼教练彼得坐在场边一边看比赛，一边摇着婴儿车，里面的小家伙正是霍尔斯不到一岁的宝宝。当局间休息，彼得试图推着婴儿车进场指导时，被裁判婉言拒绝，他只能先将孩子固定好后再进场。比赛中，彼得边看场上形势，边拿着奶瓶喂小家伙，比赛一结束，霍尔斯马上脱去剑服，抱起车上的宝宝。

两条新闻加一个花絮，我准备给当天的《体育世界》贡献3条片子，但考虑到节目时长和我的传送时间，时效性不强的花絮打算过几天再发。

第3天赛场情况有些出乎我的意料。这几个剑种里，要数女子花剑我最不熟悉，而这也是中国队近几年最弱的一项。然而这次比赛，苏婉文、孙超、黄嘉玲和张蕾等几名队员一路顺风顺水，决赛竟然在两名中国选手之间展开，参加过悉尼奥运会的老将张蕾最终战胜苏婉文，拿到这枚金牌。在当天的男子佩剑决赛中，镜头对准了中国队主教练——法国人鲍埃尔，比赛中他严谨认真，比赛一结束，立马眉飞色舞，神采奕奕，已经52岁的他风趣幽默，说起话来时常快乐得像个大孩子，对世锦赛和奥运会的目标从不遮遮掩掩，他明确地说一定要在北京奥运会上争金！

前3天结束个人赛，第4天开始了团体赛争夺。我和专项记者的主要精力也从赛况转移到最后的总结专题片和一些花絮上。这一天，我想拍一个关于裁判的片子，主要介绍执法中的手势、语言以及执法难度等。执法本次亚锦赛的裁判来自中国、日本、韩国、越南、澳大利亚、伊朗和科威特等国家，因为想要先了解一下裁判的具体工作内容，我采访了一位来自伊朗的裁判，他很能说，面对镜头侃侃而谈，善于配合。他说击剑裁判有时确实不好当，因为要在那么短的时间里做出裁决，尽管比赛中有即时回放系统，但这可能会影响比赛的流畅性，因此是把"双刃剑"，总而言之既要让比赛公平同时又要让过程流畅，这就要考验裁判的综合能力。当然他也认为，只要足够熟悉项目，当裁判就不是件难事儿，即使遇到大牌选手也没什么压力。他还说，自己曾经就是一名重剑运动员，而且多数裁判也都是运动员出身，击剑比赛的规则的确太复杂，拿攻守转换来说，进攻队员只要稍一收手，那么他就由进攻转防守了，假如这时候有人得分，裁判就要看仔细。他边说边比画，详细解释了手势的含义。后来，我上国际剑联官方网站查资料时才知道，他还是亚洲击剑联合会执委会的官员，获得过"亚洲最佳裁判"的荣誉。

我们对裁判的采访和拍摄引起了本次亚锦赛总裁判长金昌贡的关注，这个韩国人听得懂一些中文，当别人夸他帅时，他会笑着说："谢谢！

你也是！"

比赛还有两天结束时，北京台的3名同事要提前回去。大赛接近尾声，我也有时间去赛场后面的摊位上转转，那里卖的都是各种击剑产品和纪念品，我终于分清楚了这三种剑的结构差别：花剑横截面是长方形，重剑是四棱的，佩剑是三棱，佩剑的手柄和其余两个都不一样，这样更有利于劈杀得分。击剑的头盔也很沉，怪不得每当队员们比完赛，汗出得都像大雨淋过一般。

最后一个比赛日事情很多，我和专项记者白天忙着整理素材，傍晚又去赛场拍比赛，还要让记者出镜串接和总结，一天下来我俩手忙脚乱。我们的总结专题片在第二天中午的《体坛快讯》首播，不知道节目效果如何，于是怀着不安的心情致电制片人，当听到一些赞许后，我们悬着的心才踏实下来。

南通，东面临海，西南临江，最著名的风景区叫狼山，还有一条濠河穿城而过。漫步河边，淡淡的水汽，细细的小雨，还有满眼的绿色和悠闲的人群，小城显得柔和又灵秀。南通的特产是西亭脆饼和麻糕，脆饼其实就是芝麻点心，甜而不腻，清脆爽口，是一道不错的茶点。在南通这几天，我们经常去一家名叫"牵手"的餐厅用餐，我已经记不清它的菜肴特色，只记得相比前几天匆忙解决战斗，我们最后一顿饭吃得非常惬意，我翻着抓拍的各种照片，和大伙儿谈笑风生。每次出差，我的感受大抵相似，无论开始怎么忐忑，最后都会带给我无限快乐和美好。

一晃多年过去，南通，别来无恙？

5 黄浦江深

黄浦江畔，大上海。

2011年的国际泳联世锦赛对我来说像赶赴一场心潮澎湃的约会，5年没去了，这座城市在变化中给了我一种莫名的期待，有点向往，有点彷徨，有点浮想联翩。

我这次的主要任务是制作公共信号集锦。临行前我们曾进行过一次短暂的培训，学习新的操作系统以及如何编辑国际集锦。当看了前几届大赛的光碟资料之后，我觉得相比日常新闻，制作集锦的剪辑手法要相对简单，对画面及细节的要求也没那么高，我相信自己会很快熟悉这套技能，适应新的任务。一个让我期待的比赛加上看似新颖和容易的工作流程，我不禁喜上眉梢。

到了上海的工作地点，第一个让我张大嘴巴的就是工作间，像极了大街上盖楼挖地的民工棚。屋里有空调，温度却低得让人跺脚，我总是在别人不注意时悄悄把温度调高一点，然后再偷偷藏起遥控器。赶上几天大暴雨，我把机器的音量调到最大，居然都被雨打顶棚的声音影响得听不到音乐和比赛声。但好处是我们5个编辑一人一台机器，一人一部电话，一人一间屋，空间宽敞得没的说。

制作公共信号集锦，简单说就是把每天的重点赛事做一个缩编，让那些没有派人来报道世锦赛或没有转播权的国家和地区，拿到这些材料后可以编辑新闻。世锦赛所有项目中，除了水球，其余4个我全都尝试做了。

第一个星期，我每天中午编辑公开水域游泳这个项目，并在下午3点传送。我只需要把素材放到时间线上，调制好设备，然后等国际泳联官方的播音员来配音，待配完音，合成送审播出。说白了，我就是个"机械手"。

前来配音的播音员听口音是个英国人，他的解说通俗易懂，信息量很大，通常能把一个选手方方面面的内容一口气说下来不带喘气的，例如上届成绩如何，下届奥运会将会怎样，选手所在国家或地区的成绩，以及冲刺时的各种细节描述等。多数情况下，我隔着配音间的门，都能听到里面充满激情的解说声。

看公开水域游泳其实一点儿都不枯燥，选手们潇洒的泳姿和高速的划水，都让我目瞪口呆，觉得这个项目很有观赏性。

另一个让我感到新奇的是花样游泳。记得我曾经很难接受带着鼻夹的形象，可这次天天看比赛，天天做节目，才知道这是一个动作优美却极耗体力的运动。我之前在游泳馆参加过深水测试，教练让我踩水，尽管我从来没有练习过，竟也能坚持几十秒。会踩水意味着不会淹死，但踩成花游运动员那样，这绝不是普通人干得了的。每天转播的花样游泳画面中都有许多极慢动作，一粒水珠，一个表情，一个手腕或是脚腕关节的变化都能被记录得如此清晰，我深感如今技术的先进，能将体育的美感展现得淋漓尽致，所以，热爱体育的人该是多么幸福啊！

水球项目也给了我耳目一新的感受，坐在看台上，看着一个个"赤条条"的彪形大汉跃入水中，然后从底线以最快的速度奔向球场中心的球，像是抢夺价值百万的宝贝一样，那种场景相当震撼！而水下，除了不停地游泳、踩水之外，选手不分男女，都在撕扯拉拽彼此的泳衣。

如果说看水球的感受是新鲜，那跳水就有点儿另类的欢乐了，特别是预赛，什么姿势入水的人都有，有脚先入水的，有手脚几乎同时入水的，有直接团身翻进水里的，有走板失误差点跳到池子外面的。双人比赛中，两名选手配合失误，竟然一个跳了下去，而另一个还原地不动。有位选手，身体几乎是平躺着入水，上岸后，镜头给了他后背的特写，上面文着4个汉字——"相信自己"。所以我每天上班第一件事，就是输入"failure"（失误），将所有的失误先看一遍，然后我的工作间里就会爆发出一阵欢声笑语。

待前面这几项接近尾声，游泳比赛拉开了大幕，这也是大多数体育迷最期待的。此时，我的工作内容也变了，我需要把每天的比赛编成一个3—4分钟的MV，自己找音乐，找画面，我"摇身一变"成了美工。

工作之余，我坐上看台，尽情享受观摩比赛的乐趣。运动员们在水下竞争，他们的支持者则在看台上"比拼"。放眼望去，尽是一片片颜色不一样的观众和运动员席，有的别看人少，发出的动静可不小。每当英国队夺得金牌时，十几个英国人唱国歌的声音，在赛场各个角落几乎都能听到。法国人也不示弱，男子50米仰泳决赛，两位法国运动员并列冠军，我旁边的几个法国观众一下子疯狂起来，我也有机会欣赏了一次最富激情的《马赛曲》。德国啦啦队统一着装，黄色上衣，黑色短裤，还有黑、红、黄三色的头饰，他们总是盘踞在现场大屏幕下方的那片看台，只要看着他们的动作，就知道即将开始的比赛中是否有德国运动员出场了。

我们的现场演播室挨着日本和德国电视二台。日本电视台空间狭小，十分拥挤，但所有东西都摆放得井井有条。德国演播室里东西少，极其干净，一丝不乱，而演播室的摄像居然是位女士。我想起很久以前的一部纪录片《双雄会柏林》，在德国队同保加利亚队的欧洲杯预选赛新闻发布会上，就有好几位女摄像师。而此行我看到的女摄像师，也同样精致、干练和专业。

我很喜欢这次世锦赛的工作经历，新鲜，有趣，心情愉快，还有现场观赛的享受。只有身处其中，才能体会到这种简单的、发自内心又情不自禁的快乐。

我们下榻的埃弗顿酒店位于南浦大桥旁边，步行到黄浦江边也就一分钟。比赛场馆东方体育中心，位于浦东南部，距离世博园区很近，于是我抽空去看了看世博会中国馆。

中国馆和我想象的有些不同，高科技展示非常多，例如怎样环保节能，还有各种建筑及模型等，最让我感兴趣的是一个巨幅的《清明上河图》，这上面所有的人都在动，据说是以真人为原型的，流水的情景是用光打出来的，很多人举着相机，久久不愿放下。

相比现代化建筑，我更喜欢上海的老街，特别是位于城东北的多伦路和西边的新华路，他们的共同特点都是20世纪初外国商人在上海建造的风格各异的老洋房。多伦路如今叫"多伦文化名人街"，据说郭沫若和茅盾等都曾在这里定居。抗日战争期间，日本人也在这里驻军，很多住宅现在都成了住家，拥挤不堪。

相比之下，新华路就气派得多，两公里长的道路两旁全是法国梧桐，大太阳底下，走在新华路上，居然不用打伞，路旁的房屋结构以及各种浮雕就说明了它的历史，难怪有人称它"万国博物馆"。

从华丽的、拥有18个出口的徐家汇地铁站出来，亚洲最大的天主教堂就坐落在这里。教堂的外观气派庄重，尖顶哥特式建筑和室内的圆顶中间可以隔绝空气，让里面冬暖夏凉。教堂里的花形圆柱近似于半圆的弧度，为的是起到扩音的作用，圆柱是先做成小块然后再堆积而成的。宏伟的教堂其实只有一层，抬眼看到的类似音乐厅里包厢的小屋子实际上是收藏灰尘用的，这样便于打扫。两侧的彩色玻璃之前被毁掉了很多，事后专门从国外进口玻璃过来修复，但直到现在都没有修完，因为一块玻璃据说要上千块钱，这个工作仍在进行中。

在上海两个多星期，天气一直又潮又热，站在室外，瞬间就感到身上起了一层雾，尽管中间下过两次暴雨，但丝毫缓解不了炎热。离开上海的前一天，忽然吹起了凉风，站在滨江大道上，望着东方明珠塔尖的云层渐渐散去，看着对岸的万国建筑，听着黄浦江上油轮的汽笛声，感受着来之不易的凉爽空气，禁不住回想这次上海之行的喜悦。我想起著名词作家方文山写的《黄浦江深》——"约定了时辰，说好等你的人，黄浦江深，爱求一个永恒，我语带单纯，你微笑着默认，说我是你今生要等的人……"相比几年前报道世乒赛时打仗一般忙碌的经历，这次上海之行我心满意足，虽然没能见到几位学生时代的同窗，但依然收获多多，单是拍的照片就足够在回程的高铁上欣赏一路了。只是我给自己立下再学会一种泳姿的Flag（想要达成的愿望），还不知道猴年马月才能实现呢。

6 串一串全运会记忆

我对全运会最早的记忆来自1993年第7届全运会的足球比赛，那是中国足球职业化改革的前一年。记得半决赛北京对阵山东，北京队这边是"双峰"快马高峰和谢峰，山东队则有高中锋宿茂臻，最终点球大战，北京队幸运晋级，可决赛输给了当时国内足坛的"巨无霸"辽宁队。

之后的八运会和九运会就印象不那么深刻了，直到2005年在南京举行的第10届全运会，已经成为一名体育新闻编导的我第一次报道大型综合性体育赛事，感觉新奇又畅快。从竞技层面上讲，全运会是国内水平最高的大赛，我们也有幸能近距离欣赏顶级、最优秀运动员的表现。

2009年第11届全运会举行时，共和国刚刚度过60华诞，那一届的开幕式规模宏大、气势磅礴。那时候，北京奥运会过去整整一周年，但奥运留下的浓烈氛围似乎还没散去。在济南市著名的"东河西柳"，这个全运会主会场，我和同事们结伴观看比赛，见证了不少新成就和新纪录的诞生。一些知名运动员和教练员都来到我们的《全景全运会》节目做客，其中，最重量级的嘉宾无疑是田径名将、男子110米栏的冠军刘翔。当刘翔走进演播室时，很多人早早准备好手机、相机，只等"大腕儿"现身。晚上9点左右，刘翔终于要出现在节目中了，从化妆间走到演播室只有十几米的距离，但刘翔却被一路"护送"着，因为当时人头攒动，前来观摩的工作人员实在太多。一位终于见到"翔飞人"真身的男同事这样形容他看到的刘翔——英气逼人！那一期的《全景全运会》，因为临时增加了这个部分，导致我们之前准备好的节目多半都没播出去，但能一睹刘翔的风采，大伙也觉得很值得。

在马术比赛中夺冠的新疆选手刘丽娜还带着心爱的战马光临节目，因为动物驾到，一项特殊的规矩也应运而生，那就是全程都要尽可能保持安静，现场所有观众、工作人员都自觉遵守，每当说到精彩之处，大家会默契地伸出大拇指，点头微笑，用"消声"的模式向选手和战马致意。

记忆中，那届大赛我工作中最抓狂的一次是游泳运动员刘子歌打破女子200米蝶泳世界纪录的那天晚上，当时距离节目开播只剩45分钟，而我要将一个20分钟的纪录片缩编成10分钟左右的专题，时间紧，任务重，我只能大致浏览一遍原先的节目，然后大块裁剪拼接。最终有惊无险，节目播出一切顺利。这是我第二次参与全运会报道，无论编辑水平还是临战心理都比之前有了不少长进。

4年后的2013年，第12届全运会在沈阳举行。抵达沈阳的第二天，我就来了趟"鞍山半日游"——接奥运会乒乓球冠军马琳来沈阳，因为他要参与开幕式直播节目。午饭后，我和司机出发，走沈阳绕城公路前往鞍山。两地相隔不远，傍晚前我们接上马琳返回沈阳，先把他送回家，并约好第二天碰面的时间。和马琳一同参与开幕式直播节目的还有演员于洋，这位曾在2010年春晚出演小品《捐助》的演员，因为长相被人们称作"脸脸"，经过全运会广播中心安检门时，一群年轻的安检员都围过来拍照。

2017年的天津第13届全运会取消了官方对金牌和奖牌总数的统计，允许运动员跨省市组合参赛，还增加了不少全民健身项目。"淡化运动成绩，回归体育本身"是这届大赛一次大胆的尝试。我的工作也发生了变化，我被派去报道全民健身项目——健身气功和气排球。健身气功的比赛场馆位于天津滨海新区，距离组委会给安排的酒店车程一个小时。我们原本的计划是我自己坐火车去天津，再与记者和摄像会合，但计划赶不上变化，就在同事们准备从江苏奔赴天津时，恰逢那段时间暴雨突降，航空、铁路统统受到影响，行程受阻，无奈只能等待。那几天，健身气功比赛已经开始，已经抵达天津的我没有摄像机也没话筒，于是尝试用手机拍摄，再回传给北京的同事。我的想法很简单，既然来了就别闲着，力所能及做点什么。当我在新闻节目中看到自己用手机拍摄的画面编成的简讯时，心里还是挺美的。

在气排球赛场，不少中国女排名宿都前来观赛，周苏红、李珊、张娜……他们常被现场观众认出来，要求合影签名。气排球由于运动适量，不激烈，在很多地方有着广泛的群众基础，而能来角逐全运会更是莫大的荣誉。福建队选手黄建山赛后激动地告诉我们，她做梦都没想到自己能来参加全国最高级别的比赛。她的故事我之前在网上看到过，她从小喜爱排球，入选过校队，特别是她的母亲朱秀英还曾代表福建队参加过第一届全运会，巧的是，母亲这次也来到天津观赛，就坐在看台上，于是我们找到老人家，母女俩一同接受了采访。黄建山坦言，得知她要参加全运会，母亲主动承担了所有的家务，让她安心训练，而自己这次拿到全运会金牌，也是替母亲圆了她的梦！对不少球迷来说，一提起"排球"两个字，脑海中肯定会浮现中国女排拼搏昂扬的身影，但是看着气排球赛场里男女老少们奋勇争先，你也一定会被他们的激情投入所打动。

当体育标签与丰厚的历史文化相融合，人们在欣赏竞技运动的同时，也能领略一座城市的风貌和变革，感受自然与人文的纵横交汇。

天津全运会的气排球场地位于著名的五大道景区。盛夏时节，五大道树木葱郁，色彩斑斓，各式风格的建筑掩映其中，是不可多得的风景。我又想起2009年的济南，这个被称为"泉甲天下"的名城，除了趵突泉、黑虎泉、千佛山、大明湖等名胜古迹外，人文历史也极其厚重，老舍先生就是在这里完成了许多著作。翻阅历史资料，老舍在济南居住过4年半，位于南新街58号是目前仅存的一处故居，也是他居住时间最长的地方，大女儿舒济就是在这出生的。老舍在此创作了《猫城记》《离婚》等小说和散文《济南的冬天》《济南的春天》，如今读来仍脍炙人口。济南名吃也不少，著名的"油旋张"香脆可口，章丘大葱和沾化冬枣也让人心向往之。2013年在沈阳时，我们居住和工作的地方位于城南，所以每天必须先打车到白塔河地铁站，然后再进城，这几乎是效率最高的出行方式。沈阳故宫尽管无法堪比北京故宫，但它是关外唯一一座皇家建筑群。大政殿是顺治帝福临登基继位的地方，两侧的十王亭呈八字形依次排列，是满族八旗制度在宫殿建筑上的反映。顺治帝的父亲皇太极和爷爷努尔哈赤的陵墓坐落在沈阳的正北和城东。在皇太极的陵墓北陵公园，还有关于一对神兽"望天吼"的传说。相传清朝年间，这对神兽一到半夜就溜进城，偷抢老百姓的东西。于是皇帝怒了，命人用铁链将它们拴在石柱子上，城里夜间也就消停了。我特意留心了一下，果然发现了拴着"望天吼"的铁链。

我小时候生活的城市青岛，被人们叫作"足球城"。2009年，我的济南之行曾距离青岛300余公里，却没能旧地重游，倒是记忆不经意间总会回到1993年那个炎热的夏天，我和爸爸、妈妈坐在青岛第一体育场的看台上，观看第7届全运会足球预选赛山东队与广东队的比赛，为山东队加油的呐喊声震耳欲聋，响彻全场，从那个夏天开始，我的一连串回忆，都放在了这个叫作"全运会"的文件夹里。

7　待到樱花烂漫时

很多城市对我来说都有一个与体育有关的标签，属于武汉的就是军运会。2019年"十一"刚过，第7届世界军人运动会在武汉开幕，军运会素有"军人奥运会"之称，自1995年举办第一届以来首次来到了中国，我也得以开启第一次武汉之旅。

从北京起飞到降落武汉总共1小时50分钟，我们居住的酒店距离工作的新闻广播中心走路不到20分钟，非常方便。和以往的大型综合运动会一样，编辑组每天在新闻广播中心上班，负责在武汉前方播出的几档节目，记者们则奔赴各个赛场，带回比赛和采访。4年一届的军运会有很多极具军事特色的竞赛项目，比如跳伞、军事五项、海军五项、定向越野等，对大多数人来说它们新鲜而陌生，开幕前，几位军事专家又给全体编播人员进行了一些项目的普及和介绍。开赛后，大家也时常在一起探究和了解赛事规则和流程，甚至打电话给军事专家或赛事组委会，把不清楚的问题搞明白。

军事五项想必很多人都听说过，它被国际军体理事会誉为"最惊险、最艰苦、最具挑战性的竞技项目"，包括射击、障碍跑、障碍游泳、投弹和越野跑五项比赛。运动员们登高爬低，无论男女个个都需要身手矫健，这对身体和意志都是极限挑战。有的项目设置非常有趣，像空军五项除了包含射击、击剑、障碍跑和定向越野外，还有篮球和游泳，据说设置篮球为的是考验选手的身体灵敏度与协调性，游泳项目中选手选择什么泳姿都可以，游泳的同时还要穿越障碍。海军五项趣味性就更强了，由障碍跑、救生游泳、实用游泳、航海技术，以及包含越野、射击、划船、投弹在内的水陆两栖越野五项比赛组成。因为海军通常要在波涛汹涌、昼夜前行的舰船上度过，所以更需要坚强的意志和强健的体魄来适应各种极端天气和环境。完成救生游泳时，运动员需要穿潜水衣，还要在水中换衣服，难度不小。此外还有水下救人，要带着装满水的假人游泳，特别要注意的是，出水的时候，不能让假人先冒出头来。海军五项中另外几个项目，像水陆两栖越野和航海技术，对运动员全方位的要求就更高了。作为军运会项目中飞行高度最高的比赛项目，跳伞被称为"勇敢者的运动"。飞机从1000多米的高空呼啸而过，跳伞运动员从空中飘浮而下，却必须准确地降落在地面直径只有2厘米的"靶心"上，技术难度相当高。

与我们日常生活最为接近的恐怕就要数定向越野了，它要求运动员们在地图和指南针的帮助下，判断地势、地形和方向，然后穿越不被人所知的地带，因此这项运动常被比喻成"边下象棋边跑马拉松"。如今，它也成为一项老少皆宜的户外竞技和休闲娱乐活动，一般在森林、郊外、城市公园等地进行。在军运会上，运动员们要在尽量短的时间里到访各个检查点，除了考验身体素质，更能检验思维能力。看着这些年轻的身影在比赛中熟练操作设备，使用各种技术，我既佩服他们优秀的综合素质，又被如今的军事高科技所折服。

除了喜爱新奇而富有挑战的军运会，我更深深地爱上了武汉这座城市。

10月是武汉最美好、最惬意的时节，在举行帆船、自行车、公开水域游泳和马拉松比赛的东湖，漫步绿道，烟波浩渺，远处白帆点点，近端绿树环绕，东湖成了一些参赛运动员心中的"最美赛场"。但秋天的遗憾是看不到东湖成片的樱花，不过武汉大学校园里竟然悄悄开了几朵，引来不少人驻足拍照。百年老校浓浓的绿色，独具特色的建筑群，都和周边的山水融为一体，难怪武汉大学又被称作"中国最美大学"。

武汉号称"江城"，地图上就显现着大片的蓝色，城市中到处是连成片的湖泊，水系星罗棋布，让人倍感愉悦。我们入住的酒店挨着江汉大学，周边绿树成荫，鸟语阵阵，花红叶绿，丹桂飘香，真是个非常宜居的地方。

轮渡是武汉的重要交通工具。从汉江口集家嘴码头出发到对面的中华路3号码头，早上7点到晚上6点40，轮渡每20分钟一趟，真正渡江的时间也不过15分钟，有公交卡的直接刷卡，没有卡的两块钱一张票。对武汉人来说，坐轮渡过江早已习以为常。站在船尾，尽管油烟味有点儿大，但看着两岸的高楼缓缓后移，听着发动机突突的声响，伴着船底下江水的奔腾，那感觉还是蛮亲切的。中午时分，长江里竟有不少人游泳。从码头沿台阶往上走，有很多关于武汉长江大桥这座"万里长江第一桥"的展览。

轮渡过江也让我明白"武汉三镇"是怎么回事儿了。长江、汉江一个"丁"字交叉，划分出三块地盘，最西北的汉口曾经是租界地，西式老建筑很多，是过去老武汉市中心，西南边汉阳是工业区，东部武昌是文化科技中心，也是现代武汉的中心。当地人骄傲地说，世界上有一个硅谷在美国，还有一个光谷在武汉。

汉阳江滩附近集中了很多景点，像建于清代的归元寺就是一个精致的小院落，让俞伯牙和钟子期"高山流水遇知音"的琴台，还有电视塔脚下的龟山，里面有不少三国人物塑像，尽管我觉得雕得太不真实，曹操像孙策，孙权像周瑜。龟山脚下是汉阳造广告创意园，就是武汉的"798艺术区"，由很多过去的老厂房和老车间改造而成。长江边的晴川阁精巧别致，亭台楼阁，绿荫繁茂，估计是按照"历历汉阳树"的标准而建。站在最高处眺望长江，美景尽收眼底。江对岸与之呼应的就是"此地空余"的黄鹤楼。"四望如一"的黄鹤楼是武汉最正宗的地标，登上最高顶，林立的高楼，奔涌的车流，成片的绿树围绕着长江。"风樯动，龟蛇静，起宏图"，飞架南北的几座长江大桥像是彩线，不仅"天堑变通途"，而且串起了整座江城。黄鹤楼东边是武昌起义军政府旧址，也是武昌起义和辛亥革命纪念馆，庭院漂亮，史料丰富，旁边的蛇山上还有几座炮台。

和白天的繁忙景象相似，夜晚的武汉依然生龙活虎，长江大桥两岸的灯光秀，成了人们观光游览的网红打卡点儿。车辆依旧川流不息，显示着城市的朝气、活力和热气腾腾的生活气息。黄鹤楼顶的灯光射向各个方向，颜色不断变化，有时还伴随着气势磅礴的音乐和诗朗诵《水调歌头·游泳》。汉正街因为军运会，商铺们晚上下班早，略显冷清，但这里有号称武汉最美的地铁站。

历史悠长的武汉还有很多值得走访的地方，比如汉口黎黄陂路的近代建筑群，"芳草萋萋"的鹦鹉洲长江大桥，湖北省博物馆，昙华林古街，香飘弥漫的户部巷等，不得不说，户部巷的三鲜豆皮似乎没有蔡林记的好吃。

2020年春节前后，武汉遭遇了前所未有的疫情灾难，在历经艰苦而悲壮的奋斗之后，被举国之力托起，完成浴火重生。而对我来说，回想起在武汉的日日夜夜，所有美景依然历历在目，我也非常期待在不远的将来能再次光临。当春天樱花绽放时，人们登顶黄鹤楼是否也会由衷感叹：岁月漫长，山河无恙。

8 多哈印象

几乎是在昏昏沉沉中，我隐约望见路面上星星点点的灯光，我知道，飞机已经开始缓缓降落。这里是多哈——第15届亚运会举办地，此行也是我第一次出国报道国际性综合赛事。走出机舱才发现，偌大的机身上赫然印有多哈亚运会的标志。取行李，办手续，当眼前满是穿着黑袍、白袍的人时，我知道，自己真的来到了多哈，来到了西亚。

头一次出国，我毫无倒时差的经验，多哈比北京晚5个小时，也就是说会感觉这一天凭空多了5个小时。我们抵达这里正是早上，而我一晚上在飞机上都没睡好，不夸张地说已经困得东倒西歪了。到了酒店简单收拾和休息，就奔赴国际广播中心。

我们下榻在多哈贝弗利山酒店。2004年在多哈举行的第47届世乒赛开幕前，我曾经编辑过一个专题，叫作《多哈印象》，其中有这样一句解说词："沿着滨海大道走到头，就是这座著名的五星级酒店'喜来登'，这里是多哈新城的象征……"说来也巧，贝弗利山酒店就坐落在"喜来登"旁边，步行不过几分钟，也许这就是缘分。"喜来登"的外形十分奇特，呈金字塔状，到了晚上，这里灯光闪耀，绚丽无比。

初到这里，到处都能看到大大小小的工地，有人打趣地说，世界上几乎75%的吊车都在这儿，真是眼见为实，亲自踏上这片土地才知道多哈也是一座正在建设中的城市。南边的老城区依旧保留着古朴、神秘的风貌，而脚手架集中的地方多数都在城市的东北部沿海地区，白天，工地沐浴在暖暖的阳光下，到了夜晚，所有建设中的高楼全部灯火通明，映着满天的星斗。沿着酒店旁的滨海大道漫步，呼吸着多哈湾吹来的阵阵凉风，这种感觉对我似曾相识，我在海边长大，对大海总是怀有一种特殊的、难以言表的情感。夜晚时分，滨海大道车流滚滚，两旁的椰子树在海风中"哗啦哗啦"发出声响，映衬着暮色中的天空。马路的另一侧，一排排高楼拔地而起，这就是多哈的新城，一个正在建设中的国际化大都市，一颗充满现代化气息的阿拉伯明珠。

在喜来登酒店旁边的海滩上，有个充满奇趣的"游乐园"，每到晚上便格外热闹。它由很多间形状和颜色各不相同的房间组成，有的像博物馆，展示当地特产或是体育项目所用器械的过去和现在，有的像健身房，有各种单车和跑步机，谁上去都能一展身手，有的像游戏室，可以体验很多高科技产品，比如一个房间里有4个不同颜色的小柜子，分别具备"看""触碰""闻"和"亲身体验"的功能，然后猜猜闻到什么，摸到什么，别害怕，绝对都是好东西。还有个房间里有类似夜明珠的装置，用手按它时，对面的大屏幕上就会显示出一幅画或一副摄影作品。这些游戏室让我们见识了多哈人独特的想象力，也感受到别具风情的、特殊的亚运会氛围。

海滩的广场上，有锣鼓齐鸣的乐队，有小型的阿拉伯传统音乐会，有人扮着吉祥物来和游人拍照，还有小丑的各种表演，他们偶尔蹦出来也会吓人一跳。广场的大屏幕下坐满了人，这时候，白天平静的多哈就变成了另一番景象，热闹、欢快，甚至喧嚣。记得卡塔尔足球队夺得本届亚运会男子足球项目金牌的那天晚上，结束工作的我和同事们走上街头，就亲眼看见了当地人庆贺欢呼的场面，他们开着自家车在滨海大道上兜风，喇叭被按得震天响，人们挥动国旗，四处疯狂高歌，我们也身不由己，投入其中，和他们一起尽情享受这个胜利的不眠之夜。

而在亚运会期间，我现场观赛的时间非常有限，只能在新闻播完后前往位于西郊的阿斯派尔体育中心。这座综合性场馆号称当时全世界最大、最先进的体育场馆，甚至叫它"体育城"也毫不过分，亚运会田径、足球、羽毛球、游泳、篮球、体操、自行车、武术、摔跤等多项比赛都在这里进行。不管对新闻媒体还是观众而言，每去一次都可以观赏到很多不同的项目，省时间又省体力。我在这里目睹了中国羽毛球队击败韩国队拿到团体冠军的场景，也看了孙杨和朴泰桓这两位亚洲顶尖级游泳选手的交锋，还有中国男篮和男排的比赛。

亚运会落幕后第二天，我来到举办了开闭幕式的阿斯派尔体育场，场内当时"世界上最大的显示屏"露出了它的真面目，工作人员正在冒雨拆卸钢结构的部分。这个大屏幕宽157米，高38米，面积达4480平方米，最高点距地面63米，采用的是发光二极管（LED）技术，钢架结构达到2500吨，亚运会前是在马其顿组装之后，乘船来到多哈的。由于这里白天和夜间温差较大，因此所有部件在一天内都有可能"伸缩"7毫米左右。

站在体育场里，回想开幕式的点火仪式，心中依旧非常感慨。当时，接过火炬的卡塔尔王子阿勒萨尼策马飞奔，冲向陡峭的长梯奔向台顶，只是开幕当日天公不作美，在被雨水打湿的长梯上，阿勒萨尼和他的爱马几次险些滑倒，好在最终都化险为夷。当他们登上台顶时，一个巨大的星盘缓缓升起，阿勒萨尼点燃的火焰一路向上，随后在星盘中央熊熊燃起，创造了亚运会史上最经典、最具勇气，据说也是第一次有动物参与的点火仪式。而此时的阿斯派尔体育场在雨中格外平静，只有地上形态各异的沙雕不声不响吮吸着难得的雨露。

多哈亚运会的大多数时间里，我都工作在国际广播中心，为每天的新闻节目忙碌着。在这里，CCTV的工作间占用面积不小，几百人同时工作，有时喧闹不已，像个大卖场。后来经历大型综合运动会多了，才知道这就是常态。与我们相邻的日本放送协会NHK以及韩国广播公司KBS的工作间规模就小了许多。之前本想抽空去一趟著名的卡塔尔半岛电视台，结果得知，办个进台手续就需要两个多小时，而且不是随便就能进去的，于是只能作罢，后来我找机会在半岛电视台工作间门口留了个影，也算没有白来。

国际广播中心旁边是个很大的商务中心，亚运会开始后，这里每天都迎接着成千上万的外国人前来购物和消费。我最喜欢的是两家工艺品店：一家以家居摆设为主，另一家则是箱包、化妆品和各种小饰物的店铺。只要进到店里，店员们就主动上前介绍商品，帮你挑选富有当地特色的小礼品。

商务中心里有个特别大的家乐福超市，物品应有尽有，不仅品种丰富，还有浓浓的地方特色，有包装各异的奶酪、火腿，叫不上名字的调料、甜点、零食，五颜六色的水果、蔬菜……店员门热情地邀请大家品尝，味道十分可口。

说到餐饮，不得不大加赞美国际广播中心里的美食，不管午餐还是晚餐都色香味俱全，有鲜嫩的炖羊腿、烤牛肉、海鲜冷拼。如果想来个自助式沙拉，有十几种食材可供选择，还有各种好看又好吃的花样主食和甜品，大多数我从来都没见过，像裹着奶酪、水果和坚果的甜口油炸大饺子，以及味道别具一格的汤羹等。

相比这次工作和生活的多哈新城区，我似乎对它的老城区更加向往，我一直幻想在那里找到一个酷似阿里巴巴和四十大盗居住的地方，然后站在门口大喊"芝麻开门"，让咒语显灵。著名的瓦吉夫老市场就坐落在老城区，漫步其中，一种置身于阿拉伯神话中的感觉油然而生，这里几乎什么东西都能买到，当然，外国人去了还是奔着特色商品，比如琳琅满目的工艺品，妇女们带的面纱，男人们的头饰，还可以顺便去看看阿拉伯人喜欢的猎隼，而大街小巷和周边的建筑本身也非常吸引人。我曾和一家工艺品店的老板聊过这些天去过的地方以及见到的风土人情，他自豪地夸赞自己的家乡，并且说这里绝对是一个值得人们再来一次的地方。直到今天，我还常常不由自主地想起在老市场的情景，想起让人目不暇接的橱窗、五彩斑斓的衣着饰品，想起雨水打在房檐上的声响和人们善良的目光……

距离瓦吉夫老市场不远就是多哈伊斯兰艺术博物馆，这是当地最著名的地标建筑，螺旋形上升的造型在周边一片正方形的房子中很显眼。馆内展品极其丰富，号称是以伊斯兰艺术为主题的藏品最全的博物馆。馆内有讲解员专门讲述伊斯兰教中关于宇宙和人类的知识，介绍馆内的展品，还有一位能把名字写成阿拉伯文的老人，他常坐在一层大厅的一侧，前面排队的人总是络绎不绝。

相比之下，著名的卡塔尔国家博物馆就古朴很多，如果不是上面飘着一面卡塔尔国旗，恐怕这排低矮的白色建筑很难让外国人辨认出来。这里展示着整个多哈城的历史变迁，比如城市风貌、考古发现、工农业、手工业和造船养殖业的发展，以及货币、动植物标本、家居和各种生活用品等，这些既是卡塔尔建国的历史见证，也浓缩着卡塔尔文化的精华。

走在街上，经常会看到半高空飘着带有亚运会标识的氢气球，这样的地方不是亚运会场馆就是与亚运会有关的文化场所，让游人绝对不虚此行。有一次我就误打误撞走进了多哈国家音乐厅，从外观看，音乐厅与体育比赛场馆极其相似，原本走错了路，却意外听到一场原汁原味的阿拉伯音乐会。台上的主唱歌手和他们用的乐器我现在也叫不上名字，但翻看录制的视频，依然能感受到当时沉浸其中的快乐和满足。

对我来说，近一个月的全部见闻都充斥着新奇趣事，充满让人陶醉的异域风情。早就听说，多哈是水比油还要贵重的地方，尽管街道中央也是花花草草，可每排花草旁边都有一个黑色的淡水管，是用来灌溉的。据说这里一桶水的价格远高于一桶油，养这些植物每年要耗费多少钱呢？当地人为我们换算了一下，养活一棵树至少需要5万美元，真可谓"一树千金"！走在街头，感觉外国人的比例占60%还多，而从事服务业的几乎是清一色的外国人，其中女性大多来自菲律宾、马来西亚和印尼，而男性多半来自斯里兰卡、印度、巴基斯坦以及一些周边国家。

多哈让我见识了一个平静、安宁、祥和又充满生机的城市风貌，让我亲眼见到普通阿拉伯家庭温馨平和的生活，让我看到当地美女帅哥们的风情万种、风流倜傥，让我知道在公交车上男士必须要为女士让座。多哈还让我知道古老的阿拉伯世界有多么富庶、丰饶和厚重。只是因为时间太短，我连一句阿拉伯文都没学会，只记住了10个数字的写法。临行前夜，我站在酒店的阳台上，四周灯火明亮，远处依稀可见闪着灯光的大吊车，繁忙的滨海大道就像一条长龙点缀着多哈的夜景，此时，只有雨水是这里不常见到的。

第一次走出国门，一切都很新鲜，我渴望了解这个世界，而这个世界也在慢慢向我打开。

9 亚运随想

亚运会对我有几个重要的时间点：1990年北京亚运会是我记忆中第一次清晰完整地收看一届大型综合性体育比赛；2002年釜山亚运会后，我来到央视体育频道，成为一名体育媒体人；2006年的多哈亚运会是我第一次出国报道比赛……一晃已经过去30多年，回顾点点滴滴的亚运会记忆，它既是我了解体育综合赛事的窗口，又是我参与报道体育大赛的起点。

1990年的北京亚运会是中国第一次举办大型国际性体育综合赛事，也是我国扩大对外开放与交流合作的标志性盛会，北京以此为起点，逐步成为世界瞩目的国际大都市，中国体育也就此翻开了崭新的篇章。那时候，还在青岛上学的我并没有太多关注举办亚运会的意义，只是对发生在身边的事情记忆犹新。新学期开始没几天，就迎来亚运会火炬在全国范围内的传递，当时每个班都要选出12名男女学生担任护跑手，我没能入选，火炬传递到青岛的那天，我站在马路边看着同学们组成的火炬护卫队从身边跑过，心里甭提有多羡慕了。北京亚运会上，吉祥物熊猫"盼盼"，采集亚运火种的藏族少女达娃央宗，点燃开幕式主火炬的许海峰、高敏和张蓉芳，运动员入场式上刚刚失去家园的科威特代表团，还有那首脍炙人口的歌曲《亚洲雄风》都给我留下极其深刻的印象。"四海会宾客，五洲交朋友……"在多年后的北京奥体中心，熊猫"盼盼"的雕像仍然矗立在那儿，几十年过去了，它与这座城市和这届体育盛会紧密联结在了一起，而亚运会的成功也在一定程度上为2008年北京奥运会奠定了多方面的基础。

　　4年后的日本广岛亚运会，学校教室的闭路电视就能收到很多赛事直播，于是，午饭后的时光基本都是围着电视看比赛。那届大赛上，邓亚萍不敌出走日本的前国手何智丽曾引发一番热议，而当时的中国男足一路过关斩将，半决赛对阵伊朗队的关键一战，高仲勋终场前的"准绝杀"让人狂喜。决赛面对"神秘之师"乌兹别克斯坦队，国足5分钟内连丢两球，队员心态瞬间崩溃，最终收获了亚军。

　　到了1998年曼谷亚运会，最令人难忘的是中国女足，其中，最经典的一战就是决赛面对朝鲜队，在90分钟难分胜负的情况下，加时赛下半场，范运杰头球破门，中国队完美绝杀，实现了亚运会三连冠。一年后的女足世界杯决赛上，范运杰依然想复制那个经典头球，只可惜，这次她差了一点点运气。

　　2002年釜山亚运会前，我刚刚参加了央视《体育新闻》节目的面试。带着制片人交给的"好好看亚运会报道"的任务，我安心守在电视机前。除了看到一如既往精彩的比赛，我还明白了很多原先不熟悉、也不太关注的项目，比如藤球、卡巴迪等，还大致了解认识了电视新闻的报道框架，在亚运会结束后去《体育新闻》实习，就此开启了一段全新的人生经历。

　　我第一次出国报道比赛也是亚运会。2006年年底，当北京已经进入严冬时，我跟随大部队远赴温暖明媚的卡塔尔多哈，那里的城市面貌和风土人情都成了一段难忘的亚运记忆。和这段履历相似的就是2014年报道仁川亚运会，我作为"先遣部队"，比大多数人早一个星期抵达，我们的任务就是拍摄采访亚运会的各种准备工作，在开幕式特别节目中播出。在造访一家小有名气的韩式炸酱面馆时，中国老板热情地接待了我们。他是山东人，20世纪80年代就来到仁川，已经在这里生活了三十多年。他还根据当地人的口味改良了老北京传统炸酱面，让我们品尝。我的感受是，面条本身更筋道，但酱料没有老北京款浓烈，比较平淡。在仁川的那段日子，我们几乎把所有韩式料理都品尝了一遍，白天抽空走走看看，晚上则踏踏实实看比赛、编新闻、做专题。

　　亚运会部分项目的顶级对决代表着世界最高水平，而工作在国际广播中心里的各国媒体人似乎也在较着劲。仁川亚运会上，当男子200米自由泳决赛上演时，我们隔壁的韩国电视台工作人员不停地大呼小叫，那场比赛无论是中国的孙杨，还是韩国的朴泰桓都没能夺冠，不远处的日本演播室一片欢庆，因为冠军最终归属于日本选手荻野公介。羽毛球男单决赛上，中国的林丹和马来西亚的李宗伟又一次奉上经典的"林李大战"，我们这边和马来西亚电视台工作间的呐喊声此起彼伏，比赛结束后，大家碰面时还会开怀大笑，并大大方方给对方伸个大拇指。

仁川亚运会期间恰逢"十一"国庆节，体育频道制作了一个亚运会特别版的《红旗飘飘》MV，用运动员的精彩画面加上激昂动人的音乐遥祝祖国生日快乐。身在异国他乡欢度国庆节，这样的感觉真的很特殊。

奥运会之后有残奥会，在2010年广州亚运会后，也首次举办了亚残运会，这是第1届以"亚洲残疾人运动会"命名的残运会，也是第一次与亚运会在同年同城举办。我飞赴广州，参与了首届亚残运会的报道。开幕式上，每一片看台的志愿者们都教给大家如何用手语打出"我爱你"。在文艺演出部分，我又看到了残疾人舞蹈演员马丽和翟孝伟的精彩表演。早在2007年全国残疾人运动会开幕式上，他俩的舞蹈《牵手》就将那一晚的气氛推向高潮。

亚残运会正式比赛前，我们这个报道组"蹲守"在亚运村，采访各个代表团升旗仪式。东帝汶代表团的团长祖籍是中国广东，普通话和粤语都讲得很流利，他说这次能带队来参赛非常兴奋，主要是能来广州走走看看。比赛开始后，我主要负责编辑赛事集锦，这是一项全新的工作，我需要把每天进行的项目进行精编整理，为解说评论员提供尽可能详细的资料，最后再合成为一档专题节目。这让我再次把残疾人体育项目从头到尾全面熟悉了一遍。此外，我还要在每天的比赛画面中，找出观赏性强的镜头，比如轮椅竞速、轮椅篮球、自行车等用作节目的片尾。期间有几天广州一直在下雨，当运动员们飞驰而过在跑道上溅起水花，这样的镜头非常有冲击力和感染力，残疾人体育健儿们昂扬的斗志和拼搏的精神又一次感动了我。而走在广州这座城市里，无论是亚运村、亚残运会所有比赛场馆，还是珠江沿岸、沙面等知名地段，各种无障碍设施都为残疾人提供了便利，举办方组织高效、服务真诚，让所有参赛者和前来报道的媒体人都能发自内心感受到"两个亚运，同样精彩"。

尽管亚运会对我的吸引力不能与奥运会相比，但它同样让我开拓视野、开阔眼界、丰富阅历，同样以4年为一个周期，我依然会对"下一届"充满期待。当兴趣成为职业，工作就成了生活的一部分，难以区分，没有界限。细数自己的亚运会历程，我也深深地、发自心底地祝福它越来越精彩。

10 探秘"苹果之城"

每当被问起因公出差走过的地方，在我说到"阿拉木图"时，对方往往会瞪大眼睛——"这你也去过？"是的，因为2012年女排亚锦赛在这里举行，我有幸前往阿拉木图，一个距离中国边境只有200多公里的城市，一个飞行4小时就可以抵达的哈萨克斯坦国前首都。

体育频道的小团队出差，最基本的配置是5个人，记者、摄像、解说、导播和技术各一名。我这个平时当编辑的，出差时就要承担记者的工作。此外，这也是我第一次带队出国，因此办理出国手续的所有步骤我都要经历，事后想来，这个繁琐的过程也让我积累了不少经验和教训。飞机起飞，这趟旅差最艰难的部分已经过去，相比之下，前方的拍摄和采访真是不在话下。

我们选择的阿斯塔纳航空公司的飞机在凌晨从北京首都国际机场起飞，落地是当地时间后半夜。在酒店一觉睡醒已是中午，我们简单收拾，前往步行只要10分钟就能抵达的赛场。看台上观众数量的多少基本取决于比赛的对阵双方，东道主比赛时人会比较多，而其他队伍即便是中国队，也没有太多观众。

当时中国女排由俞觉敏执教，小组赛对手都不算强，胜负几乎没有悬念。我的任务是比赛结束后，在混合区采访主教练和几名队员。近距离看女排姑娘们，除了自由人张娴，采访其他队员都要仰头，像惠若琪和徐云丽会稍微弯一点膝盖，照顾一下我和摄像记者。

半决赛前一天，我们在候场区碰到了当时泰国女排的主教练加提蓬。这位身材高大、皮肤黝黑的名帅后来被更多中国人熟知是因为他成了冯坤的丈夫，中国的女婿。得知我们来自央视，加提蓬特别热情地跟我们聊天。说起手下这支队伍，他脸上更是难掩幸福和满足，他自豪地说自己已经带泰国女排10多年，很多队员当时效力于水平较高的土耳其联赛，在俱乐部就是队友，彼此熟悉、配合默契，在国家队也是如此。他还说别看她们身材不算高，主攻也不过1.78米，但技术过硬，杀伤力强。总之，他对泰国队晋级那届亚洲女排锦标赛决赛充满信心，并期待与中国队在决赛中碰面。

半决赛上，中国队即将面对人高马大的东道主哈萨克斯坦队，在赛前和《体育新闻》节目做电话连线时，我结合这几天的采访和观察，想到加提蓬说过的泰国队的技术特点和竞技状态，于是"断言"如果泰国队挺进决赛，那将是对中国女排真正的考验。而最终，泰国队在决赛上3比1战胜中国队，夺得冠军，主帅俞觉敏执教中国女排的谢幕战没能有一个完满的结局。赛后，中国女排接应曾春蕾接受采访时眼眶里泪水直打转，俞指导则表示自己接下来会好好休息一下。我采访了加提蓬，让他点评一下中国队的表现，他认为，中国女排没有完全发挥出水平，一些细节做得不够好，所以被泰国队抓住几次关键的反击机会，他还特别强调，这种机会不用多，几次就足够，而论整体实力中国队还是亚洲最强的，但需要在临场细节中更好地把握。

那时候我们与台里的传送方式还比较老旧，要去当地的电视台完成。电视台很好找，但走进去问题就来了——具体传送的地方在哪儿呢？细心的技术老师临行前已经用翻译软件整理好几句话，类似"终极灵魂拷问"——我们是谁？从哪儿来？要做什么？或许翻译软件翻出的话不是特别准确，哈萨克斯坦电视台一位工作人员端详了半天才明白，于是把我们领到一楼的一个房间，并说明了来意。

我原以为这就万事大吉，谁知传送前，工作人员还需要了解一些技术问题。于是我打电话求救央视驻阿斯塔纳的记者，我把情况告诉他，然后把手机交给这位工作人员，他俩沟通完毕，驻站记者再跟我解释，几番往来，问题终于解决。事后我想起当年师旭平老师带队去德国采访效力斯图加特队的保加利亚名将巴拉科夫这个片段：师老师先用汉语提问，然后由懂汉语的德语翻译译成德语，再由另一位记者将德语译成保加利亚语给巴拉科夫，4个人的接力最终促成了那次采访，而我这次是3个人用两种语言，但不在同一时空，所以也有点复杂。一回生二回熟，后面几次就顺利多了，只是没法和那位工作人员直接沟通，否则可以了解一些哈萨克斯坦国家电视台的情况。

由于这里英语不够普及，所以无论在电视台还是其他地方，跟当地人几乎无法交流，有时只能找大学生或者年轻人碰运气，比如打车和问路。每当造访一座城市，我都很渴望乘坐它的公共交通工具，但在阿拉木图有点儿行不通，因为既看不明白又听不懂，因此只能步行或打车。在阿拉木图大街上，豪车不少，左舵和右舵的都有，但很少见出租车。不过只要你在路边一招手，就会有私家车开过来问你去哪儿，价钱可以谈。我们一般会拿着地图，指明要去的地方，一路上彼此用手比画着就到了。

坐车穿城而过，这座城市给人的整体印象是大气、粗犷、豪放。这里马路宽阔，建筑物宏伟壮观，树木葱郁，地广人稀，种族也呈多样性，有哈萨克族、俄罗斯族，还有蒙古族及其他民族。年轻男女大多看上去高挑健美，令人赏心悦目。临行前赶上当地一个很有名的集市，我们在这儿快一个星期都没见过这么多人，莫不是全城的人都聚在这里了？

阿拉木图是座历史名城，1991年《阿拉木图宣言》在这里发表，宣告苏联停止存在。苏联解体后，哈萨克斯坦同中国一直保持友好往来，2008年，阿拉木图是北京奥运会境外火炬传递的第1站。在这届女排亚锦赛全部结束后，我们跟着组委会游览城市周边。阿拉木图湖的景观同新疆很多地方十分相似，绿树、雪山、草场、野花，还有宝石蓝的湖水，让人很想躺倒在草坪上不愿离去。著名景点恰仑峡谷距离市区车程大约两个半小时，是典型的水蚀丹霞地貌，经年累月的洪水在平缓的大地上刻下一道深深的沟壑，峡谷两边矗立着形形色色的丹霞景观，在当地人看来，这里的景色仅次于美国科罗拉多大峡谷，堪称"世界第二"。除了风吹日晒、形态各异的山谷，还有一汪清澈的湖水，烈日下，让双脚踩在水中，感受湖底各种石头的按摩和轻微的细浪，我由衷感叹大自然的鬼斧神工。

阿拉木图有个可爱的绰号叫"苹果之城"，顾名思义，这里的温带大陆性气候很适合苹果生长。其实餐盘里的苹果没有什么特别之处，倒是很多道路两旁都栽种了苹果树，恰逢秋天，果实掉在地上，随便捡起来咬一口，口感酸甜，脆生生。

阿拉木图的这些所见所闻多年后意外帮了我的忙。2014年，北京与阿拉木图成为申办2022年冬奥会仅有的两座候选城市，在编辑国际奥委会考察阿拉木图的新闻时，传送材料相当有限，于是我回想起自己这段亲历，将"苹果之城"的风土人情、城市特征及简单的历史沿革结合画面描述出来。但是第二年，他们还是败走吉隆坡，输给北京，连续第三次申办冬奥会失败。

"苹果之城"的10天探秘之旅，我们从第1天凌晨登机起飞，到第10天晚上降落北京，鬼使神差般一刻也没浪费。在回程的飞机上，大家畅谈这次旅途中的奇遇，回想果戈理大街那家中餐馆的美味，聊起路遇警察险些被扣下护照，多亏随行的留学生帮忙解围，而手语比画打车的过程更让人禁不住哈哈大笑。阿拉木图对很多人也许有些陌生，但在我心里它有着十分独特的地位，纵然之前的手续多么复杂，自己有多狼狈，但每每翻看照片，遥想旅途中的奇闻趣事，我心底都会涌起一份对它的回忆和牵挂。

天 地 一 沙 鸥

第四章

Chapter 4

奥运纪事

1 北京奥运会点滴

在我整理所有大型赛事的各种资料时，关于2008年北京奥运会的内容是最庞杂的，我不知道作为一个体育媒体人应该怎么去纪念这场盛会。那个纷繁复杂又波澜壮阔的春天和夏天是所有中国人心中一段不平凡的经历和骄傲，对我来说，那一年的感受无比奇特，工作强度前所未有的大，但最终留给我的是享用不尽、值得一生珍藏的精神财富。所以，每年8月8日这一天，都值得我好好回忆和纪念。

奥运扑面而来

北京奥运会开幕前相当长的一段时间里，我们每天新闻的开篇都是"今天距离北京奥运会开幕还有多少多少天"这句话。当三位数变成两位数，当十位上的数字逐渐变小，最后成了个位数，北京奥运会真的来了。当城市各大主干道上飘扬起彩旗，大街小巷随处可见宣传标语和志愿者时，北京奥运会真的来了。

当时的我已经感到了一些疲惫，因为从3月份开始，我就投入火炬传递的报道中。每个工作日都要事先了解火炬传递的具体地点，与各路记者联系，还需要特别关注火炬手和城市的介绍等，期间还经历了火炬登顶珠穆朗玛峰、汶川地震和欧洲杯足球赛。随后，我被抽调去做开幕式特别节目，工种无缝衔接，强度有增无减，一直忙到奥运会开幕式当天。

在开幕式特别节目中，分给我的任务是《中国旗手猜想》《开幕式精彩瞬间》以及《北京奥运会N大看点》几个专题片。但节目方案在不断变化，内容时常被修改，我心里茫然又忐忑。那时我包里随时背着当时痴迷的小说《士兵突击》，男主角许三多有这样一段独白："顶得住还是顶不住是个选择题，自从我来到这里，就没有选择顶不住的权利。"对那时的我来说也一样，这是个没有答案的选择题，我必须顶住。

火炬手背后的故事

报道奥运会火炬传递对我来说充满挑战和乐趣，它本身的重要性和时效性让我们在每天的新闻编辑中都不能有丝毫马虎和懈怠，但欣赏奥运会火炬所到之处每座城市的风光和特色，以及很多火炬手背后的故事又是我每天工作的享受。

在所有的火炬手中，我对一位藏族姑娘印象最深刻，她是云南香格里拉站的第6棒火炬手，名叫尼玛拉木，来自云南德钦县云岭乡邮政所。在藏语中，"尼玛拉木"是"太阳仙女"的意思，因为工作环境很特殊，她每年都要从溜索上跨过澜沧江100多次，被当地人称为"溜索姑娘"。别看尼玛拉木身高只有1.52米，可她每天要背的邮包重达30斤。工作9年来，为了服务散落在960平方公里的深山人家，她没有延误一个邮班，没有丢失过一封邮件，投递准确率达到100%，走的山路足足有15万公里。除了邮包，她还要随身带另一个包，里面有一块塑料布、一件雨衣、半包饼干和一些青稞面。因为工作出色，尼玛拉木先后荣获"全国巾帼建功标兵""全国邮政优秀投递模范""云南省三八红旗手"等荣誉，但最让她高兴的还是当选北京奥运会火炬手。

不得不说，云南电视台的同行们非常给力，他们拍摄了许多细节，足以将这位女乡邮员的故事一一展现。当尼玛拉木的全家人围坐在一起谈论即将开始的火炬传递时，父亲和哥哥问："传递完毕后火炬可以拿回家吗？"尼玛拉木腼腆地笑了。她的纯朴、执着和韧劲深深打动了我。奥运会后的那年秋天，尼玛拉木当选"全国十大杰出青年"，她登上过万国邮政联盟的讲台，还做过电商。因为火炬传递，她的事迹被人们知晓，价值得到承认，付出也有了回报。

珠峰，珠峰

在火炬传递过程中，登顶珠峰是其中最复杂艰巨、难度最大的环节。以至于我的几位同事在4月份就被派到珠峰报道，只是具体登顶的时间始终没有敲定。5月7日晚，我们编辑组接到通知，火炬有可能在明天一早登顶，要充分做好报道的准备。

第二天没等闹钟叫我就醒了，赶紧打开电视，第一个映入眼帘的画面就让我震惊：珠峰雪白的大斜坡，深灰色的岩石，还有湛蓝的天空，没想到直播这么早就开始了。此时，最让人牵挂的是几个缓慢前行的小黑影，他们都是北京奥运会火炬接力珠峰传递登山队的队员。

前方主持人和嘉宾正在以珠峰为背景的演播室里侃侃而谈，并与注入点记者通话，听他们说话时喘气的声音，我可以想象他们此刻的辛苦，直播过程中有的同事已经十几个小时没合眼了。

7点多钟，近处的悬崖峭壁和万丈深渊出现在电视画面中，这是前方的高山摄像开始工作了，地球上还有比这更艰难、更险峻的拍摄环境吗？

不到8点，我赶到台里，按照节目串联单，我负责编辑最后登顶的过程。我紧盯着屏幕，生怕丢掉宝贵的镜头。8点58分，登山队接近珠峰峰顶。9点09分，一直护送火种的罗布占堆拿出火种灯和引火棒，这位摘下面罩的藏族帅小伙面对镜头，向所有收看直播的观众介绍自己——登山队队员，来自西藏登山学校，随后，他拿起引火棒开始引火，此时我的心怦怦直跳。

慢慢地，红色的小火苗开始在引火棒顶端燃烧，演播室里顿时传来欢呼声。很快，罗布占堆点燃了第一棒火炬手、藏族女登山家吉吉手中的火炬。吉吉是一个很了不起的女性，她曾是一名田径运动员，1999年，她与丈夫仁那手拉手一同登上珠峰的事迹成为一段佳话。然而，2005年，丈夫仁那在攀登巴基斯坦境内的迦舒布鲁姆峰途中不幸遇难，这几乎彻底击碎了吉吉对登山的热爱，但她还是很快振作起来，2007年，吉吉带着仁那的骨灰登上迦舒布鲁姆峰，完成了丈夫的遗愿。

回忆的瞬间很短暂，这时候，吉吉已经缓缓走向了接近峰顶的第二棒火炬手王勇峰。46岁的王勇峰不仅在1993年和2007年两次登顶珠峰，还曾在20世纪八九十年代的11年中，完成了中国人首次登上世界七大洲最高峰的壮举。当时，特别想听王勇峰站在珠峰峰顶，高唱他最喜欢的歌曲《蒙古人》。

紧接着，王勇峰点燃了第三棒即西藏登山学校校长尼玛次仁手中的火炬，尼玛次仁校长举起火炬，高喊北京奥运会口号：One World, One Dream，他步伐矫健，胜似闲庭信步。第四棒火炬手是中国农业大学学生黄春贵，他点燃最后一棒即藏族女登山队员次仁旺姆手中的火炬。这时，其他队员也高举火炬，还展开了五星红旗、奥运五环旗和北京奥运会的会旗。

北京时间9点17分，这一幕在银屏上定格。这是奥运会火炬第一次登上世界第三极——海拔8844.43米、美丽迷人、雄伟壮观的珠穆朗玛峰！

此时在北京演播室里，中国登山队新闻发言人张志坚早已控制不住眼泪，不知此刻还有多少人在肆意挥洒着幸福的泪水。

在海拔5200米的珠峰大本营，中国登山协会主席李致新和所有工作人员都在欢呼、祝贺。镜头里，我看见很多人流泪了，他们所有的坚强都被珠峰和"祥云"火炬的光芒震慑、敲击着，激动之情可想而知。

兴奋中忙活了一天，那个夜晚，我竟然难以入眠了。

奥运会零星往事

北京奥运会开幕式当天，我得知最后一棒火炬手、点燃主火炬的将是

"体操王子"李宁，代表运动员宣誓的是乒乓球运动员张怡宁，于是悄悄发给几位好友，或许对很多人来说，这些都是关于北京奥运会的重头猜想。

"体操王子"李宁的经历是我小学时从《中国儿童》杂志上看到的，只是对1984年洛杉矶奥运会没有半点儿印象。4年后的汉城奥运会，我在电视机前看到高敏和李清包揽跳水女子三米板的前两名，但印象最深刻的还是那首经久不衰的会歌《手拉手》。1992年巴塞罗那，我几乎守在电视机前度过了整个暑假，将所有中国选手夺牌的镜头"一网打尽"，那时候，每天早起第一件事就是打开收音机听新闻，看看又传来哪些好消息。

1996年亚特兰大奥运会时，电视直播场次大大增多，很多都是在北京时间的上午。记得王军霞夺得女子5000米金牌时，我拿起电话和好友共享兴奋之情，后来，当我也能在跑步机上"狂飙"5000米，总是不由地想起她当年的成绩：14分59秒88。2000年悉尼奥运会因为没有时差，每个体育迷估计都看得十分尽兴。我对中国代表团金牌数的估计有些保守，应了当时那句最流行的广告语——"一切皆有可能"。

2004年雅典奥运会是我第一次参与奥运会的报道，也是第一次感受体育频道如何全方位制作播出一届大型综合性赛事。当时我在专题节目《王者英雄》里担任"金牌集锦"的编辑，任务本身并不繁重，每期总在最后时刻才"千呼万唤始出来"，主持人会这样说："下面再来看看昨夜今晨还产生了哪些金牌……"

《全景奥运》与《荣誉殿堂》

报道雅典奥运会时我还是个"菜鸟"，心中无所畏惧，但北京奥运会，我内心充满期待又忐忑不安，各类信息每天都在以迅雷不及掩耳的速度更新着，我也利用一切可用的时间翻阅报纸、杂志和书籍，通过各种渠道了解奥运新闻，为自己充电。

奥运会开始后，我在《全景奥运》节目组，按照之前的策划方案，这个节目就是"人""故事""情感""戏剧化"和"细节"，最后一个非常重要，简单说，是一档奥运电视杂志类栏目。每天的开篇，我们都尽可能找出当天或感人、或震撼、或搞笑、或奇特的镜头，每期节目都由许多内容形式新颖的小版块构成。事后回忆起来，我感到非常幸运，我庆幸自己被分在这个节目组，它让我找到了和平时做新闻完全不一样的感觉。

与《全景奥运》几乎同时播出的是《荣誉殿堂》，这两个频道的两档节目像是田径赛道上的对手一样你争我夺，抢收视率。

因为工作间里有总共5台大电视，我得以两个节目一起看，还将它们推荐给许多同学和朋友，大家回馈的信息非常有趣，有人说《全景奥运》像《新闻联播》，资讯丰富；《荣誉殿堂》像《焦点访谈》，以深入访谈为主，所以"萝卜青菜各有所爱"。假如一个上班族，白天没有太多时间去关注比赛，那他可能会选择《全景奥运》，而看了一天比赛的人想要了解运动员背后的故事，就会去看《荣誉殿堂》。

我不知道《荣誉殿堂》用了多少时间去磨合，《全景奥运》是在经历了差不多三四天后，才终于呈现出一个完整、饱满的模式和内容，它有故事，有赛事，有情感，还有搞笑的细节，让身为编导的我们都很期待。也或许正因如此，当一期节目反响很好时，我们就会为第二天"犯愁"：怎么做才能更好看呢？

很多关于运动员和运动队的幕后故事都是独家资源，节目播出之后通常第二天就会在网络上看到相关信息。主持人经常说："我们的很多节目都是可以作为'遗产'留存，但这不是天生的'遗产'，而是经过精心创作，'遗产'才显示出了价值。"

大型赛事都是这样，当流程已经磨合得很好，当我们终于有精力、能够怀着"享受"的心态去工作时，距离结束也就越来越近了。

我想起雅典奥运会上我经历的栏目《王者英雄》，它一直珍藏在我记忆里，从未忘记。多年后，我也会去怀念《全景奥运》吗？应该会的。

当鸟巢和水立方成为"纪念碑"

偶尔和主持人聊起北京奥运会将会留下什么时，他认为最伟大的功绩就是让鸟巢和水立方成为"纪念碑"。

水立方率先做到了，因为它成就了"一条大鱼的8金梦想"——这句话是当天《全景奥运》封面故事的标题。当菲尔普斯收获前无古人，估计也难有来者的荣誉时，我猜测，这会不会是我们这代人唯一能看到的、在奥运会上独揽8金的运动员？就连巴西足球明星罗纳尔多都说，别再叫我外星人了，我已经回归地球了，现在真的外星人来了，他叫迈克尔·菲尔普斯。

"菲鱼"的8枚金牌中，最惊心动魄的就是4×100米自由泳接力和100米蝶泳。接力项目中，"菲鱼"游完第一棒后就只能祈祷队友们的表现，当最后一棒雷扎克跃入泳池时，美国队落后法国队半个多身位，雷扎克后来回忆道："教练曾讲过，当你游最后一棒，落后别人，而且对手还是世界纪录保持者时，那你超过他的概率几乎为零。"但不可思议的一幕发生了，雷扎克在最后50米奋力追上法国的贝尔纳，最终惊险夺冠，其优势只有0.08秒。在这之后，就出现了菲尔普斯那个眉飞色舞的夸张表情。

而在100米蝶泳结束后，菲尔普斯的表情几乎是绝望的。大屏幕后来显示，他与塞尔维亚选手察维奇的差距是0.01秒，比眨眼的时间都短，眨一下眼睛还要0.02秒呢。

在雅典奥运会已经夺取6枚金牌后，菲尔普斯为自己制定的目标就是要成为历史第一人。这让他不仅需要雄心壮志，更要科学训练和长久坚持。从这个意义上说，不管他能不能成为8金王，他都是最了不起的。勇夺8金后的新闻发布会上，菲尔普斯说："自己很享受在奥运村的感觉，因为见到了很多大明星，比如诺维茨基、费德勒和纳达尔等，这几年的训练好像一直在往银行里存钱，这一次，几乎把每一分钱都花光了。"

菲尔普斯既是个与伤痛和病痛抗争的斗士，又是个天真无邪的邻家大男孩，水立方成就了他的梦想，让他成为历史上在一届奥运会上获得金牌最多的运动员，而他的成就也让水立方在奥运经典中永久定格。

在8月16日晚的鸟巢，牙买加短跑名将博尔特就像一道黄色闪电划过夜空，一个星期之内，他连续创造出两项新的世界纪录。反复欣赏博尔特奔跑的慢动作，简直就像教科书般标准和专业，对他冲刺的感受就是四个字——"瞠目结舌"。

大多数人恐怕都是在博尔特打破世界纪录时才认识他的。据说因为懒，他讨厌400米跑，更喜欢短距离项目。他起初练习的是200米，直到2006年，他想尝试更短、更刺激的100米，于是偷偷背着教练玩，居然在一次比赛中跑出了全国冠军，但即便有这样的成绩教练也不支持，提出的条件是"先破200米全国纪录再说"，结果博尔特还真把这个沉睡了36年的纪录给破了，可教练连句祝贺的话都没说，只是问他："百米准备什么时候破纪录啊？"从2008年6月开始，博尔特创造了一个接一个的新纪录——世界纪录、赛会纪录和全国纪录，他真是说破就破，在鸟巢也不例外。

博尔特名字的英文Bolt有闪电的意思，因此《全景奥运》关于他的那期节目就叫《闪电博尔特》，我们极尽所能查阅资料，将所有的素材几乎用尽，感觉做得很尽兴。《闪电博尔特》播出当天，《体坛周报》的标题更有趣，叫作《再见，刘易斯；晚安，约翰逊》。

我喜欢体育强者，喜欢有创造力和不断迎接挑战的人。如果说菲尔普斯成就了奥运会历史第一人，让水立方成为一座博物馆的话，那博尔特也重新定义了鸟巢，让这里成为记载人类突破极限，追求"更快、更高、更强"的丰碑，而北京奥运会也因为有了他们而永载史册。

告别倒计时

8月23日是《全景奥运》最后一期，当演播室的时钟悄然滑过零点，当北京时间已经进入8月24日的时候，《全景奥运》也到了万米冲刺、即将撞线的时刻。

片尾音乐响起时我特别想鼓掌，为了这些天的辛勤付出，为了几十个日日夜夜的操劳，也为了这一生可能只有一次的绽放，但我有点害怕掌声响起的瞬间自己会忍不住哭出来。北京奥运会还没有闭幕，我还有闭幕式后的特别节目要做，还要继续等待，等待情感和精力的最后释放。

闭幕式特别节目分给我的专题是《不能忘记的人们》，这个选题有点复杂，因为不能忘记的人与事很多很多，像菲尔普斯、博尔特，他们辉煌的成就不能忘记；像中国选手仲满拿到男子个人佩剑冠军，张娟娟夺得女子射箭个人赛金牌，他们的突破不能忘记；像德国举重选手施泰纳，举着亡妻的照片站上领奖台，体操名将丘索维金娜为了给儿子筹集治疗费用，坚持参赛不退役，他们的情感不能忘记；像患有白血病的荷兰选手范德维登拿到马拉松游泳冠军，像南非残疾游泳运动员娜塔莉、伊拉克田径运动员达娜，这些克服艰辛来到奥运赛场的选手，他们执着的精神不能忘记。当然，还有美国射击名将埃蒙斯，从雅典到北京，他两届奥运会都因为在最后一枪或脱靶、或失误，将金牌"拱手相让"给了中国运动员，这样的意外更不能忘记。

这些面孔都不会被遗忘，他们留给奥运会的经典瞬间都将永远记录在奥运史册里。

时钟一分一秒向着24点行进，我们的闭幕式特别节目终于走完了片尾字幕。瞬间掌声响起，记忆停留在此：2008年8月25日子夜零点整。

再见，北京奥运会

8月25日凌晨，我们结束节目，告别了奋斗十几个日日夜夜的工作间。夜幕下的北京宁静又安详，仿佛在送别奥运会后已经安然入睡。

走到京广桥下，三环路上"同一个世界、同一个梦想"的奥运海报随风起舞。北京奥运会——一个媒体人可能一生只有一次在自己家门口经历的奥运会，此时如同一只绚烂的气球，飞向茫茫夜空。突然，我难以抑制心中的情感，禁不住泪奔。

从之前的种种迷茫，到奥运会一天天临近的忐忑，从开幕式看着千万张熟悉的面孔汇聚鸟巢，到节目越做越享受，日益渐进高潮，北京奥运会几乎占据了我那段生活的全部，那种兴奋、激动、幸福感不断在心底翻滚，我也不止一次发自内心地感叹：北京，这个我出生的城市是如此壮丽、绚烂、丰厚、宽广。而此时站在夜风中，一切恍若隔世。

我不敢再去听任何一首奥运歌曲，特别是最喜欢的、意大利作曲家莫罗德尔创作的《永远的朋友》，它每一个音符对我都是一种强烈的刺激。我不敢再去看路上的宣传海报，每次一触碰，都仿佛在敲击我脆弱的神经。经历过大大小小的体育赛事，我却从来没有像现在这么失落和不舍。

1992年巴塞罗那奥运会闭幕式上，西班牙女高音歌唱家卡巴耶那曲《飞鸟之歌》伴随徐徐熄灭的火焰，让我第一次感受到对奥运会的那份留恋，而此刻的难过也是一种经历，一种感悟，一种独一无二的精神财富。

对赛场上奔波的每个人来说，进与退，成与败，坚持还是离去，相守还是告别，都是人生常态。拿到8块金牌的菲尔普斯，明天依然会跳到泳池里为下一个目标努力，破了两项纪录的博尔特，也仍然要继续飞奔在跑道上。而我们，奥运会后将迅速回到之前的轨道中。生活永远向前，每天都是崭新的一页。

"8月8日"这个特殊标志是属于北京，属于奥林匹克运动的，它更属于每个勇于突破、超越自我的人。从北京到今后的每一座奥运城市，前行的路都很长。

2 面孔与微笑

如果说北京奥运会带给中国人更多的是辉煌和震撼，那残奥会就是生命、阳光、自强和快乐的完美诠释。于我而言，北京残奥会印象最深刻的感受是温馨与感恩。如果没有残奥会，我就没有机会走进鸟巢和水立方，没有机会在奥林匹克中心区穿梭，没有机会面对那么多生动可爱的面孔，让他们在我记忆中留下足以铭记一辈子的印迹。

在我们残奥会专题节目《全景残奥会》中，有个小栏目叫《面孔》，北京残奥会11天里，共有10位中外运动员的故事通过这个小栏目被所有人知道，其中既有像北京残奥会开幕式火炬手侯斌、篮球运动员李端、南非游泳运动员娜塔莉这样相对知名的运动员，也有一些不为人知的中外选手。我因为可以天天进出不同的赛场，因此，那些不经意间映入眼帘的面孔同样让我难以忘怀。

在鸟巢，一位叫齐日的德国田径运动员给人印象很特别，在摘得男子F42/44级（残奥会肢残项目的体育级别）跳远比赛冠军后，他兴奋地拿起一面中国国旗庆祝，距离他最近的那片看台顿时欢声雷动，紧接着，鸟巢也跟着沸腾了。当时坐在媒体席的我分明能感受到那张微笑的面孔传递出的友好和善良。颁奖仪式上，手捧鲜花的齐日不忘回过身向领奖台对面的观众致意，掌声再次震耳欲聋。

在水立方，一位名叫郭志的中国游泳运动员曾这样感慨，他说，自己虽然一块金牌都没得到，但因为掌声，他的成绩比平时提高了3秒，他特别感谢观众。我看到许多站上领奖台的选手都激动得泪流满面，他们的面孔通过大屏幕传递给现场每一个人，而此时的掌声和欢呼声也会更加热烈。

9月17日是残奥会最后一个比赛日，上午的鸟巢只有马拉松这一个项目。因为还想最后感受一下赛场气氛，我坐上了媒体看台。随着选手们一个个跑进赛场，鸟巢在最单调的这一天爆发出最由衷的喝彩和赞美。葡萄牙的皮纳和巴西的门多萨是全场倒数第7和第8名，最后一圈，两人竟然拉起手一起冲刺，紧握在他们手中的是一面小五星红旗。随后，日本的新野正仁和他的引导员也跑进了鸟巢，当现场解说员介绍新野正仁已经52岁时，全场的欢呼声更加热烈。最后一个到达终点的是乌拉圭选手佩雷斯，当他迈过终点线的瞬间，《海阔天空》的歌声飘然而起："多少次，迎着冷眼与嘲笑，从没有放弃过心中的理想……"那一刻，现场大屏幕上展示出一群人的面孔，他们来自赛场每一个角落，微笑着，欢呼着，刹那间，那样的气氛让我由衷感叹：世界真美好！

自从来到奥林匹克中心区第一天起，不管走到哪儿，都会看到一张张挂着笑容的面孔。我曾在人群中见到一个目测只有三四个月大的婴儿在小摇车里熟睡，脸上贴了一面国旗。不知当这个孩子长大后，他的家人会怎样为他描述当时的场景。我还看到很多行人站在警戒线外，用艳羡的目光远远看着中心区的场馆，他们或许没有门票，没有证件，进不到赛场，在他们凝望的眼神中，仿佛看一眼就无比幸福。我有幸能参与北京残奥会的报道，可以走进任何一座场馆，近距离接触大赛，体会和分享这种独特的感受，幸运的同时我更从心底深深感谢这份职业赋予的一切。

假如能给那时候的我绘一张画像，我的脸上会呈现出什么样的内容呢？兴奋、感激，可能还有一点儿留恋和不舍。

北京残奥会让我走进鸟巢和水立方，近距离接触到被媒体称之为"奥运会纪念碑"的体育场馆。不同于普通的建筑，这里曾见证了博尔特和菲尔普斯等一大批运动员的卓越成绩，呈现了奥运史上前所未有的兴盛与辉煌，这里就此变得与众不同，并且永载奥运史册。

这两座场馆距离我们工作的国际广播中心（IBC）步行大约10分钟。相比刚结束的北京奥运会，前来报道残奥会的媒体规模小了不少，但这毫不影响我对整个环境及其氛围的热爱和参与报道的热情。

漫步IBC，参观各个国家和地区的工作间外观是件十分惬意的事。很多媒体装饰不约而同选择了和中国有关的元素，像天安门、龙凤、石狮、青花瓷等。英国广播公司（BBC）的演播室在餐厅旁边，外部墙纸的图案就是长城。IBC里还有商店、邮局、专卖店和银行等，我专门逛了逛书店，有3种东西最醒目：一是各类外文读物，二是奥运会文化产品，三是学中文的书籍和音像制品。

IBC里的垃圾桶也很可爱，分类仔细不说，它本身就是纸壳做的，可回收，很环保。我当时在日记中写下这样一句话："我们是不是可以从奥运会之后逐步地，从一点一滴的细节开始做到环保，如果可以的话，那奥运会便是一个很好的契机和开端。"

9月17日晚，北京残奥会闭幕式在文艺表演《给未来的信》中落幕，残奥会圣火在片片"深秋红叶"中徐徐熄灭。离开国际广播中心时已是晚上11点多了，萨克斯演奏家肯尼基的成名曲《回家》在空荡的奥林匹克中心区回响，很多志愿者满脸笑容地合影留念，一切都结束了，他们和我们一样，也该回家了。

一个星期后，北京主干道上的奥运宣传海报开始被拆卸下来，我曾幻想能不能拿几块回去收藏，因为它们都是北京奥运会和残奥会上我见得最多的"面孔"，但我知道肯定行不通，于是就站在路边看着工人们干活，并问他们这些海报的未来"去向"。工人们回答，有的送博物馆，有的送海外，很多地方都需要……

我想起《全景残奥会》节目一期《面孔》的主角、盲人游泳运动员杨博尊说过的"奥运不会结束，奥运只有开始"。这些海报也即将开启它们新的奥运之旅，而我们每个人呢？

从北京奥运会开始到残奥会结束，这两个月过得比想象中快得多，像疾驰而过的列车，转瞬即逝。但无论当时有多繁忙多劳累，日后回忆，依然是一段无法复制的美好过往，一种发自内心的温暖，一种纯粹的崇敬，一种永生难忘的情怀，更是一生一世、独一无二，只有用心参与过才能体会出的财富。

第二年春节前，"CCTV体坛风云人物"颁奖盛典在央视大楼1号演播大厅举行，我站在2楼一个隐蔽的角落静静欣赏。所有的画面和声音，所有熟悉的人和面孔，所有的欣喜、惆怅和泪水，所有的期待、展望与憧憬，都一一呈现，让我触景生情，百感交集。

北京奥运会结束一年后的那个秋天，我又一次重回鸟巢和水立方，重新走上景观大道，远眺玲珑塔和火炬塔，中心区的每座场馆、每座花园和每个我曾造访过的地方依然如旧。

那时候，我正在看由电视剧《士兵突击》原班人马出演的《我的团长我的团》。在翻阅这部戏的一篇介绍性文字中，有这样一句话让人触动："人一辈子会遇见多少人，会记住多少人？他们有些人早早离去，却一直住在你心里，一住就是一辈子。"

2008年的这场盛会和这些面孔会在我心里停留多久，会是一辈子吗？我坚信一定是。

3 别了，温哥华

从温哥华冬奥会归来大概半个月后，时差基本消散，但身体依然疲惫得很。2010年北京的春天来得有点儿晚，直到3月也没见到迎春花的踪影。一天早上雨过天晴，站在树下看蓝天，心底才泛起一丝久违的温暖，再看看地图，感觉真是奇妙，温哥华纬度那么高，2月居然温暖湿润，我曾在最后一天站在渡轮上穿着短袖留影，不是装酷，而是气温的确很合适。而回京后，冬天仍没有离开，还接连下了两场雪，有人数了数说从秋到冬，这已经是北京第10场雪了。

温哥华冬奥会是我第一次在海外经历奥运会的报道，感触很多，既复杂又美好，也很怀念。想起中学班主任的那句经典——"经历就是财富"，所以我那随身携带的半本日记就是财富的重要组成部分了，那是我在不同时间和不同地点完成的。前半部分是每天趴在床上或坐在马桶上写的；而后1/3部分，实在是因为难以有完整的空闲时间，于是在地铁里，或是每天任务完成后坐在一堆打印纸上写的。为了写得快，有的字体狰狞得现在都难以辨认。

我再次深感自己的幸运，而且发现自己是如此热爱奥运会，我希望这样的感受能伴我终生。有时梦里还会回到冬奥会的情境之中：清晨起床，结伴去吃早饭，坐轻轨上班，飞快地赶急活儿，抽空出去转，跟着市民狂欢，凌晨回酒店，飞速进入梦乡，醒来又开始新一天的工作……我想我必须记录下这一切。

2月5日 就这么走了

"千万个美丽的未来，比不上一个温暖的现在。每一个真实的现在，都是曾经幻想的未来。"这是《中国民航》杂志上的一句话。

不知道几点了，天上的星星开始多起来，有的直眨眼睛，又近又密，坐在飞机上，我看着地图，猜想这是鄂霍次克海的上空，正往西飞，我拉下遮光板，开始半梦半醒，之后，天边渐渐发亮，地球转了大半圈，西半球的2月5日开始了，茫茫大海逐渐变成清晰可见的雪山。当地时间上午11点15分，飞机顺利降落在温哥华机场，我发现这里所有的指示标志牌都提供汉语服务。

登上大巴去酒店，一路上满眼绿色和阳光，难怪这届冬奥会被誉为"最温暖的一届"。入住的喜来登酒店位于温哥华里士满地区，这里华人约占60%。酒店房间宽敞明亮，两张大床颇为醒目，夸张的是我一个脑袋居然能拥有4个大枕头，简单收拾后，先倒头睡觉。两小时后，全体集合，乘坐轻轨前往国际广播中心（IBC），之后步行15分钟到达目的地。第一眼看到对面的海景，真是清爽迷人！和所有大型运动会一样，国际广播中心和毗邻的主新闻中心（MPC）就像个大车间，其中CCTV的地盘大概500平方米。

除了早餐外，我们被告知午餐、晚餐都要自己解决，大伙第一反应就是不知手里的加元够不够用。

2月6日 "开战"前最后一个美好的日子

第二天一大早开始看着地图寻找供应早饭的餐馆，据说要步行15分钟，结果我们花了快半小时才找到。餐馆是一家香港人开的，我们只需点个饮料，并在培根、香肠、火腿中三选一即可，其余全部由人家搭配好。谁知这饭量实在太大：一杯茶，一杯饮料，一碗鱼片粥，一盘炒面，一小碟水果，两个煎鸡蛋，两片面包，还有刚才的三选一，如此热量简直能顶多半天。

正式开播前一天，我绕着IBC走走，勘察地形，发现这里的后门是个货运码头，对岸清晰可见雪山和树林，西北方向就是著名的斯坦利公园。

下午大伙一起去IBC旁边的海边，天空透亮、海港迷人，当地人在岸边跑步、骑车、嬉戏。过马路时，机动车是无条件礼让行人的，很多车距离我们好几米远就停下来等待，真让大伙受宠若惊！

路边有分类垃圾箱，还有专门收放报纸的箱子，有的免费，有的需要投币。路边副食店里应有尽有，价格适宜，苹果、梨、黑莓、芦柑、西红柿、香蕉都不贵，10块钱就能拎一兜子回去。

晚餐在一家海鲜店，同事小J请客，我点了鳕鱼，结果鱼炸得像一根根油条，大家吃着、聊着、享受着我们"开战"前为数不多的休闲时光。

2月7日 来到前方就是义不容辞

一大早来到IBC，临近中午，领导召集大家开会，内容蛮实在，就是将所有事项及要求和盘托出，包括工作制度、编辑职责、岗位分工和作息安排等，但因为参与工作的人手太少，工作量又大，我们的压力可想而知，散会后，每人都领到了开幕式当天特别节目的任务。

下午又通知我们，由于播出人手不足，直播时需要编辑为主持人推导语，做题图，而这些技术活儿并非轻而易举就能熟练掌握的，为确保节目质量，最后还是领导拍板——必须把编辑彻底解脱出来，他们只能踏踏实实、安安稳稳编片子，其他事情不许管！

2月8日 险些错过彩虹

每天坐轻轨去上班的途中，我都会顺手拿几份免费报纸翻翻，这一天有条坏消息——位于渥太华的加拿大电视台总部（CTV）着火了，损失达250万加元。

中午阵雨后，天半阴半晴，云量依然很多，阳光时而被遮盖，时而又从云缝中倾泻下来，穿过林立的高楼，洒在海面上，场景十分壮观。对面群山山顶被云层围住，像是给山系了一条丝巾。突然间，阳光闪过，一道彩虹浮现出来，有如童话一般美丽迷人，本想回去取相机，可瞬间彩虹便消失了。聚集在海边大道上的人也渐渐多起来，这里绿树、阳光、蓝天、碧海，还有白色黑色的各种叫不上名字的水鸟以及海面上时而飞过的直升机。我不想拍了，用眼观察用心体验就足够人享受的了。

这天是星期一，所有商家几乎都在晚上8点左右打烊，告示贴上写道：从明天开始：营业到晚上9点。是因为冬奥会的缘故吧？我猜想。

第二天就要跟北京对接，忽然想起来，国内春节的气氛应该越发浓烈了吧！

2月9日 "原来钱还能退回来"

分给我的开幕式特别节目是关于中国代表团看点和出征冬奥会的历史。正想着怎么统筹稿子，突然天上掉馅饼，大U老师已经写完稿件，我直接去拿现成的就OK。

怀揣着好心情去主新闻中心（MPC）找他时，顺便在里面转了转，好气派啊，能容纳百名记者的新闻发布会大厅，有供大家写稿、上网、观看比赛的工作间和休息间，还有和IBC相连的走廊，两边都是制作精美的历届奥运会宣传海报，整个环境让人陶醉。

晚上在旁边一个超市，我们碰到一位来自辽宁的中国店员，他在这里已经生活两年了，自己对温哥华的直观感受是适合养老，但年轻人会觉得无聊，因为这里限制比较多，比如就连夏天晚上都不能在室外喝酒，但为了孩子，还是决定待几年再说。他人特别热情，借给我们打折卡，还说有什么事情尽管找他。

使用超市的购物车需要投一个25分的加币，当我们结束购物还车时，那25分"咣啷"一声蹦了出来，我和同事异口同声地说："原来钱还能退回来！"很多新鲜事儿都能让人开怀大笑。

2月10日 无意间想起北京

写完开幕式特别节目的稿件，我又跑去MPC走走，这次主要看了看记者工作间外墙壁上北京奥运会的精彩图片，菲尔普斯、博尔特、伊辛巴耶娃、纳达尔……看着这些，心底还是充满了无限自豪感。

2月11日 听前辈讲过去的故事

一早来到IBC，同事们正热热闹闹忙着贴春联。

开幕式前的特别节目需要回迁好多画面，于是一上午不停地与北京值班的同事电话联络，这种麻烦人的事儿搞得我有点儿烦躁，其实，如此情绪在大型运动会期间是家常便饭。那天和一位资深记者聊天，她跟我描述了自己报道奥运会经历过的事情：1996年亚特兰大奥运会时，她平均每天只能睡三四个小时，有时只能在车里稍微休息会儿，那时奔赴前方采访的记者编辑更少，而当时发生的一切在现在看来都成了难得的经历。

回到IBC，我用最快速度编辑合成完节目，然后迅速撤离。

我没有着急回酒店，而是朝着轮渡的方向走去，赶上下班时分，渡口人多拥挤，人群中好像只有我是独自乘船坐到对岸，又坐回来。一个流浪歌手弹着吉他，声音很悦耳，我站在他旁边，望着海对岸的万家灯火，心里却有一种说不出的忐忑不安，明天就是冬奥会开幕式了，虽然"久经沙场"，但我还是希望自己的片子不要出纰漏。

2月12日 该来的总要来

早上饱餐一顿后，接到今天的任务——编辑火炬传递和跳台滑雪。2008年北京奥运会时我做了大半年的火炬传递，对整个流程并不陌生，但好比炒菜，我今天这道火炬大餐的主料都要自己选，所以能做成什么样心里还真没谱。还好，我先后找到官方传送中，对2012年伦敦奥组委主席塞巴斯蒂安·科、坐轮椅的温哥华前市长等人的采访，中间还得到很多人的帮忙，这心一会儿悬着一会儿又放下了，看着看着，传送信号不稳定，又黑屏了……

加拿大电视台直播火炬传递的方式和我们在北京奥运会时不太一样，这次首先是记者兵分多路，整个路线中很多重点地段都设立了转播席，画面也是多视角、多视窗，随时能插播进来。看看表，现在才10点，最后一棒火炬手要到下午两点才传到。

再来看跳台滑雪，资格赛刚比完，前方记者说他也要下午两点半之后才能传采访，我想着到时候两个项目都挤在一起，又是编画面、听采访，还要看收录、上载素材……瞬间头又大了，"平常心，平常心"，我对自己说。一扭头，发现制片人正在审我的开幕式特别节目大片，好在没什么问题，否则凭我当时的紧张情绪，他若让我改，我真会跟他急。在这期间，谁也不可能得以空闲，我还在配合4位记者摄像上载素材，3个多小时过去了，自己竟连一口水都没顾上喝。中间还帮忙处理了国际奥委会主席罗格的新闻发布会，说到格鲁吉亚雪橇选手库马里塔什维利训练中意外身亡的事儿，罗格潸然泪下。

下午两点半，火炬传递终于编辑完成，跳台滑雪的采访也传回，于是我加紧赶制。开幕式特别节目头半小时需要的画面统统提交后，我心里总算踏实下来，到下午5点半，算一算已经近9个小时没吃东西了。晚饭时，编辑组几个人被偷偷叫出去集合，说是有好东西犒赏大家，在2楼一个宽敞的小厅里，面纱终于揭开——饺子，是制片人在温哥华的同学特意包好送来的。那顿韭菜三鲜馅儿饺子是那个春节最美味、最可口、让我记忆最深刻的一顿饭！

开幕式结束后回酒店，我们5个女生挤在车子后排，每当路过警察，就赶紧猫下腰，但一路上貌似也没人管。领导说了很多感激的话，好消息是明天可以11点到岗，"睡个好觉吧"，我对自己说。

2月13日 首金+人物=impossible work

超级忙碌的一个上午，因为任务是编辑本届冬奥会的首金，它来自跳台滑雪个人标准台。除了我比较熟悉和喜爱的瑞士名将西蒙·阿曼，还有一位名叫施勒雷泽勒的奥地利选手，他名字中所用的字母数量是本届冬奥会所有选手中最多的。

按照要求，除了赛况，我还要做一个西蒙·阿曼的人物专题。接到任务时，场上竞争已经趋于白热化，时间紧任务重，我需要自己解决播出前的所有问题。我想起曾在《体育DNA》节目里看到过关于西蒙·阿曼的介绍，于是问东问西，终于将这段素材找到。

其实编辑过程是轻车熟路，但我还是想得有点多，结果把自己搞得很紧张。当编完赛况，又在奥林匹克广播服务公司（OBS）的新闻传送中看到官方对西蒙·阿曼的赛后采访时，我心里总算有谱了，节目有比赛情节又有同期，这框架已经无可挑剔。至于那个人物专题，我从写稿、编画面，到配音、合成和送审，总共也就花了40分钟，节目提交送审时，我们在温哥华前方的第一期《早安，奥林匹克》已经开播，头条是首金，第二条是人物，竟衔接得天衣无缝，完美无缺。可此时，我的心仍怦怦直跳，紧张中夹杂着兴奋，因为很多人对我片中提到的"西蒙·阿曼长得像哈利波特"这些细节印象深刻，也因为他在经过8年洗礼后，拿到了本届冬奥会的首枚金牌，奥运金牌数达到3枚，距离成为历史第一人只有一步之遥。

2月14日 情人节，收到了巧克力

在这个西方"情人节"的日子里收到了领导犒劳大家的巧克力，除此之外，还拿着消费券第一次在MPC换了汉堡吃。

晚上的花样滑冰短节目，让我又稍微紧张了一下，德国组合萨维琴科和索尔科维，这对中国队最强劲的对手演绎了一套诙谐幽默又细腻柔美的《小丑进场》，两人配合默契，关键是动作编排是那么新颖时尚。当然最稳定的还要数中国的申雪和赵宏博，他们的《渴望永生》以创赛季新高的76.66分排名第一。

第二天的自由滑竞争，太值得期待！

2月15日 最深的夜晚 最美的等待

申雪、赵宏博有望夺金——这是全天比赛报道的重中之重。我原以为没有分配给我这条新闻就能轻松些，但我错了，两条越野滑雪新闻又把我折腾得够呛。由于线路太长，越野滑雪堪称冬奥会最寂寞、最孤独的比赛，在编新闻时我除了要强调它的比赛特点，还要解释古典式和自由式的区别，于是我索性找来解说员帮忙，看如何把它编得更有趣味。

播出结束，此时距离双人自由滑还有一个半小时。双人滑的最后一组，俄罗斯和德国的组合相继失误，工作间居然有人鼓掌，我跑到门口探听动

静，因为对面就是俄罗斯和德国电视台的工作间。

倒数第二个上场的庞清、佟健给所有人带来惊喜，一套很有气魄的《追梦无悔》让他们收获了一枚冬奥会银牌，最后亮相的申雪、赵宏博凭借《柔版》轻松自如的表现，无可争议地拿到金牌，加上之前上场的张丹、张昊，这三对中国选手赛后都来到了演播室，等到《直通温哥华》节目结束，已经凌晨3点了，这也是开赛以来大家回去最晚的一次。

瘫在床上，想起亲自掂量金银牌的感觉，这是个值得等待的夜晚。

2月16日 "对话"大山

对话之所以加引号，因为其实就是聊天。这位在1990年元旦晚会第一次以中文表演小品就赢得国人好感的加拿大人，在本次冬奥会上担任我们的嘉宾记者。

大山说自己现在是自由职业者，在多伦多的家里有一个近60亩的农场，我脑子里立马浮现出一片片绿油油的蔬菜、庄稼和果树，还养着很多活蹦乱跳的鸡鸭和牛羊。

听他介绍冰球、冰壶运动，的确学到很多知识，冰球是加拿大的国球，就像中国人说起乒乓球、羽毛球那样熟悉，他还结合冬奥会，介绍了当地文化习俗，讲述了温哥华冬奥会标识上的因纽特人的故事和历史。

这一天是开赛以来，我第一个不抓狂的日子，晚餐后居然还有时间去买纪念品。明天王濛冲金，估计大伙又会熬到很晚了。

2月17日 日子过半不想完结

截止到今天，来温哥华的日子已经过半，这一天万里无云，是这段时间里温哥华最晴朗的一天。

早餐后去旁边的商厦看看，我没什么购物目标，无所事事四下观望，这时候，一个小伙子走过来问我愿不愿意看看他家的货，我正犹豫，他将一个类似小枕头样的东西放在我肩上。原来这玩意儿内有天然植物，可以放进微波炉加热，用来给肩膀、头、眼睛和鼻子等热敷，缓解疲劳。他太热情了，我都不好意思说不看，就耐心听他讲下去，而且初试还不赖，讨价还价一番后，他打了8折。

出了地铁口，外面风景超级好，一位外国记者正在眉飞色舞对着一台小摄像机说话，那时候还不太流行自拍，我们撞见了，还拿人家当笑料。

晚上搭乘摄像记者的车回酒店，一路听着Beyond、王菲和齐秦演唱的歌，看着窗外渐渐远去的灯光，忽然觉得眼前的画面很适合做节目的片尾：有点儿怀旧，有点儿伤感，身边一直静静的。

2月18日 各种情绪兼而有之

这一天，我原本要做一个关于俄罗斯名将普鲁申科的专题，因为这天有男单自由滑。我正琢磨着该如何好好发挥一下，突然接到领导来电——改做单板滑雪，这倒也没什么，事情总在变化，对新闻工作者来说是常态。

晚上和记者的沟通多少有些不顺畅，冬奥会以来我第一次发了无名火——把耳机轻轻摔在电脑旁，就在这时，男单比赛又传来出人意料的结果，冠军最终归属美国选手莱萨切克，普鲁申科只拿到铜牌，这让我有点儿心烦意乱。

这天还有件趣事，一位警察看了我的雪花徽章之后，想和我交换，后来他不仅给了我他的徽章，还附带送了一个警察戴的臂章。

晚上又听到一位老记者讲述某位元老级人物曾在某届奥运会上，因为没看清路牌，竟在高速路上狂奔一天，车子险些没油的故事。哈哈，这一天总算有点儿让人想笑的事情。

2月19日 叹息和欢喜

今天我的情绪走了两个极端。

节目的主角毫无疑问是普鲁申科，尽管篇幅不算长。我参照以前播过的《人物》节目，结合比赛，还采访解说员，详解普鲁申科为什么会输给莱萨切克。可我越想越觉得他很冤枉，他的技术和表演都不逊于对手，况且任何一位选择复出的人都需要超强的勇气，可结局为什么是这样？当我选了一段钢琴曲为这条片子作背景音乐时，不禁长叹了一口气。

加拿大冰球队这一天赢了球，晚上满大街都是举国旗、吹喇叭、欢呼呐喊的人们。一个美女走到我们的车前，朝着前排的男同事抛了个媚眼，搞得全车人哈哈大笑，那段笑声被我录了下来，直到现在听，还极具感染力。

2月20日 我爱冰雪运动 我爱冬奥会

前一天普鲁申科说，他的冬奥会结束了；而我呢，我真希望我的冬奥会永远都不要结束。早上坐到倒数第2站下了轻轨，迎着清晨的阳光，看着周六闹市区的人们，我由衷感叹：我热爱冰雪运动，我热爱冬奥会！

如果说前几天的紧张忙碌还让我有些难忍，那么这些天我已经完全适应了这种刺激，甚至喜欢上这样的生活节奏。说到底我是个不愿接受平静和平庸日子的人，我喜欢畅想，喜欢不断地自我激励，自我挑战，然后自我缓解，我希望自己永远能拥有一颗充满活力的内心，永远！

昨晚看着复出的普鲁申科和瑞士"旋转王"兰比尔，我总忍不住想起加拿大的巴特，那个我最喜欢的花样滑冰男单选手。在他家乡举行的冬奥会，他为什么不肯再回来？

今天有大跳台决赛，我在商场的电视里已经看到西蒙·阿曼的第一跳，144米，我想恐怕这个世界上再没有人比他跳得更远了。我主动申请编辑这场比赛。然而，当我饱含热情做完节目时，却被通知由于短道速滑直播连线超时，不得不拿掉西蒙·阿曼这条新闻，有点遗憾，但我很理解，因为这是直播，这是大型运动会。"跳台王子"拿了冠军，我就已经很高兴了。

今晚重头戏是周洋，作为决赛中唯一的中国选手，周洋最终拼掉7个对手夺冠，演播室里爆发出开赛以来最热烈的掌声。

我编辑的一组冬奥会快讯得到表扬，赛事本来就极具观赏性，我只是做了合理串接。而且我一直认为，相比夏奥会，相当一部分冬奥项目更有冲击力也更时尚，这里有风光，有竞技，有意外，还有冰雪的美感。

晚上又有新闻事件发生，等所有事务忙活完，回到酒店，我第一次感到身心俱疲，真想一头扎进床上，长眠不醒。

2月21日 大山是"原装" 我们算"盗版"

一些人迫不及待开始倒计时，我不愿这么想，因为一切都会过去，无论幸运还是不幸。

晚上有三场冰球重头戏，俄罗斯对捷克、美国对加拿大，芬兰对瑞典。因为怕球迷闹事，所有商店晚上7点前全都关门了，人们拥挤在街上，快赶上热闹的西单和王府井了。

一位冰球队员的采访说得太快，我想找专业学英文的同事帮忙听同期声，有人见状说："找大山啊，有'原装'在，还要'盗版'干吗？"对啊，大山可是原装"翻译机"，于是这个难题被大山轻松解决。

2月22日 可能我长得不够安全

跳台滑雪今天只剩下最后一项——大跳台团体决赛，我责无旁贷又承担下来。奥地利19岁小将施勒雷泽勒在收获两块银牌后，终于挂上这枚团体赛的金牌，他还创造了一项姓氏最长的世界冠军纪录，他的姓氏里可有14个字母哦！每次写名字恐怕都要花比别人更多的时间。

一天内两次进出国际广播中心，我都被抽调进行安检。自打来到这儿掐指算来，我总共被抽检了9次，怎么那么"幸运"？难道是因为我长得不够安全吗？

晚上的播出很顺利。领导看着我证件上挂的一串徽章，出主意说，回去可以把它们放进一个大相框，把证件摆中间，这样再来申请签证什么的，准能派上用场。

2月23日 万一走错路就不回来上班了

一大早被闹钟叫醒，今天要出门走走，目的地叫Gravill Island——号称温哥华的"798"。

景点旁边的大桥很有年头，海港极具异国风情，海鸟飞来飞去像是在欢迎大家的到来。小房子、小木屋都很别致、新颖，里面的商品琳琅满目、眼花缭乱，真是让人见一样爱一样。我挑了两个冰箱贴、一个小托盘和一个小熊单板滑雪的钥匙链。时间不够充裕，但我们还是决定绕着斯坦利公园走一圈，因为不熟悉路况，绕进去一会儿就上了另一条道，走着走着，狮门大桥忽然出现在眼前，非常壮观，大桥前方连接着北温和西温，远处还有雪山。

距离到岗时间不远了，可我们还在找回去的路，万一走上一条岔道，"是不是下午就不用去干活了？"有人调侃道。结果绕来绕去，终归还是绕回来了。

晚上不算忙碌，终于踏踏实实吃了顿夜宵：扇贝、牛柳、青菜、豆腐……想起前几天还有龙虾和螃蟹，这是我这辈子吃过的最奢华的盒饭。有人说回北京一定要补上几碗炸酱面，还有人想念宫保鸡丁、鱼香肉丝、地三鲜，我的要求不高，补上年夜饭的饺子就行。

2月24日 寻找蒸汽钟

早饭我们从餐厅打包带走，为的是省时间去逛蒸汽镇。坐轻轨提前两站下车，左打听右打听，走过大街小巷，才看见路边一个立着的蒸汽钟。据说，它重达2吨，是小镇的标志性景观，自从1977年就矗立于此，作为世界上第一座由蒸汽推动的时钟，它每隔15分钟鸣笛报时的传统已经持续了很多年。我们围着蒸汽钟拍照，看着白色蒸汽呼呼冒出，伴随着鸣笛的声音，仿佛回到古老的蒸汽时代。

这一天天公不作美，高山滑雪女子大回转比赛时下起大雪，我开始担心选手们的安全，结果刚一闪过这个念头，美国名将林赛·沃恩就摔出了赛道，这届冬奥会她只拿到一块金牌，远低于人们的期待。由于雪太大，第二轮比赛被取消，我也提前截稿收工。

傍晚时分，外面下起雨，我们迎着雨水拍摄街景，此时正是加拿大冰球队迎战俄罗斯队，人们的欢呼声此起彼伏，我也融入他们的队伍里一起狂欢。

在喧闹的步行街上，赞助商正在搞活动，布置了一些冬奥项目的布景台，有单板滑雪、雪车等模型道具，还有领奖台。我们几个挤上领奖台去佯装领奖姿态，并请人帮忙拍照，谁知那人拍的只有上半身，与领奖台没有半毛钱关系，我又笑喷了！

2月25日 探访市政厅

早上去探访市政厅，乘坐轻轨到Broad City Hall下车，一出来发现自己在山坡的半山腰，往远处眺望，细长的山路蜿蜒起伏，因为有坡度，两边的房子、车子、高楼大厦还有压得很低的云朵，都看得清清楚楚。往山上看，两面大旗迎风飘扬，一面是奥运会五环旗，一面是残奥会会旗，旁边就是庄严肃穆的市政大厅了。沿着草坪中间的小路走过去，草皮的香气扑鼻而来。

市政大厅前矗立着一尊石像，他就是温哥华上校。1792年，这位英国海军上校的探险船为找寻西北通路航海到巴拉德湾一带。1862年起，欧洲移民在海湾沿岸定居，建立了名为格兰维尔的锯木厂小镇，这便是这座城市的雏形。市政厅是可以随便进出的，里面有很多关于这座城市的介绍和相关的信息服务，工作人员忙碌着，见到我们还不忘热情地打着招呼。

下午任务不多，我忙里偷闲坐地铁去了一趟"中国城"，一个曾在电视节目中看到的地方。温哥华的中国城除了典型的中国式牌楼外，还有很多华人开的超市、药材店、杂货铺、餐厅等。由于时间不多，我没有逛太久。但最大的收获就是看到了"周永职燕梳行"，它号称世界上最窄的店铺，据说已经被列入古迹。别看叫"周永职燕梳行"，其实跟梳子没半点关系，是英文"Insure"的直译，是一家保险公司，听说老板还会变魔术。

外面不断有成群结对欢呼的人们经过，因为加拿大女子冰球队拿了冠军。

2月26日 离开最晚的一天

下午播出结束后，我们坐船去了对岸的北温——温哥华的富人区，这里的确安逸、整洁、宁静。一比才知道原来市区那样的小街小巷是给穷人住的呀。

返程回来途中，路遇一个出生在惠斯勒的人，他把自己生活的小镇描绘得像天堂一样：雪山、树林、小动物、小木屋……惠斯勒位于温哥华市郊，是世界上数一数二的著名滑雪胜地，话里话外都能感觉到他对家乡的挚爱。

由于睡眠严重不足，晚上直播时我感觉整个人都像在"飘浮"，我对自己说"绝不能松懈，必须咬牙坚持"。

27日深夜两点，直播还在继续，因为中国短道速滑队总教练李琰带领全队光临，还有拿到铜牌的中国女子冰壶队也来到了演播室。等我们离开国际广播中心时已是凌晨3点，是我们在温哥华收工最晚的一天。

2月27日 领略天然氧吧

4点多睡觉，10点半起床，脑子有些昏昏沉沉。恰好今天下午有时间，我们抽空去了著名的斯坦利公园，几天前绕道走外围，已经见识了它的庞大。走进公园里，直插云霄的大树，潮湿清新的空气，路边秀丽的景观，壮观的狮门大桥，全然一个天然大氧吧，拍照留念都不足以记录这里的一切，只能用眼睛好好观赏，然后装在心里吧。

我领到了闭幕式特别节目的任务——《国际视野》部分。这个选题的难度就在取舍上，我想说的人太多，无数心里话此时要喷涌而出。北京奥运会后的一年多时间里，我还从没有像现在这样想写稿件，想编片子，想在这种高强度的刺激下完成节目，我开玩笑地说，《国际视野》这个版块，做一个小时也没问题。

2月28日 2月最后一天 我所有的惆怅

2月最后一天，不知别人是喜悦还是忧伤，但我是惆怅的，因为今天是温哥华冬奥会最后一个工作日。

吃早餐时碰到一位老华侨，他说自己已经在这里生活了快40年，平时就盼着有国人的到来，可以交流一下中文，因为他不想忘记。这一刻我分明看到他眼神里流露出一丝辛酸和凄凉。

最后一次坐轻轨前往国际广播中心，碰上几个姑娘正在送别一个即将回程的同伴，列车启动的瞬间，车上的姑娘大哭，弄得我也鼻子酸酸的。

我用最快的速度做完节目，是因为想给自己留出足够充裕的时间，去回味十几天来的比赛和故事，回顾我在温哥华每天既疲劳又兴奋的特殊感觉，感受冬奥会带来的独特魅力与享受。

直播结束，大家一起徜徉在大街上，和疯狂的人们一道欢呼，此时，满眼都是挥舞的枫叶旗，汽车喇叭和叫喊声响彻全城。

谢天谢地，我还健康地活着，尽管心情久久平静不下来，那也是因为曲终人散而感到失落和伤感。我坚信自己以后不会再有任何抱怨了，因为不会再有比温哥华冬奥会强度更大、更艰苦的工作体验了。

明天——维多利亚！

3月1日 维多利亚一日车船游

如果不是最后一天能彻底撒点儿野，我恐怕会一觉睡到后天。

我们已经在这个叫作里士满的地区住了一个月，可它的南边还从来没去过。一路向南，路边尽是精致的别墅、广袤的土地、教堂、小店铺和来来往往的各色车辆。

去维多利亚岛要乘船，很多车子都在排队等待。9点左右，我们顺利上船，大船共分6层，下面3层全部是车辆，客舱里设施应有尽有，餐厅、贵宾厅、卫生间和儿童乐园，还有上网和打电话的地方。

站在外面甲板上，远处的山和树，近处的浪花和海鸟，尽收眼底。船开得快，海风吹着特别舒服。

不到一小时就抵达目的地，闸门一开，所有车子鱼贯而出，颇具阵势。高速路两旁，平原、草场、别墅，还时常有小动物出没。我们总共两辆车也行驶在中间，虽然花费在路上的时间有点儿长，但满车的欢声笑语、满眼的樱花绿树，还是蛮惬意开心的。

温哥华所在地叫不列颠哥伦比亚省，省会就是维多利亚，它纬度和西雅图几乎平行，距温哥华市区有相当一段距离。

市政广场靠近海边，这里停靠着各种大大小小的私家帆船，广场上的建筑、喷泉和各种雕塑，美观大方。因为下午4点就要赶回国际广播中心还车，所以我们就像个旅游观光团似的赶场、照相，回程也是一路的吆喝声和张罗声，各种欢歌笑语"疾驰"在海岸边的高速上。海鸥飞处彩云飞，彩云飞处人在飞。

在酒店旁边的超市，我们又碰到那个热情的东北人，他说为了绿卡，自己至少还要再待两年，祝我们回程一路平安！

这是最后一个在温哥华的夜晚，也是我最后一次在酒店马桶上写日记。

3月2日 别了，温哥华

闹铃响了两遍才把我叫醒。看看镜子里的我，眼睛是红的，几个痘痘在脑门上肆意横飞。

赶往机场的大巴上，领导自豪地说，这是央视首次派出这么大规模的团队来报道冬奥会，而我们所有的工作都在为后人探路。

这一个月，我们每天下班回酒店，看到的都是星星点点的灯光，每个晚上，都能听到附近机场飞机起降的动静，人们盼着来，又盼着回去，就像人生轮回，很多事情可遇而不可求。

机场打包行李处只有两个小伙子负责，他们不紧不慢、不急不恼，动作细致得让我着急。排队办理登机，办手续的工作人员和负责疏导的人都是老头、老太太，目测年龄在60岁以上，边工作边聊天。

在免税店，我不小心碰碎了一瓶枫叶糖浆，谁知店员只是说："You don't have to pay, just an accident."（你不必赔偿，这只是个意外）说得我心里好内疚。要走了，要告别这里的清静、安逸、舒适又愉悦的氛围，正如我们轻轻地来，又轻轻地去，带不走任何云彩。

飞机穿越北美东海岸和落基山脉，飞越阿拉斯加、白令海峡；再进入俄罗斯领空，穿过中俄边境，进入国境，降落北京。

明天，我就要回家了。

后记：

温哥华冬奥会开幕式那晚恰逢除夕，我忙里偷闲，从网上直播中看了两眼春晚。所有节目当中，我最期待的就是小虎队，据说他们排练时，现场工作人员居然看哭了。哈哈，看来我们有着相似的童年经历，《青苹果乐园》《蝴蝶飞》《星星的约会》《红蜻蜓》……尽是青春的青涩、迷茫、朦胧和彷徨，小虎队应该是我们这代人标志性的童年偶像了。我抽屉里至今还保留着几盒他们的歌曲磁带，彩页已经发黄，但歌声永久回荡。

回到北京浑身酸疼，整个3月份，我都处在一种深度疲劳中，直到时差不再影响睡眠，我才坚信这趟绝对的透支算是扛过来了！

我又回到了原来的生活轨道，开始周而复始的日子。突然，我喜欢上了平淡，喜欢这种历练后恢复平静的生活方式。

我依然难改大赛来临前紧张焦虑，大赛过后又失落惆怅的心态，但依旧会豪情万丈地投入每次报道中。我更坚信这种情绪已经深深侵入我的血液，每次都会"洪波涌起""兴风作浪"，可能这辈子注定都会这样。

窗外的小枝杈已经泛绿，迎面吹来的风也不再刺骨，临行前雪花纷飞，而明天会面朝大海，春暖花开。

4　"后浪"奔涌

"曾几何时，你还记得，我还是曾经那个少年！"2020年五四青年节的前一晚，献给新一代青年的短视频《后浪》爆红网络。这里的"后浪"是个网络用语，指代后辈和晚辈。已经跟"后浪"渐行渐远的我看完这段视频由衷感到羡慕，我羡慕年青一代有幸遇见这样的时代，就像《后浪》中所描述的："看着他们，满怀敬意，因为一个国家最好看的风景，就是这个国家的年轻人。"

在2014年南京举行的第2届青年奥林匹克运动会上，我曾与"后浪们"有过一段难忘的共同工作的经历，我当时是节目编导，"后浪们"则是一群少年记者，他们来自五湖四海，年龄和参赛运动员相仿，经过3个月的层层选拔及多次培训后，以"央视青奥少年报道团记者"的身份来到南京，参与到青奥会的报道工作当中。

和传统大型赛事"金牌至上"的观念有很大区别，青奥会更强调各国文化的交融、青年人的交往和友谊，由于同龄人之间更易沟通，于是少年记者们也承担起了采访和报道运动员和各项赛事的任务。当时在我们的各档新闻节目中，他们完成的报道就占到多一半。虽然经验还远不够，采访与编辑手法略显稚嫩，但他们带来的青春朝气还是让我们的节目熠熠生辉。作为清一色的"95后"，他们有知识，有见识，有创意，有个性，外语能力突出，不少人还有一段不简单的经历。他们能更直接、更全面地了解同龄人的爱好和习惯，从同龄人的视角看青奥会，从许多青年人喜闻乐见的趣味点切入解读体育赛事，寓"报"于乐，更符合青少年的口味。不少精彩的采访和新闻让我们这些"前浪们"交口称赞，拍案叫绝。那个夏天的古都南京，少年记者们像运动员一样挥洒汗水，也像运动员一样得到了成长，是他们一次名副其实的"成人礼"。

少年记者们参与的工作主要有普通新闻报道、运动员专访和赛事推介3大类，其中一些孩子们的工作能力和成果给我留下了深刻印象。

记者小丁采访过3名德国女子曲棍球队员，他了解到德国姑娘们平时除了训练，还在业余时间教幼儿园的孩子们练习曲棍球，这是为了既能提高自己的水平，又能让更多人了解和参与这个项目，难怪德国曲棍球的基础如此雄厚，原来都是从娃娃抓起的。

北京十三中分校的小记者L偶然遇到一位新西兰运动员，别看这位运动员长得瘦瘦弱弱，一打听才知道他是练摔跤的。这次专访中，这位新西兰选手不仅介绍了自己的运动经历，还详细讲述了如何区分古典式和自由式摔跤。也许很多从事体育报道的媒体人都未必能清晰地说出这两项的区别，但L说她明白了，这就是采访得到的收获。在报道澳大利亚乒乓球队备战时，L发现，教练严格要求，队员们练得也刻苦，不过他们的成绩不太理想，第一轮就被淘汰出局，但全队都很乐观。L事后说，原来以为金牌是所有人的终极目标，到了青奥会才知道，比赛过程比结果更重要，他们收获了经验和友谊，还锻炼了意志，从心底就能感觉到一种幸福感。

在少年记者团中，19岁的Nina有些特殊，她皮肤黝黑，却操着一口流利的北京腔，她的爸爸是一位非洲国家驻华使节，国际成长环境和多元文化背景练就了她开朗豁达的个性，无论走到哪儿，她都是开心果，喜欢开玩笑和做体验式报道。在帆船帆板比赛基地，Nina采访了伦敦奥运会帆板冠军徐莉佳，之后，她还亲自坐到帆船上，体验了一把"乘风破浪"的感觉。Nina还专访过一位来自巴哈马、名叫泰勒的短跑运动员，别看只有17岁，泰勒却肩负着家庭重担。因为父亲早逝，泰勒从小就照顾妈妈和双腿残疾的弟弟。他说，每当自己跑步时，都感觉还有弟弟给予的力量，所以就跑得特别快。Nina在采访结束后感慨道，泰勒经历如此艰难，却意志坚强，对生活充满希望，真让人佩服。

14岁的藏族少年旦增是15名少年记者中年龄最小的，平时话不多。和北上广等大城市的同龄人相比，旦增显得有些内向，但他热爱攀岩，在央视少年记者选拔赛中，他正是凭借攀岩中的出色表现，才拿到直通卡前往南京的。在青奥村，他碰到两位攀岩界"大咖"，一位是国家攀岩队队长钟齐鑫，另一位是旦增的藏族老乡、两届全国攀岩冠军索朗加措。在钟齐鑫的亲自指点下，旦增的攀岩技能提高很快，他在青奥会训练场上实现了人生的第二次成功登顶。在对索朗加措的专访中，旦增除了了解更多攀岩的理论常识外，还对攀岩运动对磨炼意志品质方面的作用十分着迷。索朗加措告诉旦增，攀岩中的每一个动作，都需要自己独立思考，要有坚定的意志，并大胆实践。索朗加措的看法对旦增启发很大，他说今后要继续关注攀岩这项运动，更要勇于尝试，把对攀岩的体会和感悟用到自己的学习和生活实践中。

北京十一学校小Z的专访对象是一位"女神"级的南非艺术体操运动员

夏农。别看只有14岁，夏农却有个很大的梦想——在她家乡创办一所艺术体操学校。因为目前那里还没有专业学校，孩子们只能在别的训练场地插空进行。南非小女生怀揣的大梦想给小Z留下了深刻印象。通过十几天的采访，她对记者这个职业增添了不少崇拜。她说："虽然很辛苦，但没有他们，观众就无法体验现场感。让更多人了解社会是记者的职责，所以我要继续追逐自己的新闻梦。"

来自福建的高二学生小林最喜欢"选题策划"这个环节，用他自己的话说，每晚的选题会就像一场考试，在经过一次又一次失败后，小林策划并执行了一个选题叫《青奥村与"神曲"》，是让各国运动员谈对中国歌唱家演唱的《忐忑》的看法，再介绍自己国家的"神曲"，最后一起跟着"神曲"跳舞。这次策划颇费周折，但小林还是体会到来之不易的成就感。此外，他和小伙伴们还做过《赛场上的长腿欧巴》，说的是跳高、跳远等田径运动员的长腿，在采访扮演青奥吉祥物"砳砳"的志愿者时，亲自套上"砳砳"的行头，走了十几分钟，体验了一把志愿者的艰辛……

还有两位少年记者幸运地见到了国际奥委会主席巴赫，虽然只有短短五分钟的交流时间，但他们还是将一份《我眼中的青奥》画册送给巴赫做礼物。在翻阅这部画册后，巴赫盛赞他们"工作努力"，两位少年也难掩心中的兴奋和激动。不管未来他们从事什么职业，和国际奥委会的最高掌门人面对面交谈想必都是值得炫耀的谈资和难忘的经历。

就运动员退役后的去向及选择问题，国际奥委会在青奥会期间搞了一个专门的课程培训，两名少年记者特地采访了参与培训的国际奥委会委员杨扬，了解到退役运动员的现状及将来可以选择的发展方向。事后她俩说将来要学习社会管理学，通过努力参与到更多的社会事务中，去帮助更多的人。

短短12天里，少年记者们佩戴的是和其他成年记者一模一样的媒体证件，他们要进出场馆和混合采访区，要出现在镜头前、做采访、写稿件，总而言之——他们就是记者！谈到短暂的"记者生涯"，他们不约而同的观点就是——"累并快乐着"。想想看，有多少选题没被通过，多少次长时间的现场等待，多少次奔跑着追赶采访对象……少年记者们在亲身体验着记者这份职业的辛苦和不易。这期间，他们还到《人民日报》社青奥报道团的驻地参观学习，老新闻工作者们以自己的亲身经历为孩子们上了生动的一课。在资讯远没有现在发达，报道条件和手段也没有如今先进的情况下，老一代媒体人的敬业精神和过硬的技能都给少年记者留下了深刻的印象。

在青奥村，少年记者们和来自各个国家地区的年轻人交换徽章，一起学习手语交流。在夫子庙，他们和外国运动员交谈，畅谈中国古老的文化。他们努力把新闻报道做得更专业，把传统的变成现代的，把经典的变成流行的，把学术的变成大众的，把民族的变成世界的，把自己的热爱变成能和成千上万的人分享的快乐。

就像《后浪》中所说，少年记者们"自由地学习一门语言，学习一门手艺，欣赏一部电影，去遥远的地方旅行。从小就自由探索自己的兴趣，不惑于自己喜欢什么或不喜欢什么……"在青奥会这个大舞台上，他们八仙过海、各显神通，在挑战中增加勇气，在碰撞中体会文化与价值观的相交相融，在与同龄人的相互启发中探讨怎样去更好地生活。正如时任央视体育频道总监江和平所说："青年人之间的交流是最真实的。同龄人报道同龄人，就会自然而然地带给他们精神的成长和洗礼。"

年轻人是国家一道最美丽的风景，因为年轻，这世上的小说、音乐、电影所表现的青春可能会有忧伤、迷茫，但更多的是勇敢、无私、无所畏惧、永不言败。这些少年记者团的年轻人，他们不再是一群孩子，他们心里有火，眼里有光，愿意肩负更多担当，而体育恰好是一座让年轻人承担社会责任的桥梁。

作为陪伴少年记者团成长的见证者之一，我在那个夏天与他们相处和工作的日子里，深感青奥会这段报道经历对他们人生深远的影响。但我从没想过他们未来的样子，我的想象力恐怕也不足以畅想他们的未来，就像一朵前浪看着后浪奔涌，我心里只有祝福和期待。期待他们的将来更灿烂，祝福他们的明天更美好。

在欣赏短视频《后浪》时，我除了羡慕之外还有一点庆幸。我庆幸自己同样生活在这个丰富多彩的时代，在这个丰饶博大的世界上，和亿万人一起追逐梦想、塑造生活，也和很多人一道享受着我们伴随终身的体育爱好。

体育，诠释着青春最完美的意义，也让人们对未来充满希冀。体育有胜负，青春却没有输赢。美国作家塞缪尔·厄尔曼的散文《青春》中有这样一句话："在你我心灵的深处，有一个无线电台，只要它不停地从人群中，从无限的时间中接受美好、希望、欢欣、勇气和力量的信息，你我就永远年轻。"所以从这个意义上说，所谓"前浪""后浪"或许只是一种想象，实际上，我们都奔涌在同一条奔腾不息的、名叫"生活"的河流中。

5 里约纪行

去里约热内卢是我体验过的路程最长的一趟飞行。2016年夏天，我们绕了大半个地球，中间途经西班牙马德里加油，经过漫漫23个小时才抵达目的地，就连身边不认识的人最后都能聊得火热。

抵达里约，最初的印象非常美好，温度适宜，体感凉爽，像极了中国北方的初秋。短短一个月，工作之余走走看看，这里独特的风情和习俗让人大开眼界，比如吃饭，最有趣的就是所有饭菜无论荤素，一律论斤称重，要是汤、酱类过多，那就太吃亏了，巴西人爱吃豆类，喜欢将黑豆和肉一起炖，彼此味道相融，拌饭十分可口。

巴西的GDP曾经排到过世界前8，不过最近几年因为通货膨胀居高不下，因此物价不低。听说在里约，苹果手机最好要藏好掖好，当众拿出来相当于炫富，是很容易遭抢劫的。

对巴西人的最初印象是他们不紧不慢的性格，闲庭信步般的生活方式，以及各种不那么"靠谱"的处事态度。比如，在前往驻地的大巴车上得知，原本定的酒店临时通知"没有完工"，所以我们才改住公寓，到了小区门口被告知，奥组委和公寓负责人还没谈拢，于是大家不得不在太阳下干等两个多小时才最终得以入住。听说，这个小区是奥组委挨家挨户敲门，动员住户外出度假，将其房间出租而来的。屋内设施比较简单，一些角落倒是充满着生活气息和情调。进入房间又发现没有被子，于是大家排队去领。在里约，英语说得好的人不太多，有时候只能靠肢体语言帮忙。

到达里约时，距离奥运会开幕还有10天，可街头很多地方还是工地状。巴西人打招呼的一句话，发音听起来就像"甭急呀"。这真如他们的行事风格一样，一切都不着急。

"三滩两山"的上帝之城

站在公寓的阳台，往东看是一片连绵的群山，这就是里约热内卢著名的"睡神"——因为轮廓极像一个躺下睡着的人。一百多年前，巴西人在瓜纳巴拉湾的海面上发现了它，称它为"沉睡的巨人"，巨人的脸部，就是里约最高点Pedra da Gávea。据一位精通西语的同事介绍，前几年世界著名的苏格兰威士忌品牌尊尼获加就曾以"睡神"为背景拍过广告，寓意为"巨人苏醒，大国崛起"。

很多人都是通过茨威格的《巴西，未来之国》逐渐了解了这片土地，只是文坛大师的断言比较超前，我没有读过这本书，可身临其境，身处其中，融合历史与现代进程，里约给了我很多惊奇之处。作者书中说："上帝用6天创造世界，第7天创造了里约。"可能真的是这样。

里约的自然美景可以概括为"三滩两山"——三个著名海滩各具特色，吸引着如织的游人。其中，科帕卡巴纳海滩最有名，游人多，商业气息浓烈；依帕内玛海滩宁静、恬淡、人少，极适合休闲；巴哈海滩美丽壮观，绵延的海岸线让人很有冲浪的冲动，是各类海上运动的最佳地点。

一个狂风过后的清晨，晴空万里，我和几位同事乘坐公共交通前往巴哈海滩。对我这个海边长大的人来说，大海一点都不陌生。然而，当蓝色的海水映入眼帘，我还是彻底被它的美丽所征服。海滩上满是身着比基尼和泳装的男女老幼，不论年龄，不管身材，每个人脸上都洋溢着自信，迎着海风冲浪的人不少，其中十几岁的少年最多。我想，假如是纯度假，那来这里学学冲浪应该是个不错的选择。

第一次去科帕卡巴纳海滩是在一个飘着小雨的早上，班车从媒体中心出发大约需要40分钟，途经巴哈和依帕内玛海滩时，天空阴云密布，大海波涛汹涌，脚下惊涛拍岸，我不禁打了个冷战，如果是晴天，阳光下的海岸一定分外妖娆。之前听说过不少关于科帕卡巴纳海滩小偷盗贼如何猖獗的事儿，但亲身体验，感觉似乎没那么可怕，也许是奥运会的缘故吧。很多人都在享受着运动的乐趣，持枪警察满大街随处可见，到处都是奥运标识，不过脑子里这根弦还是要时刻紧绷，毕竟这里是里约呀。

关于依帕内玛海滩，除了海景和那首著名的歌曲《依帕内玛女孩》之外，每到周日这里还有集市，东西琳琅满目，以手工艺品居多，不少代表团慕名前来，还有很多媒体在拍摄。转了两圈，我看中一对手工艺胖女人的雕像，穿得五颜六色，极具当地特色，可问题是它又沉又贵，最终只能舍弃，拍个照片，留个念想就够了。

如果说海边的感觉是现代和时尚，那市中心就是传统和古朴了。无论写字楼、市政厅，还是博物馆、歌剧院，从外观建筑到室内设计，大多是葡萄牙殖民者留下的遗迹。市中心的天梯教堂，又叫里约大教堂，始建于1964年，于1976年落成，和欧洲古老的典雅富丽堂皇的教堂不同，这是一座钢筋水泥结构的现代化建筑，教堂呈圆锥形，高75米，底座直径106米，整个框架好像天梯，又类似我们古建筑中的塔。我不太懂建筑和宗教，唯独喜欢的是教堂宏伟的外观。

巴西历史博物馆距离天梯教堂步行约20分钟。巴西的历史脉络相对简单，博物馆展示了从土著居民时代到现在的发展进程，很多地方都有宗主王子佩德罗二世的痕迹。看到这些，我打算再好好读读关于拉美和巴西的故事，这块土地有着太多神奇而不为人知的过往。

要说里约最吸引"文艺青年"的地方，那就要数距离天梯教堂更近的塞勒隆台阶了，这是智利艺术家乔治·塞勒隆从60个国家和地区搜集来的瓷砖、陶片和镜子铺就而成的，总共250级，老先生曾发誓：要把台阶建设到生命的最后一刻。2013年塞勒隆去世，台阶便成了他的遗作，如今，这里也已经是里约的一个知名景点了。看着五颜六色、五彩斑斓的景致，我竟然没仔细看这些瓷片的出处，后来想想真是遗憾，据说，其中还有几片是来自中国的呢。

说起里约的地标性建筑，人们十有八九会说是基督山。38米高的基督像矗立在710米高的基督山山顶，这是里约和巴西的象征。1926年，为纪念巴西独立100周年，波兰裔法国艺术家朗多夫斯基设计了这座雕像，历时4年建成，2007年还曾入选过世界新七大奇迹。上基督山游览可以选择乘火车和巴士两种途径，火车票炙手可热，巴士几乎不用等太久，人凑齐就能发车。因为奥运会，在基督像下，拥挤的人们拿着各种国旗留念，这恐怕比单纯的旅行纪念更有意义吧。站在基督山山顶俯瞰马拉卡纳体育场，精致而清晰，这个镜头曾是2014年世界杯足球赛时最吸引我的场景之一。

"三滩两山"中，除了基督山，另一个著名地标是面包山，里约奥运会标识的设计灵感就来自这里，它也曾被翻译成"糖面包山"。听当地人说，这里最美妙的享受是山上看日落。

在我们乘车进城的途中，两边的贫民窟密密麻麻，远远望去，山间一栋栋的密集小楼已经成了里约的一道风景，沿途满大街的涂鸦墙也很有特点，里约的很多硬件设施比较陈旧，但很多地方又很现代、时尚和人性化，不知奥运会的到来又会给这座城市留下什么样的遗产呢？

五花八门的比赛 五味杂陈的心情

为各种体育赛事出差，只要挂上记者证件，就可以随意出入场馆，这是媒体工作人员最大的福利。拿到证件，看着上面的"无限大"数学符号，我便开始盘算自己可以亲临现场看哪些比赛了。计划很完美，不过实施起来却不那么容易：要选择好时间，要熟悉去场馆的各条路线，一些项目也要穿插安排好，特别是像网球、乒乓球、羽毛球这种淘汰赛，假如想看某位大腕儿的表演，一定要趁早去，万一这位爷不小心出局了呢？

亲临奥运，机会难得，我先为自己计划了很多从没在现场看过的比赛，比如射击，开幕式后第二天，我生平第一次走进射击场。原本觉得杨浩然和曹逸飞是中国队男子10米气步枪的"双保险"，然而他俩都发挥欠佳，已经出局了。根据新规则，决赛实行淘汰制，原本就紧张无比的射击比赛这下更刺激了，每打一枪，大屏幕都会显示选手的环数、靶位、名次等，每两枪过后，排名末位的就要自动下场。观众中真有眼疾手快的行家，在我还瞄着靶、对着人、数着环数时，欢呼声已经响起，最终，意大利、乌克兰和俄罗斯的3位选手分得冠、亚、季军。

公路自行车赛对我来说相当亲切，但场地自行车还是头一次现场观摩，简单概括就是：场面好看，馆内闷热，比赛种类繁多，规则各不相同。比赛时，看台上各种助威呐喊，有车迷，有教练，还有扛着"长枪短炮"的媒体工作者。男子全能捕捉赛中，大家一窝蜂出场，绕场60圈，教练们在一侧依次排开，我很纳闷，当选手们飞速从各自教练身边通过时，他们怎么去指导呢？会不会这样安排只为图个心里安慰？现场很刺激，唯一的缺点就是好像又回到了桑拿天。

我对手球认识有限，但还是想感受一下现场的激烈程度，于是在奥运会结束前两天去看了女子决赛。集美貌和实力于一身的俄罗斯队击败了肤色各异的法国队，成为领奖台上颜值最高的集体项目团队。值得一提的是中场休息，一群年轻的姑娘小伙，先是跳着极具巴西风格的舞蹈，随后将很多手球抛上看台，现场主持人调动观众来掀人浪，配乐居然是《蓝色多瑙河》。

里约有个浪漫的别称叫作"一月的河"，但它的河流远没有海岸有名，被峡湾环抱是这座城市得天独厚的资本。在一个晴空万里、艳阳高照的早上，我奔赴帆船赛场，然而站在面包山脚下，面朝大海，远眺白帆，忽然想到这比赛该怎么欣赏呢？看来只能看现场的大屏幕了。沙滩上，不少当地人拖家带口，很专注地盯着大屏幕，巴西人对体育的热情真让人折服。

　　和我们工作的国际广播中心毗邻的奥林匹克中心场馆区集中的项目最多。同样在一个大晴天，我怀着极好的心情来看巴西和西班牙队的男篮小组赛，谁知进门就颇费周折，工作人员指路时一人一个说法，近在咫尺，就是进不去。无奈中我碰到一位同样挂着证件的老先生，他是奥组委医疗委员会的工作人员，来自圣保罗，于是，他带着我又一路打听，绕了大半个场馆，终于找到了入口处。

　　作为一个大球强国，巴西球迷的热情我已经无数次在电视上领略过，但现场的疯狂则需要实地体验。在巴西和西班牙队这场男篮比赛中，但凡篮球落在西班牙球员手中，玩命的嘘声就响彻全场；如果巴西队自己进球，欢呼声必然是冲破楼顶。西班牙队的加索尔罚球时，对面的巴西球迷不断起哄喝倒彩，搞得整个上半场西班牙队很难突破到内线，球迷们的欢呼加上节拍和音乐，让你想离开这种气氛都难。所以对很多人来说，现场看过一次体育比赛，就足以激发对这项运动的热情。

　　其实巴西观众很友好，可他们就喜欢像小孩儿一样起哄。西班牙名将纳达尔的一场网球比赛，我因为走错通道，没有找到媒体席，只能坐到一片巴西球迷中间，纳达尔的对手是巴西新秀托马斯，于是效果可想而知，但如果换了阿根廷选手德尔波特罗，巴西球迷想必就要支持他的对手了。这对南美老冤家在任何体育比赛中恐怕都要相互挤对。

　　体操赛场的大屏幕很有特色，上面用柱形图来显示选手们之间的分差，既清晰明了又能带来紧张情绪。最后一个单项男子单杠，第一个出场的德国老将汉布岑发挥几近完美，他做完动作后就静静等待后面选手的比赛。之后的每个人几乎都有瑕疵，结果汉布岑如愿拿到冠军，3次征战奥运会，老将终于以金牌收官。

　　奥运会田径比赛在阿维兰热体育场举行，一座看似在贫民窟中建立起来的场馆，它原名叫奥林匹克体育场，但巴西人更愿意叫它阿维兰热体育场，足见这位国际足联前掌门人在这个国家和国民心中举足轻重的地位。我去看比赛的当天早上，老人刚刚以百岁高龄辞世。

　　我那天是奔着牙买加短跑名将、"闪电"博尔特的男子200米预赛去体育场的，比赛共分10组，博尔特第9组出场，当现场观众通过大屏幕看到他后场热身时，顿时一片沸腾，当他一亮相，欢呼声更是震耳欲聋。起跑前，博尔特一个小手势，全场立即鸦雀无声，枪响之后，只见他如离弦之箭一般冲了出去，在弯道处已经肉眼可见地超越了身边的竞争对手，进入直道，博尔特更是无人能敌，此处可以省略无数语言的描述，他如愿以小组第一撞线。有趣的是比赛结束后，博尔特还要不辞辛苦接受N多家媒体的采访，行走间还不停地向现场观众致意，气场真是强大至极。

就场馆本身来讲，里约奥运会最吸引我的是马拉卡纳体育场，这是我里约行程中提早就"预定"好的一站。2014年世界杯，德国足球队就是在这里夺得队史第4座世界杯的冠军。作为一个"德迷"，这是一定要光临的圣殿。

带着朝圣一般的心情，我走进马拉卡纳体育场观看巴西队与洪都拉斯队之间的男足半决赛。入场仪式是我最喜欢的环节之一，在内马尔的带领下，在上万球迷的欢呼中，巴西队走进球场，真是天赐良机让我领略了主场观众的狂热，从唱响国歌开始，我身边的球迷们就没消停过，以前电视里见到的情形，此刻就出现在身边，我运气不错，巴西队很快就进球了，周围的人们不断地欢呼呐喊，那声浪让人感觉脚下的看台都地动山摇。相比单纯看比赛，巴西球迷似乎更喜欢在看台上搞点儿活动，比如掀人浪时，如果哪片看台的人不配合，就会遭到全场嘘声，只要几个人唱起歌来，就能带动几万人跟着一起手舞足蹈。

马拉卡纳体育场曾经能容纳近20万人，2014年世界杯前重新整修，如今和鸟巢容量差不多，不过历史是能给一切建筑提升附加价值的，这里曾经的荣誉和走出来的体育明星，使它"圣殿"的地位更高大，更有分量。走出马拉卡纳体育场，看着这座老旧的球场在视线中渐行渐远，我浮想联翩，回家后特别想做一件事儿——就是把我手捧"大力神杯"的照片用电脑技术"粘贴"在球场上。

我在里约奥运会上唯一一次看中国选手夺冠是跳水男子10米台。北京和伦敦奥运会时，这块金牌都因为"大意失荆州"丢掉了，这一次在里约，心无旁骛的陈艾森从决赛一开始就稳扎稳打，每一次入水都无懈可击。现场的中国人很多，我借了一个华裔小姑娘的国旗拍照，忽然间觉得自己的奥运之旅真是完美。国歌奏响，看台上无数面五星红旗在风中挥舞，冠军领奖台上的陈艾森也在稍微掩饰着自己激动的情绪，随后他绕场一周，瘦小的身躯披着国旗，就像一团小火苗飘来飘去。站在一群世界观众中间，我心绪难平，此刻什么也说不出来，就是觉得体育的力量真的好强大。

唯体育与生命相伴

里约热内卢发生的一切对我而言都是幸福而快乐的，而这期间的工作更是我最值得记录的。可能是职业原因，每当大赛来临，我身体里每个细胞都异常亢奋，于是，在里约的我，可能会睡眠不够充足，休息不够充分，但对奥运会投入的热情丝毫不会减少。

抵达里约后的几天，我们就一直在熟悉设备、演练、和北京演播室对接，前后方分工明确，北京时间8月1日子夜零点，CCTV5换成五环标识，奥运频道正式上线，虽然奥运会还没开幕，但所有准备工作进展顺利，精确无误，这应该是对我们前方所有人努力的肯定和体现。

每逢大赛，我所在的体育新闻节目组总要承担一项重大任务，那就是动辄几个小时的开、闭幕式特别节目，在里约，记者们以探访当地风土人情为主，编辑们则负责做围绕奥运会的专题片。我被分配到一个非常有趣的内容——"北京和里约的区别"，比如时区、气候、动植物以及这里的生活习俗等都包括在内，因为节目要求做成动画式，所以我尽量写得轻松幽默，只是辛苦了我们的美工同事，最终节目的反响还是令人满意的。

因为两地的时差，开幕式特别节目要从当地时间早上7点开始直播，我们被要求6点到岗，大家不到5点就起床动身，这也成了我经历的最早的一次上岗。室外温度不高，海风沁人心脾，一路上看着太阳从"睡神"身边慢慢升起，看着天空渐渐变色，看着马路上车辆和行人逐渐多起来，突然想起美国篮球明星科比·布莱恩特曾说过："谁见过4点的洛杉矶？"我想说，我们见证了4点的里约，可让人吃惊的是，很多人已经开始晨跑了。

开幕式前的林林总总最忙乱，比赛正式开始意味着我们的工作步入正轨。

我所在的节目是《全景奥运》，自从8年前的北京奥运会开始，几乎每届大赛我都跟《全景奥运》捆绑在一起。"全景"最初的定义来自北京奥运会，就是在一个特定时间段内发生的、相对完整的故事，简单说，这档节目不仅要有比赛，更要有故事。我想，还要加上有感情，即有情怀。

羽毛球男双决赛那天，我负责和专项记者联络，编辑中国组合傅海峰和张楠的专题节目。当天下午，专项记者发来短信，他写道："'宝哥'一句'我没时间了'，说红无数人的双眼。"我先是惊喜，知道金牌到手，接着便是好奇，"宝哥"傅海峰到底说了什么，让记者如此感慨？原来这场决赛跌宕起伏，赛点在中国与马来西亚组合之间交替，但傅海峰和张楠最后还是咬牙夺冠。傅海峰赛后说，因为张楠有兼项，所以他俩配合训练的时间都很有限，面对自己最后一届奥运会，他很焦急，不愿金牌旁落。在看完所有的素材和采访后，我的想法就是：把金牌的来之不易充分展现，只为老将的顽强和执着。

羽毛球队这次泪水格外多，来之不易的成绩使傅海峰、谌龙、李永波以及队医都落泪了。近距离看比赛，更能真切地感到运动员们付出的实在太多了。

相比之下，乒乓球的夺冠历程就没那么刺激，可最后的男团决赛，我还是不争气地把自己编哭了。那天的主题叫《青春的故事》，马龙、许昕、张继科，3个从小一起训练长大的男孩儿在奥运会舞台上创造出属于他们自己的时代，但也极有可能是他们最后一次一起亮相奥运会赛场。所以，我最后写道："青春的故事很美丽，像夜空的焰火一样绚丽多彩；可青春的脚步也很急促，像流星一样转瞬即逝……"

《全景奥运》有个版块叫《我想对你说》：运动员会走进"对话小屋"，与亲人隔空相对。看到自己赛场上的瞬间，听到爸爸妈妈、爷爷奶奶、妻子丈夫和宝贝儿女的问候，所有人都百感交集。许安琪和奶奶、吕小军和妻女，张成龙和妻子，郎平和女儿……节目播到这里时，我们的直播间里通常会静悄悄，大家都全神贯注，看看平时"高冷"的运动员们在卸下压力后是什么样子。其实他们都是极其普通的人，不管成绩如何，在亲人面前永远都是被珍爱的宝贝。

对我来说，这一切都是常规操作，但我总有着些许期待，希望节目做得有新意，有人情味，有所突破，甚至有点搞笑。

体操男团决赛那天，两个日本放送协会（NHK）的记者来到我们工作间，拍摄中国媒体人对日本体操的评价。看到我边看比赛边和同事们说话，还不时比画着，就径直向我走来，抛出几个问题，比如，中日两队总体表现如何、怎么评价内村航平、东京奥运会中日竞争将会怎样等，我们进行了一些交流，日本记者还告诉我他们节目的播出时间，让我别忘了收看。

在国际广播中心，如果有时间我总喜欢去看看各个国家和地区媒体工作的场景和动静，看他们是怎么报道的。我们旁边是韩国广播公司KBS和美国国家广播公司NBC，KBS门口的大屏幕在不断播放歌舞等韩国娱乐节目，而作为奥运会的主转播机构，NBC一般会占据相当于央视5～10倍甚至更大的面积，日本NHK报道规模也很大，其他日本媒体也投入了大量"兵力"。历届大赛的IBC都像厂房车间一样庞大，因为奥运会也有媒体的竞争。

工作的最后一个夜晚，里约风雨交加，奥林匹克中心区空荡了许多，IBC里很多媒体开始打包装箱，准备撤离。由于还要编辑闭幕式的新闻，我丝毫不敢懈怠，希望能善始善终。

总结我的里约热内卢之行，最深的感受就是：我是个离不开体育的人，我似乎永远都需要用体育作为精神寄托，把永不服输的体育精神当作前行动力。想到此时我喜爱的那些运动员，如菲尔普斯、博尔特、加索尔、杜兰特、纳达尔……他们此刻正与我在同一座城市、同一片场地，一种莫名的兴奋就会油然而生。作为体育迷，"4年一届"就像一个标尺，奥运会、世界杯、欧洲杯……当每一届大赛在高潮中落幕，生命的车轮又向前转了4年，我曾经不止一次问过自己：下一个4年我还会不会继续？但得到的答案总是："如果不继续，我还能做点什么？"我很享受大赛带来的紧张、刺激和煎熬，它让我在紧张之余快速思考，在刺激之下感受松弛的不易，在煎熬之中体味胜利或失败的过程，在激动之后用文字和画面宣泄该有的情绪。当然最重要的，它让我感受到许多人生命的价值和意义，包括我自己。

对奥运会，我最初设想很完美，想在来临之前充分准备，之后去认真记录，但事实上，想要"完美"几乎不可能，因为永远都会有新闻随时发生，突如其来，让我来不及应对。那就踏实地做好自己，像发令枪前起跑器上的运动员一样，从容面对一切未知，永远对下一个4年充满期待吧。

"一月的河"充满阳光

里约热内卢到底是个什么样的地方？直到2016年夏天，当飞机着陆，我真真切切降落在这片土地上，里约，我才见识了它的舒适和有趣。

说舒适，可能来过的人都感同身受：一座被峡湾拥抱，地理条件得天独厚的城市，气候宜人，宜居指数超高。奥运会举办时间恰逢这里的冬天，但里约的冬日走在户外，只要有太阳，就会流汗。

说有趣，主要因为巴西人。

初见巴西人，感觉胖子不少，有的极其夸张，翘起的臀部几乎能放上一个杯子，就连公交车上都有胖人专座，而且排在"老人""孕妇""残疾人"前面。不过，对巴西人的第一印象绝对是爱运动。我们入住的地方位于里约巴哈新区，小区运动设施齐全甚至奢侈，足球场、网球场，还有带顶棚和露天的篮球场，此外，健身器械和绿树林荫的跑道、骑车道也应有尽有，走在大马路上，都有标记着骑行和走路的专用道路，听说到了周末和节假日，市政府会对一些主干道实行交通管制，专门给市民跑步和骑车使用。

每天一大早天还不亮，小区花园里就有人开始运动了，老爷爷、小伙子、胖姑娘，个个练得认真投入。开幕式前几天，我结束工作后也和他们一起慢跑几圈，虽然很快就气喘吁吁、汗流浃背，但呼吸着潮湿的海风，仿佛一整天的疲惫都能消散殆尽。还有人自带哑铃、瑜伽垫子在草坪上做运动，孩子们更不用说，不同年龄段的足球、篮球、网球队几乎不会让场地空闲。

在巴西，听说宝宝们出生后的第一件礼物就是爸爸妈妈送的足球，可见"足球王国"辉煌的战绩后是多么深厚的群众基础，几乎到了全民普及、全民参与的地步，真是令人感叹又引人深思。

每次去海边，不论刮风、下雨还是晴天，都能见到拿着各种冲浪板、身着泳衣的市民。体育让人们阳光自信，不管身材好不好，年龄有多大，皮肤紧绷还是褶皱，只要比基尼穿在身上，脸上就堆满了笑容。我想：里约应该是热爱运动的人们最喜欢的地方吧！

除了环境，这里动植物数量繁多、种类丰富。一次去银行换钱，工作人员热情地给我介绍巴西货币雷亚尔上的人物和动植物。

奥运会开始前，我们工作的奥林匹克中心区清静得很，可开幕式一结束，这里就成了欢乐的圣地，我猜想每天光顾的人们会占到城市人口的一大半，有的成群结队，有的拖家带口，对爱热闹的巴西人来说，举家前来甭管能看多少比赛，反正凑一起能乐呵就是最重要的。

不知从哪儿听说过巴西人秩序稍差，不排队，总插队，可在我看来，他们特别爱排队，干什么都排队，只是办事效率比较低，拿我去过的一些场馆为例，一到休息时间，外面立马甩出N多条长龙，买饮料、买汉堡、买咖啡、买冰激凌等。而且巴西人做什么都不急、不忙、不慌、不乱，中国人是效率优先，省时间办大事儿，巴西人则是不管单位时间能干多少，这个过程必须欢乐愉快。有一次我买汉堡，厨师做得慢条斯理，这个时间若换成我，能卖掉仨。里约几乎每个场馆都有一个巨大的五环标志，如果想站上去照相就需要排队，多数情况下都是几个人一起摆不同造型，后面等待的人一点儿都不着急，还说说笑笑，好有耐心。

当地人的热情友好让我觉得"交流"对他们来说太容易了，可能看一场比赛，一起走一道，或是路边随便聊聊就能成为朋友。在基督山，我们路遇来自哥伦比亚的一家人，他们会说英语但不太流利，那位爸爸一句话从来不超过10个单词，但这并不影响他给我们介绍并推荐里约周边的景点。他的儿子，一位身穿与哥伦比亚足球明星哈梅斯·罗德里格斯一样的黄色球衣的小伙子还骄傲地向我们展示了一张他和巴西足球名宿罗纳尔迪尼奥的合影。

　　一次去超市的路上，一位小伙子居然向我问路，我纳闷：难道他觉得我像当地人吗？但他说的地方我恰好知道，于是一路走，一路交谈，他来自圭亚那，在里约已经生活3年，非常喜欢这里，我说我是来报道奥运会的，而他也是一名场馆工作人员。关于圭亚那，我知道有英属、法属和荷属3部分，还曾有一位华裔当过总统呢。

　　去马拉卡纳体育场那天，因为球场太老旧，里面的过道星罗棋布，我和同事们几次都迷了路，于是无奈找警察，不过他们多数没法用英语交流，于是警察就带着我们，直到把我们送到电梯或岔道口。

　　在一家体育用品商店，我边逛边和一位店员姑娘聊天，因为话题是足球，她留给我的印象挺深刻，她说她住得有点远，奥运会期间临时在这儿上班，之后就打算找个近点的工作，我总共去过那家商店3次，每次她都非常热情，临行前，我将一个中式小棉袄图案的钥匙链送给她，结果引来所有店员的围观，还问我在巴西能不能买到，我建议她们上某宝看看。

　　巴西人热情奔放，也自由散漫，比如司机，我们媒体班车的司机就有几次迷了路，大晚上带着一车人开进了市区，更有甚者，为运动员开车的司机糊里糊涂，结果导致有一天晚上的女子50米自由泳不得不推迟半小时进行，因为几名运动员就在那辆"跑偏"的车上。

　　尽管有一些不完美，但里约人轻松愉悦的生活态度感染着所有人：为公共场所打扫卫生的姑娘经常边唱歌边干活，人多排队时大家聊着天也很开心，这样的心态实在难得。走在大街上，一些设施比如过街天桥尽管还没竣工，一些场馆例如体操馆，虽然外观上并无异样，但内部还是临时遮罩住很多瑕疵……但是巴西人常说："就算你今晚一无所有，明天上帝也会给你想要的。"所以不必担心明天。巴西人还说："如果你觉得很糟糕，那是因为还没到最后。"言外之意，最后的结局总不会太差，所以不必担心未来。我想，在生活遇到烦恼和不快时，想想巴西人的态度，或许能为我们分担一点忧愁和焦虑吧。

　　和一些国外媒体记者聊天，当我说我来自北京时，不少人都眼睛一亮说："北京好！北京奥运会好！"这时的我多少有点儿沾沾自喜的小骄傲。作为一个来自举办过奥运会城市的媒体人，我从心底感激这份职业，感谢它带给我精彩丰富的工作阅历，让我领略大千世界不同地域的风土人情和历史人文，也让我的生活变得生动有趣。

每当重温里约，那感觉总是很新鲜，它温暖、和煦、明媚、清新。大文豪茨威格曾经说过："凡是来巴西的人都不愿离开这里，无论身处何方，都希望能回到它的怀抱！"在里约机场的留言板上，我写下："'一月的河'充满阳光！"不管能不能践行大师的预言，里约纪行都是我永久的人生财富。

爱体育，爱生活，每一天都是崭新的，下一届奥运会也在一天天临近，不是吗？

6 多面奥运

里约奥运会到东京奥运会，是个特殊的"5年之约"，天地翻覆，日月更迭，在人们的等待、期盼、纠结甚至矛盾中，奥运会还是来了。走出机舱的瞬间，周围的清冷与内心小小的澎湃在相互撞击。东京奥运会如此与众不同：在"更快、更高、更强"的基础上，一个"更团结"革新了奥林匹克格言，滑板、攀岩、冲浪等新项目的加入眷顾了更多年轻人，过去400多天这个世界变化迅猛……而我，也将经历一次最特殊的奥运会报道，骄傲、神圣，还有一点忐忑不安。

疫情改变世界

东京之行我体会最深的就是"疫情改变世界"这句话。奔赴前方的人员名单6月初才最终确定，而在我们领取的装备中，口罩和消毒纸巾等防疫用品占了不少。

从北京启程到大连，第二天再从大连飞赴东京成田机场，尽管航行时间只有2小时40分钟，但落地之后是漫长难熬的等待：我们一行百十来人先进行核酸检测注册，然后拿到试管留唾液检测，再上交纸质版国内核酸检测证明，随后证件注册，待这一切工作都完成后，每个人坐在小椅子上等待机场的核酸结果，这个过程需要1—3小时不等，随后，检测结果分批次出来，人们分批次离开，出海关、取行李，再凑齐一车人乘坐大巴去酒店。早上10点从大连酒店出发，进入东京酒店房间时已经过了零点。

无论对参赛者还是媒体人，东京奥运会的复杂程度不言而喻，即便到了这里，依然有很多不确定的问题，但面对被疫情改变的世界和变异的病毒，做好自我防护是首要任务，所有人都将体验和运动员一样的与外界几乎隔绝的"气泡式"管理模式。根据规定，在抵达东京后的14天内，媒体人不得乘坐公共交通工具，不得外出就餐，不能和当地人接触，不能私自住民宿和亲戚朋友家，只能入住奥组委指定的酒店。

从酒店到我们工作的国际广播中心（IBC）车程大概25分钟。IBC毗邻东京湾，在这里，人们所到之处，洗手液和消毒液一应俱全，桌椅板凳都用挡板隔开。经历了这一年，大多数人对于戴口罩、保持社交距离等都习以为常，但一些新问题也应运而生，比如记者采访时就必须和被访对象保持两米左右的距离，去特许商品店、便利店、餐厅也会排相当长的队，此外，还会不断收到提示性信息——又要核酸检测了。

这既是行动上的要求，也是一种心理考验，因为每天都有关于疫情层出不穷的消息：确诊人数达到多少，又有哪个代表团的运动员确诊退赛或被隔离，所以，对所有的媒体人来说，一定要在安全的前提下完成工作。

体育带来复苏

一年前的疫情给全球赛事按下了暂停键，一年中，体育让这个世界渐渐复苏。2021年7月23日，人类历史上最特殊的一届奥运会开幕式在东京新国立竞技场开幕，它没有现场观众喝彩，却用一些对社会的改变和影响，让全世界看到体育对全人类无可替代的贡献。

开幕式整体低调、冷感，甚至被人吐槽"诡异""惊悚"，但也拥有很多生动、有趣、温馨又深远的创意，比如用1964年东京奥运会时栽种的树种取材的木制五环，1824架无人机表演的"夜空中最闪亮"的蓝色星球，"超级变变变"组成奥运图标的创意和构思，还有抗疫医生、护士手持火炬进场时带来的震撼……

就在开幕式进行的时候，我还没结束一天的工作，看着身边不同国家和地区的媒体人在为自己的队伍欢呼雀跃、拍照留影时，一种莫名畅快的感觉油然而生。尽管此时的运动员们不得不戴着口罩出现在全球观众面前，或许他们本该在这个舞台尽情展示青春与活力、身姿和舞姿，或许本应有更多人参与其中……西班牙的姑娘对着屏幕比出心形手势，阿根廷和美国代表团欢乐地蹦着跳着，斯里兰卡、苏丹运动员的传统民族服饰十分抢眼，哈萨克斯坦旗手宛若仙女，赤裸上身的汤加小哥依然帅气无比……这个"5年之约"，谁都不想缺席。

同样不愿"缺席"的还有东道主的文化展示，在主新闻中心（MPC）的媒体服务台，有五颜六色、大大小小的由志愿者们折的纸鹤；在一些旅游资源推介柜台，可以拿到神奈川县、本州和北海道的各种资料；一家不大的邮局除了提供邮政服务外，还售卖反映江户时代风格和东京地标建筑的明信片和邮票；而官方纪念品商店则是日本文化元素的集大成者，折扇、剑玉和达摩造型的玩偶，统统在此等候前来购买的人们。

奥运灵动世界，体育带来光亮，全球同此凉热。

现场依旧澎湃

我一直希望能够实现现场观摩所有体育项目这个愿望，而在东京，又有一个项目让我弥补了空白，那就是皮划艇。因为防疫的原因，我们在抵达东京14天后才拿到了组委会发的交通卡，但日子所剩无几，如何利用好剩余天数需要我好好做规划。皮划艇赛场海之森水上竞技中心是位于东京湾的临水地带，不同于其他奥运场馆，这里没有轨道交通，只能乘坐摆渡车。精打细算之后，我决定在皮划艇比赛的最后一天去观战。

虽然那天上午赛事不多，但是能现场感受这种不亚于田径和游泳的冲刺，也算是一种享受了。发令枪响，水面上顿时激流澎湃，8支队伍伴着水花急速前进，由于视角所限，有时途中很难判断谁领先谁落后，甚至当他们都冲过终点线了，肉眼所见与真实结果还是有偏差。近距离看皮划艇，才知道艇身超级细长，除了国家和地区的标志外，每个位置上都有队员的名字，而完成比赛的队员们往往会在上岸后瘫倒在地，可见这是一项极其耗费体能的运动，当然，这也是为什么这些美女帅哥都身材好得让人眼馋的原因所在。

除了比赛，我还观摩了一次完整的颁奖仪式。中国选手刘浩拿到男子1000米单人划艇银牌，在幸福、欢乐的氛围中，他和冠军、季军得主分别展开各自教练们递上的国旗，让媒体拍照。

所有比赛结束后，我走到水边静静坐下，回想刚才那番劈波斩浪的景象，也享受着潮热天气中这丝难得的凉意。

一个晴空万里的上午，我来到新国立竞技场观看田径比赛，幸运地看到中国男女队4乘100米接力半决赛的精彩表演，男队的发挥堪称完美，以小组第一的身份昂首晋级，而同组的美国队仅获得第6，没有犯规、没有掉棒，就是硬生生地被淘汰出局，被挤出了决赛，这可是美国队在这个项目上109年以来首次被抛在了决赛之外，出乎所有人的预料。

不过男子铅球这个项目，美国选手克劳瑟却是碾压级的，奥运会前他就刷新过室内室外两项世界纪录。第一次试投，我肉眼观察他的成绩就在奥运会纪录线附近，果然，克劳瑟第二投就打破了自己4年前创造的奥运会纪录，最终以23米30成功卫冕。赛后，他拿出一封写给过世爷爷的信，上面写道："我做到了，2020年奥运会冠军。"据悉，爷爷是在他飞往东京的前一天去世的。2022年7月，握有世界纪录和奥运会冠军的克劳瑟在美国尤金举行的世界田径锦标赛上夺魁，成为男子铅球这个项目第一位大满贯得主。

那天上午最后一项是男子110米栏决赛，牙买加人帕蒙特以13秒04夺冠，这位伦敦奥运会季军得主终于在自己31岁时登顶奥运会。冲过终点的瞬间，"12秒91"这个成绩忽然浮现在眼前，17年前的爱琴海畔，刘翔创造的奥运会纪录至今无人能破。"翔飞人"不仅是苏炳添们前行的指引，也曾是所有热爱田径的人为之骄傲、振奋的偶像，时过境迁，但经典永不褪色。

幕后十分精彩

东京奥运会的报道工作对我也是全新的体验，我由以往的常规新闻转战央视频制作，赛场上以及周边、幕后发生的一切有意义、有趣味的事件都是央视频的主要内容。

在赛场边，记者和摄像用他们的镜头捕捉到很多独家的珍贵画面：当与病魔抗争的日本游泳选手池江璃花子赛后经过中国队混合采访区时，张雨霏给了她一个大大的拥抱，相约杭州亚运会再见；当徐嘉余拿到混合泳接力银牌后，他将奖牌挂在了中国游泳队教练楼霞的脖子上，楼霞已故的丈夫徐国义生前是徐嘉余的主管教练，徐嘉余说"我觉得他一定看到了"，此时的这枚奖牌就像一根长线，联结起这边的徐嘉余和在天国的恩师；张雨霏的教练崔登荣在患有严重心脏病的情况下，为了奥运会将就医一推再推，这段故事就连专项记者在讲述时都几度哽咽；羽毛球女双半决赛，贾一凡、陈清晨在获胜之后，走上前轻轻敲了敲对手、日本选手广田彩花的膝盖以示关心，为了奥运会，遭遇膝盖韧带撕裂的广田彩花选择保守治疗，比赛中她的腿和膝盖都被厚厚的绷带裹着，中国队教练也向她竖起了大拇指；当刘诗雯混双决赛失利后，日本乒乓球前国手福原爱送上了温馨的祝福和鼓励；跳水选手谢思埸夺金后的眼泪、荷兰田径名将哈桑被撞倒依然追到小组第一、男子跳高决赛中巴希姆和坦贝利共享金牌的惺惺相惜、羽毛球赛场为防疫专门设计的发球器……这些片段式的精彩内容在央视频平台都得到了极大呈现。

记者们的专业解读也为央视频带来了可观的点击量：射击记者详解首金的产生，举重记者讲述眼中的"梦之队"，自行车记者从东京转战伊豆的过程，还有开幕式前复杂全面的筹备工作的完成，更是记者、编辑、摄像、灯光、音频等诸多工作者的集体奉献，一个都不能少……为应对采访过程中保持社交距离的特殊规定，记者摄像们更是大显神通，有的用挑杆，有的索性将话筒递给被采访的球员，来个半自助方式，而乒乓球记者采访叙利亚小选手扎扎，语言不通就直接借助手机上的翻译神器。

此外，央视频还包含了赛场内外很多轻松、愉快的内容，甚至还有运动员只言片语的精彩采访。

在刘诗颖拿到标枪冠军后，得到了老前辈徐德妹的隔空祝福，巧的是，徐德妹1991年正是在国立竞技场摘得世锦赛女子标枪的金牌，时隔30年，老国立竞技场基础上建成的新国立竞技场，也见证了中国选手的这枚奥运金牌；举重名将吕小军不仅在国内外拥有百万粉丝，就在比赛现场还有裁判追着他要签名；可爱的中国体操小将管晨辰跟美国名将苏尼萨·李的友情也通过这个平台被更多人知道；当被问到乒乓球女单决赛如果碰上日本的伊藤美诚该如何应对时，陈梦一句"她先进决赛再说吧"，霸气又幽默；总结奥运之旅，获得乒乓球女团冠军的王曼昱感叹"还没打够"。另外，还有场地自行车比赛中车把居然断掉，真是"活久见"，马术比赛所用的马匹是怎么一步步被运上飞机带到赛场的，奥运村的纸板床到底长什么样，滑板、攀岩这些新项目的炫酷和赛场上的各种失误……

如同常规新闻节目一样，在奥运会临近结束时，央视频也少不了做一期总结篇。最后一期叫作《致年轻的奥林匹克》，字幕中这样写道："时间跨越了经年，从远古起始，你们来到我们面前。头顶奥林匹克的光环，向这世界宣告年轻的挑战。惶恐，诋毁，我们一度被黑暗感染，沉夜见昼，薪火相传。期冀得到祝福，必要经历苦难。年轻的你们，在奥林匹克的旗帜下，勇敢地手拉着手肩并着肩。无畏挑战，更要亲密无间，追求更高、更快、更强，我们要更团结，如家人一般。斗转星移，时光荏苒，困苦是成长的助力，顽强来自日月的磨炼，用奉献来荣耀，把命运来挑战。年轻的奥林匹克，这是美的内涵，泪水是年轻的容妆，拥抱是化解隔阂的语言。我们向年轻致敬，你们的活力，你们的笑颜，梦想与努力同在，精神的魅力不会消散。仰望经典，你们也为未来而铺垫，你们努力，你们勇敢，你们对失败不再轻言。年轻的奥林匹克，这是你们的诗篇，你们的礼赞。”

这些文字来自才高八斗的制片人，同事们也帮忙搜集画面，镜头剪辑中，我期待它能传递出更多丰富的情感和不断沉积的思考，让人们去感受竞技运动带来的感人、励志、独具个性、自我突破的故事，让更多人共情、共享、共勉。

我爱奥林匹克

8月8日是东京奥运会闭幕的日子。13年前的这一天，绚烂的烟火曾绽放在北京奥运会的开幕式现场——鸟巢的上空。夜晚时分，我走出工作了16天的国际广播中心，瞬间感到前所未有的释放，但很快就陷入另一种思虑中。如同纪录片《双面奥运》里始终探讨的问题：奥运会的意义究竟何在？从北京的“无与伦比”到东京的“史无前例”，奥运会又有哪些改变？

我想最大的改变就是疫情之下，所有参赛者和媒体人全新的工作、生活模式。而东京也给之后相当一段时间内的体育赛事提供了一个可以参考的借鉴，即如何尽量在保证个体安全的前提下办好一届大赛。一位资深媒体人这样概括：奥运会总会有不完美，但要在消极中寻找积极。

那参加奥运会的意义又是什么呢？我想原因只有一个——因为这是奥运会！所以，就算熬到30岁才迎来首秀，跳水冠军王涵也要等待；即使推迟一年，34岁的吴静钰、37岁的吕小军、41岁的斯科拉和保罗·加索尔、51岁的竞走老将加西亚也要继续战斗；因为这是奥运会，所以英国田径选手格米利在腿伤无法跑动的情况下，即便走，也要走完这200米；所以，当"体操妈妈"丘索维金娜谢幕时，她才那样恋恋不舍，她的泪水才那样动容……因为这是奥运会，哪怕备战周期和节奏被打乱，也能让运动员在积淀之后迸发出超人的能量；因为这是奥运会，即使遭遇种种猜测、偏见与指责，它依然是黑暗中的那束光亮，是复苏这个世界的一盏明灯。

而对我来说，我永远都享受这种紧张、刺激的工作节奏，享受工作间里一群媒体人对着大屏幕或欢呼、或遗憾的声浪，享受沉浸在奥运氛围中的满足感和幸福感。每一届奥运会都有新纪录、新故事、新起点，新人蓬勃而出，老将潇洒转身，战绩永载史册，还有什么比这些更让人感叹天地之美好，人生之幸运呢！

东京落幕，相约半年后的北京和3年后的巴黎，还有更远的洛杉矶和布里斯班，想到这里，我感触颇深，感慨良多，感叹自己人生履历的增长，感受夏夜中的丝丝微凉，感觉每次奥运经历最终都像心底绽放的花朵一样，也感谢东京——这次特殊旅程的慷慨馈赠。

7 见证

接到要去报道北京冬奥会火种采集交接任务时，我正在西安的全运会赛场上忙碌。这项任务时间很短，但疫情之下的特殊之处就是回国后需要隔离——出差3天，却要隔离21天。

9月27日下午，我从西安回到北京，第二天一大早直奔位于石景山区首钢园内的北京冬奥组委开会，此时距离我们大部队10月17日出发只剩下不到3个星期。

奥运会火种采集——听起来既熟悉又陌生，虽然我已经多次编辑过火种采集的新闻，却从未亲眼见证这个过程。按照惯例，现代奥林匹克运动会的火种一般在奥运会开幕数月前在奥运会发源地——希腊奥林匹亚的赫拉神庙前点燃，再由最高女祭司带到古代奥运会遗址的祭坛，向人们展示，并点燃第一棒火炬手手中的火炬，随后，火种就开始了它前往奥运会举办城市的旅程。

我们的行程安排是从北京直飞雅典，再乘坐大巴前往奥林匹亚，完成火种采集后，再回到雅典，在大理石体育场进行交接仪式，然后返回北京。

包机抵达雅典时是当地时间清晨6点多，天还没大亮，走下舷梯，看着行李从飞机尾部一个个滑下来，装运上大巴车，然后直接前往奥林匹亚。雅典距离奥林匹亚300多公里，按照规定，司机开车两小时必须休息30分钟，此时，整座雅典城似乎还在梦中沉睡，高速路上同我们巴士做伴的只有零零星星的车辆。这个季节的希腊天气变幻莫测，一阵云一阵雨，然后瞬间放晴。

看着高速变成国道，就知道目的地快到了。我们入住的酒店位于道路一侧，周边被绿树环抱，清静安宁，极具当地特色的各种装饰将酒店内部修饰得优雅别致。一层的房间推开阳台门便是草坪、橄榄树、橘子树、石榴树以及各种绿植花卉，偶尔墙上还能见到壁虎以及各种昆虫和马蜂窝。

这里最吸引我的就是大片大片的橄榄树，树丛低矮，枝叶很细，挂在树上的果子又绿又小，我没忍住好奇心摘下尝了尝，又苦又涩，还辣舌头。在西方饮食中，除了橄榄油之外，橄榄的作用有点近似我们的咸菜，属于佐餐类。橄榄树号称"懒人树"，不用怎么悉心栽培照顾，每年都能有不错的产量，而且如果环境没有遭遇重大变化，那树木就可以年复一年地生长下去，像希腊、西班牙、意大利这些南欧国家坐拥如此美妙的自然条件，真是老天爷赏饭吃。橄榄树有很多寓意：和平、博爱、希望……台湾作家三毛的音乐作品《橄榄树》应该属于哪一种呢？我想，对她这样一位不受世俗约束的女子来说，或许她想表达的"橄榄树"是守在撒哈拉沙漠中一棵普通又坚强的枯树：不要问她从哪里来，小鸟、小溪、草原，都是她梦中最美好的事物，这或许就是她流浪的目的吧。

午饭后，我们前往古奥林匹亚竞技场遗址，落实第二天采访和拍摄的各项细则。这里距离酒店开车10分钟，下车后要步行挺长的一段山路，爬坡时，不时能看见道路两旁斑驳零碎的石墙。古奥林匹亚竞技场遗址就在道路一侧，分为神庙区和体育场。神庙区围墙内有宙斯神庙、赫拉神庙、祭坛等建筑，俯瞰这些断壁残垣，依然给人古典、厚重的感觉。体育场有大片的坡形看台，还有运动员和裁判员入口。我来之前百度了一下，场内跑道长度大概210米，宽32米。早在公元前776年，这里就举行了人类历史上最早的运动会——古代奥林匹克运动会。在2004年雅典奥运会"回家"之际，国际奥委会决定将铅球比赛放在奥林匹亚体育场举行，时隔2500年，人类首次在这个历经沧桑的遗址上重温奥运会之梦。

遗址斜对面是现代奥林匹克运动之父、法国人顾拜旦的墓地。每隔两年，都会有奥运会火炬绕此一周。站在这儿，面对简洁的墓碑和背后葱绿树木环绕的群山，对常年从事体育新闻报道，历经多届奥运会洗礼的我来说，颇有些朝圣的味道。

我们返回酒店时夕阳西下，前几天阴雨不断的奥林匹亚这一天终于阳光明媚。我想，第二天的火种采集也一定会非常顺畅。

虽然同处北半球，但无论奥林匹亚还是雅典，都比北京天亮得晚也黑得晚。第二天一早万里无云，秋光明媚，我们9点乘大巴车准时前往奥林匹亚竞技场遗址。由于是采集火种的正日子，安全保障也不像前一天踩点时那样随意，新闻报道组只允许3个人先进去，于是我、记者和技术老师先进来协调中午仪式结束后的传送事宜。走在郁郁葱葱的山林里，阳光、蓝天、树影，还有一路伴随的山间鸟鸣，我们畅想这一天的进程应该顺利而美好。

负责和我们对接的是一位西班牙大叔，他先热情地用中文和我们打招呼，然后介绍自己：他来自马德里，曾经在北京2008年夏奥会前后在中国生活过3年，他带我们参观了转播车，试了传送线路，这样一来我们对下一步的工作就百分之百有谱了。

　　按照原有的安排，我会在第一、二棒火炬手交接后协助一组记者做采访，然后传送。10点半左右，我步行前往顾拜旦墓前就位，在这里，第一棒火炬手、希腊滑雪运动员安东尼乌将与第二棒火炬手、中国短道速滑世界冠军李佳军进行交接。也许我不必来这么早，因为在火种采集仪式现场的另一组记者也需要我用手提电脑将他们拍摄的画面传送回北京，于是临近11点，我又原路返回去火种采集仪式现场旁边的草坪上。这段路并不长，但因为仪式马上就要开始，所以旁边的警力眼见多了起来，一些岔路口也被临时封闭。做了两次安检后，我从一个小门进入现场，并在旁边的草坪上和另一组人会合，开始素材传送。

　　这一天，我们的机器设备有点小问题，拍好的素材无法引入编辑系统，传送中各种设置出来捣乱，加上让人无语的网速，原本一段在北京可以一分钟搞定的事，都让我有些焦头烂额。这时，火种采集仪式已经开始，升国旗会旗、国际奥委会主席巴赫致辞、中国奥委会副主席于再清讲话、祭司们开始表演、采集圣火……当第一段素材传回北京后，我稍微松了口气。可不知为何，这段素材因为清晰度不够不能使用，我们别无选择，只能重新拍摄和传送，为防意外，我甚至用手机同步录了这一段，做好各种备份。第二遍传送时，电脑的电量开始报警，这又是一个让人无语的事情，这机器充电慢，耗电快，不过，我还是在它没电之前将重新录制的画面传回了北京。

　　这时，最高女祭司已经手捧火种走来，点燃了第一棒安东尼乌手中的火炬，我也可以赶往一、二棒火炬手交接的地方了，安东尼乌沿着竞技场慢跑，端着长枪短炮的记者们前后紧跟，我在草坪上也尽量"飞奔"，他还要绕顾拜旦墓一圈，然后再跟李佳军交接，待李佳军举着火炬缓缓离开，我和蹲点在这儿的一组记者也顺利完成了任务。接下来，我们有充裕的时间去找西班牙大叔，使用转播车往北京传送素材。

　　忙碌之余，我整理好心情，尽情观摩、欣赏火种采集过程。尽管曾许多次在电视上看到过，也在来之前脑补过它的庄严神圣，但当这一切真的可以亲眼看见，我心里还是十分不平静。待所有报道任务都结束，我才感觉整个人都被明媚的阳光晒得有点儿发蔫，脸上的汗已经流到口罩下沿。

赶回酒店用餐，收拾行李，奔赴雅典。从当地时间下午3点到晚上8点半，车队由警车开道，沿着美丽的海岸线一路北上。任务过半，但的确不那么平静，另一半"赛程"让所有人都不敢大意。

在雅典下榻的酒店位于市中心，登上顶层的观景台，可以远眺卫城。北京冬奥会火种在雅典卫城度过了一夜，于19日这一天被送往帕纳辛纳科体育场，由希腊奥委会主席交到北京冬奥会组委会代表团的手中。

帕纳辛纳科体育场又叫大理石体育场，顾名思义，它是世界上唯一一座全部用大理石兴建的大型体育场。迎着清晨的阳光拾级而上，迈着一个个高台阶，再时不时抚摸下大理石座席的冰凉，一种历史的沧桑厚重感扑面而来。站在高处俯身望去，整个体育场呈U字形，除了正北方向的大门外，其余3面都是看台。此时在场地中央，中国和希腊两国国旗和奥林匹克五环旗迎风轻摆，红白蓝色在白云蓝天的映衬下格外耀眼醒目。由于这里是1896年第一届现代奥运会的主体育场，大理石体育场也被称作"雅典梦开始的地方"，然而从1896年到2004年，雅典举办的两届奥运会竟然相隔108年。

这一天的交接仪式比想象中顺畅得多，充满希腊当地特色的民间舞蹈开场，女祭司们简单又神圣的表演，再到自由式滑雪世界冠军李妮娜等3名女运动员手持火炬绕场一周，火炬顺利交接到北京冬奥会组委会副主席于再清的手中。雅典的天空时而放晴，时而多云，投射到场内，映衬在每个人脸上。

仪式结束后安全起见，我们所有人都被指引着迅速离场，上了大巴车奔赴机场，警车开道，一路绿灯，穿越雅典市中心的大街小巷。此时，我们的行李已经运抵机场，车队直接开进停机坪，随即在舷梯下安检、登机。

承载着火种灯的飞机，从爱琴海上空开始了它跨越万里的旅程。

回程途中，所有机组人员都换上了防护服，火种护卫队的武警和上海石化的工程师们十几个小时盯着火苗，我们则扛起摄像机，拍摄记录下这个过程和各种细节，每一个人都在尽自己绵薄之力的同时，完成了这趟光荣而神圣的火种采集使命。

从17日凌晨启程到20日清晨降落北京首都国际机场，这趟3天的差旅是我出差时间最短、最仓促、最特殊的出国行程。我的奥运报道生涯从2004年雅典奥运会开始，而这一回亲临北京冬奥会的火种采集交接，身为媒体人，这样的经历让我倍感难得、倍加珍惜。

全程回荡在我脑海中有一个主题词——"见证"，它足够我享用一生！

8 闭环里的"双奥"故事

如果用一个新词描绘我经历的2022年北京冬奥会的新奇之处，我会选择——"闭环"。这个概念并不新鲜，因为前一年全运会的管理模式就是这样。几乎全部参与报道的新闻媒体人都生活、工作在闭环里，而北京冬奥会，这个"环"闭得更严实，或者说防控管理更严格。

1月25日，我进入闭环内，入住北四环附近一家酒店，尽管有全运会的体验，但我还是对闭环下很多相应的新事物充满了好奇。第二天一大早前往主媒体中心（IBC），看着路边飘扬的粉色宣传彩旗和奥林匹克中心区每一幢标志性的建筑，回想2008年，一切恍如昨日。进入编辑工作间，我突然感觉这一切仿佛就发生在昨天，是啊，东京的故事刚过去半年，北京奥运会就又来了。

一

按照以往大型赛事的工作安排，我能够现场观摩的比赛会比较有限，于是，造访场馆就成了一个最基本的目标，我至少应该去看看这些专门为冬奥会而建的地标性建筑是什么样子，特别是位于延庆和张家口赛区的"雪游龙"和"雪如意"。

几天后一个下午，我坐上开往延庆的跨赛区班车，这趟车途经延庆阪泉站、云顶滑雪公园、古杨树场馆群，最终抵达张家口冬奥村，全程215分钟。这天天气极好，晴空万里，阳光照着窗外的平原和远处的大山，看上去有点刺眼。距离阪泉站还剩20分钟时，一个高塔上的五环标志映入眼帘。

阪泉是中转站，很多摆渡车通过这里前往延庆各个赛区和酒店。我的目的地是"雪游龙"——国家雪车雪橇中心，不过在车站信息栏中却不见它的字样，只看到"核心枢纽2号地"，于是我就上了前往这里的巴士。十几分钟后，车子停在一处半山坡，前面独特的建筑让我看着十分眼熟，突然间意识到这就是我心仪已久的"雪游龙"，眼前的"核心枢纽2号地"就是雪车雪橇比赛的转播基地。

按捺不住内心的喜悦，我从布满草丛的半山坡上抄近道径直往上爬，然后沿着大道一路上坡就是雪车雪橇赛道的终点。

近处看赛道，其实没什么特别之处，手摸冰块，的确冻得相当瓷实，联想起这是将近两公里长的赛道，可想而知整个赛场的造价了。而另一个问题也应运而生，作为奥运遗产，这座场馆应该怎么维护并让它持续发挥作用呢？

我为什么喜欢雪车雪橇？因为这项运动能给人带来很多乐趣：记得小时候看体育，经常会在一些幽默滑稽镜头中看到这项运动，特别是双人和四人雪车，前面的舵手纵身一跃跳进车里，后面的刹车手一个箭步没上去，整个人趴在冰面上，雪车"扬长而去"，刹车手"望车兴叹"，这一幕总让我捧腹大笑，当然选手们的成绩和努力也就付之东流了。

我沿着赛道从终点往前走，经过升旗广场，武警们正在进行升旗仪式的彩排，傍晚时分，很多志愿者和工作人员陆续下班。我的时间并不充裕，但能亲眼看看这个赛道，在冰面上踩一踩，我已经心满意足。

回程时夕阳西下，落日的余晖洒在覆盖着白雪的山坡上，北方冬季的天寒地冻尽显无遗。这一天是跨赛区班车运行的第一天，所以时间调度上还有些不周全，等到晚上8点，我才登上返回主媒体中心的车，于是去张家口探访"雪如意"之行，我决定换个方式，体验下高铁"冬奥专列"的舒适。

"冬奥专列"也在闭环内，从预约订票到乘车都非常便利，从清河到张家口太子城站行驶只要50分钟，最高时速达到350公里。

张家口比北京冷得多，但这一天天公作美，阳光照射下，午后室外温度是0度左右，体感舒适。"雪如意"——国家跳台滑雪中心，此时工作人员正在修整雪道，我站在山脚下看着眼前这座独具特色的建筑，在蓝天映衬下，显得格外高大而且清澈脱俗。碰巧偶遇在这里采访和拍摄的同事，他们带着我乘坐电梯来到山顶，全方位一览"雪如意"的壮观。

外形长得像过山车的电梯运行速度特别快，从下往上走，几乎呈80度角，但感觉不出山势险要，中途经过一个裁判屋，有工作人员上上下下，电梯沿着山坡再往上运行就到达顶峰站。走出来放眼一望，整个古杨树场馆群尽收眼底，除了"雪如意"，旁边还有举行越野滑雪比赛的国家越野滑雪中心和举行冬季两项的国家冬季两项中心，3块场地之间用一条路相连，它也有个很好听的名字叫"冰玉环"。

站在"雪如意"顶端，距离跳台滑雪运动员出发的地方非常近，虽然腿有些微微发抖，但我还是顺着台阶往下走了几步，体验运动员出发时的场景。比赛时，运动员会经过一道类似安检门一样的地方，那是用来测试服装厚度的。跳台滑雪对着装细节有严格的要求，厚度不能超过6毫米，不能薄于4毫米，而且要紧紧包裹身体，不能兜风，否则违规，选手们出发时选择的高度和最终的成绩息息相关。编辑比赛时，我只关注他们最终能跳多远，能得多少分，名次如何，但此时坐在出发位置上，我深感这中间的各种细节和科技元素还是蛮复杂的。对任何一项运动来说，彻底搞明白甚至成为行家，都不是件容易事儿。

从顶峰站坐电梯向下的过程就惊险刺激多了，人们也不停地大呼小叫。到山脚下再回头望去，我估计赛时是没有时间来看比赛了，只能希望未来有一天能再回到这里，到山顶的旋转餐厅坐一坐。听同事说，没有雪的季节，这里可以玩滑草或其他娱乐项目，运动员降落的地方是一个足球场，这样设计为的就是场馆的再利用。

太阳即将落山时，室外温度骤降。我在太子城高铁站一边候车，一边细细回味这趟短暂的行程，心里祈祷我们的冬奥会报道也如同这趟高铁一样平安顺利。

二

奥运会期间，对媒体人来说能近距离观看比赛是一大福利，我也期待能像夏奥会一样，用现场观战的方式尽量多了解一些项目。除了短道速滑、速度滑冰、花样滑冰、冰球和冰壶外，北京赛区还有自由式滑雪大跳台和单板滑雪大跳台，我估量着不贪懒觉就基本都能实现现场观赛这个小目标，如果那样就真的太好了。

短道速滑和花样滑冰我曾在首都体育馆报道过，虽说已过去多年，眼前的选手也换了一茬又一茬，但现场感觉仍在。冰球和速度滑冰却是我第一次近距离观摩。

幼儿园时期我就对冰球这项运动有直观印象了，冬奥会前也狠狠给自己"恶补"过，然而坐在场边才发现，就赛况和场上突发状况而言，自己仍基本像个"门外汉"。

比赛共有4位裁判，两个戴红箍的是主裁判，负责判罚犯规一类的，两个带白箍的是边线裁判，主要看越位，是的，冰球也有越位一说。裁判整场比赛摔倒的概率不低，有时自己滑倒，有时被撞倒，做短视频的话，一场比赛足可以给裁判剪辑一组幽默镜头。和北美职业冰球比赛不同，奥运会不允许打斗，但可以合理冲撞，如果有人侵犯别人犯规，比如钩人或恶意伤人，那这个球员就要在场下一个小屋里被关禁闭两分钟，此时电视画面上会显示另一队是PP（Power Play），就是"以多打少"。冰球比赛换人极其迅速，快到几个人同时下场上场凭肉眼几乎看不过来，比赛时间也像篮球那样属于"纯用时"，吹哨后计时马上停止。冰球比赛最吸引人的恐怕就是它的超快节奏和高强度的碰撞，从后场推进到前场就是一眨眼的工夫，对手间彼此阻挡、对撞，冰刀摩擦出的声音，队员的球杆、头盔以及身体碰撞出的声响非常有感染力。

想彻底了解熟悉一个项目，现场观战是最佳方式之一。在俄罗斯奥运队与丹麦队的比赛中，旁边的捷克评论员帮我答疑解惑，他告诉我两支球队的战术安排，以及转播过程中一些缩写的含义。他断言在男子冰球传统强队中，没有派出主力的美国队和加拿大队这次都进不了决赛，而俄罗斯队希望很大，这从他们场面上碾压丹麦队就不难看出。的确，俄罗斯的射正次数远在对手之上，是丹麦队3倍还多，最后时刻，丹麦队换下门将，派出6名进攻球员，但被俄罗斯队打了反击，最终输掉了比赛。

人们对一个项目的热爱需要一个长期的培养过程，能坐上北京冬奥会看台的人，特别是小朋友和年轻人，都是极其幸运的，无论他们此时热爱与否，我都希望这种感觉能像一粒种子，深深根植于心里，然后发芽、成长，最终成为他们幸福的人生经历。

算上夏奥会和冬奥会，我总共在现场见证过4位中国运动员获得金牌，一个是2016年里约奥运会跳水冠军陈艾森，一个是北京冬奥会花样滑冰金牌组合隋文静和韩聪，还有一个就是速度滑冰运动员高亭宇。男子500米比赛那天，高亭宇在滑出34秒32的成绩后，全场沸腾，他一跃升至首位。然后，坐在场边的他和全场观众一起耐心等待后面一组组选手们完成比赛，当最后一组冲过终点后，"冰丝带"——国家速滑馆里又一次沸腾，高亭宇举着国旗绕场一周，他用4年的时间终于将平昌的那枚铜牌练就成了金牌。

如同2008年的鸟巢和水立方，"冰丝带"也是个足够神奇的地方，冬奥会在这里总共刷新了12次奥运会纪录和1次世界纪录。它给我的第一印象是漂亮，场馆上面的灯圈和地下的冰面浑然一体，拍照效果极佳，赛前，冰面上还会上演灯光秀，让参赛选手伴着欢快的音乐和绚丽的彩光闪亮登场。

在参加速度滑冰的所有运动员中，我对两位女将充满了期待：荷兰的伍斯特和德国老将佩希施泰因。出生于1986年的伍斯特从2006年都灵冬奥会开始就每届至少一枚金牌入账，不惧年龄挑战，不怕激烈竞争，5届奥运会，6枚金牌，伍斯特的成就不仅依托于荷兰这个速度滑冰王国的雄厚基础，也是她自己坚韧不拔的最好回报。在打破女子1500米奥运会纪录后，伍斯特说："希望有更多人相信，年龄不是问题，只要有夺冠的雄心，就一定能做到。"比伍斯特年长的德国老将佩希施泰因更称得上老当益壮，在女子3000米比赛中，1972年出生的佩希施泰因比同组的中国小将阿合娜尔·阿达克整整大了27岁。她在北京冬奥会开幕式上担任德国代表团旗手，却没能用一枚奖牌收官。但看得出佩希施泰因还是非常享受，在女子集体出发项目中，她多次处在领滑位置，冲过终点时，还做了一个花样滑冰的滑行动作，这份执着与洒脱让人敬佩不已。我们常说，唯有热爱，可抵岁月漫长，大概就是她们这样的境界吧。

速度滑冰男子集体出发的金牌归属了比利时的巴尔特·斯温斯，这是比利时代表团在冬奥会历史上的第二枚金牌，而第一金则要追溯到遥远的1948年，时隔74年，他们再次获得冬奥会的冠军。

速度滑冰是北京冬奥会项目最多、金牌最多，也是诞生新纪录最多的地方。多年后当人们回忆起来，"冰丝带"会像2008年的鸟巢和水立方一样，成为诞生新奥运会和世界纪录的"纪念碑"吗？

三

奥运会是不同国家地区运动员角逐的舞台，同样是各路媒体报道者们竞技的战场，当然，我更愿意从学习、交流、融合的角度去看待其他媒体，用新奇的视角关注媒体人眼中或是笔下感兴趣的人和事儿。

从温哥华到北京，闲暇时串串我们工作的主媒体中心，乐趣之一就是收集各家各户的"门脸Logo"。和去年东京夏奥会不同，北京冬奥会恰逢中国传统佳节——春节，因此，春联自然成了包括美联、路透、NHK、BBC等各大媒体不约而同的选择。其中，属日本同行最用心，"时事通信社"几个字的隶书写得有点味道，不知道是否出自他们自己之手。此外，有几家还选择超级萌的皮卡丘配小老虎的卡通标志，而《朝日新闻》则把上下联贴在了大门同一侧，另一侧挂了一个大大的"福"字。

　　每次坐班车去现场看比赛，同行的各路媒体人都是长枪短炮、大包小包，恨不得肩上扛着3个照相机，而回程中，有些人一落座就打开电脑开始工作，专注认真，分秒必争，目测他们的年龄，从20多到70多都有。一位NBC的记者"老爷爷"，每次都是背包和拉杆箱的标配，上下车统统自己扛，拒绝年轻人善意的帮忙，说起报道冬奥会，他一脸的幸福和骄傲。还有一位葡萄牙老记者，2008年就来过北京，为此还专门学过3年汉语。他们以自己选择的职业为荣，以经验阅历的沉积为傲，对未知的一切充满好奇，让我十分敬佩。

　　赶上人不多的时候，我会坐上场馆的转播评论席观看比赛，顺便观察周边各媒体评论员们的工作。在速滑馆，旁边英国电视台的一位"大叔"用不下七八种颜色在资料上标注，如果不是怕影响他工作，我特别想问这些颜色分别代表什么；看冰球时，加拿大电视台的解说员也同样，他手中的资料有的颜色标注战术，有的则标注队员；在三四家同是来自俄罗斯的冰球评论席上，解说员们边盯着场上边看电脑屏幕，边查阅资料边解说，有的是两个人一起站着解说，遇到进球时刻还兴奋地挥挥拳……作家毛姆说过："读者们并不知道，他们花半个小时或者5分钟所读的篇幅，都是作者心血凝结而成……"我觉得此话放在这儿也是同样的道理，观众们恐怕也难想象，为了准备一场比赛，解说评论员们在幕后要做出怎样的努力和付出呀！

　　报道北京冬奥会是一些国外媒体人的第一次中国行。一位来自伦敦的记者兴奋地说，他已经走遍了北京所有的场馆，最喜欢首钢大跳台的造型和首都体育馆的外观，第二天他还要去张家口探访"雪如意"。在开幕式现场，一位英国记者坦言，来北京之前他很难想象鸟巢是什么样子，我告诉他我曾在这里看过几场足球赛，像阿森纳对切尔西、拜仁慕尼黑对巴伦西亚、尤文图斯对那不勒斯等，他羡慕地说，在这么壮观的体育场看足球一定特别过瘾，但他感觉北京实在太冷了，不知道能不能坚持到开幕式结束——因为足足要有四五个小时。

　　尽管开幕式观众席的每个座椅上都预备了帽子、手套、围巾、毯子等，但依然很冷。运动员入场就像各家羽绒服展示大比拼，身穿灰白色大衣的芬兰队，深色厚重的英国队和德国队，浅灰蓝色的俄罗斯队，深红色为主色调的加拿大队和美国队，橙色的荷兰队……在裹得严实的人群中，美属萨摩亚的旗手小哥最亮眼，赤膊上阵的他莫非真的不怕冷？

相比之下，闭幕式当晚的体感要好一些。不过我旁边的匈牙利记者还是不停地搓手，笑称自己没有准备好，谈起第一次来中国，我说有点儿遗憾，因为很多地方你去不成，可他特别兴奋，他说终于能亲眼来看看中国、北京是什么样子，而不是依赖媒体的报道，他平时在匈牙利、德国和加拿大等不同地方采访报道，女儿在德国读大学，儿子刚加入一所德国冰球俱乐部，他说将来要让孩子们也来中国看看，这很值得，而且必须。在当下被包括疫情在内的很多因素影响的世界中，他这个观点我认为站得住脚。对世界来说，奥运会就是以体育为桥梁，搭建人们之间的认识、了解、信任和团结，让世界充满和谐，充满友爱。

四

对我自己的"北京2022"，我用一个词概括，那就是——圆满！现场观赛，游览场馆，造访颁奖广场，目睹升旗仪式，还听了一场新闻发布会，作为冬奥会舞台的"前排观众"，我很满足。

记忆中这是我第二次不在家过春节，上一次还是2010年温哥华冬奥会。总有一些行业的劳动者身不由己，比如医务工作者、职业军人、公安人员、服务行业和媒体等。尽管很羡慕能踏踏实实准备过年的家庭，可人一辈子注定要在一些选择中做取舍，更何况是亲历"双奥"这样不可复制的人生经历。

从2008—2022年，转眼14年如白驹过隙。在一篇外媒的描述中，一个细节不经意间展示了两届奥运会之间中国的变化，那就是开幕式看台上几千部智能手机发出的光亮，如同满天星散布在鸟巢中。而对我，无论这中间有怎样的迷茫或无措，我依然对参与奥运会报道有着极大的热情。不管是此生最忙碌没有之一的温哥华冬奥会，飞越大半个地球的巴西里约热内卢，还是疫情之下面临风险与隔离的东京，我都回答：是的，我可以。于是，我幸运地在自己职业生涯体力精力最充沛的巅峰时期参与了本土两届奥运会的报道，成为"双奥"的见证者和亲历者之一。

从"让世界了解中国"到"让世界更团结"，14年间风云不断变幻，但总有些终究不会变。我仍然思考在东京时遗留的问题——奥运会的意义是什么？是谷爱凌和苏翊鸣飞扬的青春，还是徐梦桃和齐广璞为梦想的坚持；是马耳他"豆包女孩"斯皮泰里的参与，还是羽生结弦明知不可为而为之的4A挑战；是美国姑娘特莎·莫德纯朴琐碎的北京生活日常，还是俄罗斯和乌克兰运动员击掌相拥的力量……闭幕式上，童声版《我和你》更纯粹、更清澈："我和你，心连心，同住地球村，为梦想，千里行，相会在北京……"

我不知道所有离开北京的人们现在都过得怎么样，世界之突变超乎想象，而体育能带来的似乎永远无法与生存相提并论。"草木蔓发，春山可望"，唐代诗人王维用这样的词句憧憬春光明媚的季节，而每一个亲历北京冬奥会的人，他们这个春天的期待又是什么呢？以我粗浅的认知，我希望它能给每个人的内心注入力量，面对纷繁复杂的世界，能安稳应对，面对捉摸不定的生活，会平和安享。

第五章

Chapter 5

足球情结

1 追击皇马

我向来认为自己是比较理智的球迷，像"追击皇马"这类的事情已经算是"疯狂"的了。

皇家马德里俱乐部造访北京是在2003年的夏天，那时候"非典"疫情已经过去，贝克汉姆刚刚加盟球队。在我记忆中，他们与中国龙之队的那场比赛也是继1996年的英格兰队后，来得最货真价实的阵容。

得知皇马队将抵达并入住北京饭店的那天恰好我上班，犹豫了半天，我还是决定来王府井走一趟，应了那句后来被说烂的句式：期待一定要有，万一碰到了呢？这支球队超高的人气和魅力，在足坛独一无二的地位，实在叫人无法抗拒！

我是在晚上11点左右到达王府井南口的，为了"勘探地形"还特地绕饭店走了一圈。此时，几百名球迷早已把北京饭店A座大门堵得水泄不通，人群还不断向前推进，一道单薄的封锁线早已形同虚设，只有几个保安在无助地乞求大家："能不能向后退一退？"而挤在前面的人又不时被后面的人推搡，尖叫声此起彼伏，但声音中分明渗透着兴奋和激动。

喧闹的气氛中夹杂着草地特有的味道，这使本就潮湿的空气更加让人憋闷。王府井大街已经告别了白天的喧嚣，只有绚烂的灯火衬着灰色的夜空。北京饭店宽厚的"身躯"显得更加高大，明亮的灯光照着下面苦苦等候的人们。

不得不承认，贝克汉姆这个"新人"的人气指数已经压倒了其他大腕。人群中高举小贝照片的不在少数。还有不少人已经穿上了小贝前些天刚从迪斯蒂法诺手中接过的、那个和迈克尔·乔丹同号的球衣。

我对皇家马德里俱乐部的热爱还要追溯到1996年，在当年欧洲杯上大放异彩的克罗地亚"金左脚"苏克和南斯拉夫球员米亚托维奇的加盟，给皇马的攻击线放置了两杆火力最旺的机枪。而劳尔也在那时显露锋芒，他们在卡佩罗的调教下演绎出水银泻地般的完美攻势，至今回想起来仍叫人荡气回肠。1998年世界杯后，这套进攻组合逐渐哑火，随着米亚托维奇淡出足坛，苏克远走英格兰，曾经的皇马情结只能存留在记忆中。但麦克马纳曼的到来，劳尔和莫伦特斯日益成熟，还有卡洛斯的神奇左脚让皇马在我心中翻开了崭新的一页。可好景不长，当俱乐部从2000年开始大把大把甩出钞票去网罗越来越多的大腕儿，成为一个堆积明星的足坛"巨无霸"时，不得不承认，它已经变成了另一副模样，然而，当今足坛的几大顶尖级天王的确有着让人难以抗拒的魅力，当他们离我们越来越近时，我也无法抑制内心的冲动！

11点45分左右，目测已有上千人在此等候，各大媒体也在竞相选择有利地势，包括不少外国媒体，安保人员也比刚才多了一倍，有机会进入大门内拍摄的记者们都开始在饭店门口的台阶上落座。

午夜过后，凉风习习，不少人站到了马路边。大约12点15分，饭店门口席地而坐的记者们几乎同时起身走进大厅，外面的保安则将所有人劝退到饭店院子的大门外。我也开始了这一晚最难熬的一段时间，我直了一天的腰隐隐作痛，身上的背包顿时沉了许多，更不好受的是，睡意也悄然袭来，空中掉下几滴雨点，我有点怀疑这次行动的有效性，还好有这么多人陪伴。

在皇马众多巨星中，我最想见的人恐怕谁也猜不到，是麦克马纳曼——那个前利物浦队右路最强有力的发动机，那个1996年欧洲杯上一头卷发的翩翩少年，那个总面带笑容，即使将板凳坐穿也云淡风轻的英国绅士。作为

1996年欧洲杯英格兰队的主力，麦克马纳曼是皇马队为数不多的第二次光临北京的队员，但在这支星光云集的队伍中，他已经不算是大腕儿了，各种宣传活动也鲜有露脸的机会。我想起几天前皇马队在昆明期间，齐达内、劳尔和贝克汉姆在主持人教授下用汉语讲出"你好""大家好""我爱你"。真够难为他们的，特别是小贝，西班牙语还没学会多少，又得匆忙用汉语应付。

12点45分，一阵强烈的警笛声突然从东边传来，人群慌忙间同时涌到了路边，这次不过是个夜间巡逻的警车。大约1点35分，十字路口亮过绿灯后，从东边缓缓开过来一辆大巴，前面的人群开始拼命招手，后面的也一拥而上。大巴车越来越近，里面的人渐渐清晰。我第一眼就看到了坐在右侧靠窗第二排的麦克马纳曼，他身后隔着一排就是贝克汉姆，麦卡似乎有些惊讶，而小贝的脸上挂着很职业的微笑。

随后，大巴车停好，球员们鱼贯而下，人们一下子涌到北京饭店大门外，拼命举着相机和偶像们的图片，还不断高喊从车上走下的球员的名字。我的肩膀被后面的人死死拽住，动弹不得。菲戈和劳尔不忘回头朝人群招招手，齐达内好像正在接电话，随后古蒂和索拉里也提着大包小包下了车，卡洛斯出来得最晚，他的背影人们也能认出来，而罗纳尔多似乎"漏网"了。

过了大约20分钟，估计球员们各自回到房间，人群就齐声高喊："小贝，出来！小贝，出来！"大概怕他不懂，于是改成了"David，David"。这时候，最顶层几个房间的灯亮了，有几个人打开窗户，向下挥手。借着灯光，我看到好像是齐达内、劳尔和卡洛斯。随后侧面4层房间也亮起灯，也有人朝外面挥手，有人说，那是小贝！

2点左右，人群渐渐散去。我独自坐在天安门广场的路边等夜班车。十几个小时没合眼让我有点恍惚，我已然忘了现在什么时辰，只记得第二天不用上班。

夜班车在长安街上飞驰，夜风迎面扑来。我似乎从未像现在这样对"皇家马德里"这几个字有如此高的热情，也从未想过自己有如此强的耐性，甚至，我从没有真正喜欢过贝克汉姆。而从这一天起，这些可能会改变。

这次甜蜜的追击最终以一种近乎仓皇的方式结束了。作为一个参与者和目击者，我在后来给同事们描述时，依然觉得有点儿不好意思，仿佛这不是一个体育媒体人该做的事儿。可当时的我就是一个球迷的心态，我在力所能及的范围内没放弃这次机会，即使一晃而过，也足够了。

在那之后的皇家马德里队经历了多次换血，并不断升级。2010年前后，更是网罗了C罗、卡西利亚斯、拉莫斯、哈维阿隆索、伊瓜因和本泽马等众星。不过2010年南非世界杯后那个赛季的第一次西班牙"国家德比"，还是0比5惨败给巴塞罗那。记得当天极其郁闷地看完直播后，我昏昏沉沉睡去，竟然梦见狂风大作，把书桌上所有的纸片都卷了起来。在以后的日子里，皇马继续在国内称霸，在欧冠捧杯，当然也永远不缺故事，而我这个"间歇性皇马球迷"，也会在它每次巅峰和低谷时，隐约想起多年前那个疯狂的夜晚，并在心底默默念道：皇马，你来了，而我，没有错过！

2 我的足球 我的青春变奏

《我的足球 我的青春变奏》是多年前我编辑制作的一部小专题片的题目，帮我想出这个标题的同事早已离开北京多年。而文中要说的人，他的故事贯穿了我的青春，和我同龄的球迷应该都对他耳熟能详，而我最爱他霸气的绰号——"金色轰炸机"。

从球员到教练，"金色轰炸机"克林斯曼的履历我如数家珍。球员时代的他南征北战，所向披靡，拥有世界杯、欧洲杯、联赛、杯赛和联盟杯等一系列荣誉，可谓功勋卓著，但他个性鲜明，我行我素，教练生涯毁誉参半。他是纸媒时代报纸和杂志的常客，我收藏的文字和图片就有一大堆。无论是以前单纯做球迷，还是后来在体育媒体工作，我几次想下笔写写这位"男神"，又觉得千头万绪，不知从哪儿说起。在2019年一期《英超世界》访谈中，克林斯曼讲述了一些不为人知的内幕，更新了我对他的了解和认知。

他当年出道时曾问父亲："能否跟斯图加特俱乐部签一份合同？"父亲回答："你能考下面包师职业证书，我就陪你去签。"结果，考下面包师证书的克林斯曼从斯图加特开始了职业足球生涯，随后来到法甲的摩纳哥队。1994年世界杯后，他想进行一番新的尝试，这时，一位来自英超联赛托特纳姆热刺队的经理人找到他，两人喝着卡布奇诺聊天，克林斯曼感叹："德国孩子从小都是看着曼联或利物浦长大的，从不知道热刺队。"他后来加盟了这支球队，而我也是随着他的到来，才知道还有支英超球队叫"托特纳姆热刺"。

在热刺队应该是克林斯曼一段非常幸福的时光，虽说球队战绩一般，但他荣膺"英格兰足球先生"，并且遇到了被他称作职业生涯最佳搭档的谢林汉姆，伦敦这座城市也给了他家的感觉，让他体会到当时开始赶超"小世界杯"意甲联赛的英超是何等火爆。不知是不是综合这些因素，他在1998年退役前的最后落脚点也选择在热刺队，中间经历了在拜仁慕尼黑队的起落沉浮和在桑普多利亚队的短暂时光。他"二进宫"来到热刺队的第一场比赛就打进4球，上演了"大四喜"，他被兴奋的队友扛在肩上，他仍是球迷心中那个一呼万应、众星捧月般的神。但热刺队终究没能跻身欧冠，谈到这个话题时，克林斯曼打趣地说："很高兴能看到球队现在的成就和地位，可能我那时来早了些。"

这期《英超世界》播完不到一个月，克林斯曼出任德甲柏林赫塔队的主教练。76天后，他没有任何征兆地辞职了，"金色轰炸机"还是那样任性。

克林斯曼走上教练岗位的轨迹和很多优秀的职业球员一样，不同的是，他的第一份执教工作就足够分量——德国国家队主帅。2004年夏天，刚迎来不惑之年的"金色轰炸机"接替辞职的沃勒尔，接手从欧洲杯惨败归来的

"德国战车"。

在没有预选赛真刀真枪考验的情况下，2006年6月10日，克林斯曼迎来了自己执教的第一场世界杯赛，年轻的德国队4比2击败哥斯达黎加，终场哨音还没吹响，我的一位大学舍友就发来短信，她说："看到克林斯曼，就想起了我们从前在宿舍里一起看球的情景。"忆往昔，在那些"峥嵘岁月"里，德国队和克林斯曼都是我给舍友们普及足球知识最常用的"教科书"。

那届世界杯最终以德国队捧得季军收场，主场氛围激情澎湃，燃放的焰火温馨感人。世界杯之后，《体育新闻》推出了一个5集系列总结片，其中，我负责编辑的就是克林斯曼和范·巴斯滕这两位少帅的专题。从看素材、听同期、写稿、精编、包装、配音、合成，到最后播出，我想要呈现出的是一个真实生动、有魅力又有缺憾的克林斯曼。

他跟很多传统的德国教练不一样，他有勇气，即使没有任何执教经验，却敢接手国家队；他有激情，肢体语言丰富，每当队员进球后，他都是场上最高兴、最兴奋的一个，时常像个孩子似的一蹿老高；他有谋略，例如打瑞典时，先用远射诱敌出动，然后再渗透，打阿根廷时，头球脚下并用，明确分工；他有人情，除了第三门将，所有的队员们都得到了在世界杯上登场亮相的机会。他着眼的不仅是这一届世界杯，更有球队未来的发展，尽管自己不能确定能在帅位上待多久。可以说，德国队展现出的充满激情、积极进取的攻势足球风格就是克林斯曼勇气与智谋的最好诠释。

但"金色轰炸机"是如此来去自由，他从不顾及任何人的挽留，就像他曾经效力过每一家俱乐部，从来都是绝尘而去，留下身后无尽的泪水和哀叹。

就在我这个专题片播出时，克林斯曼已经辞去了德国队主帅的职务。我想，这个总结片也是那届世界杯真正尘埃落定的标志。

可人生就是有很多有趣的轮回，8年后在巴西，"金色轰炸机"携美国队卷土重来，还上演了与勒夫为主教练的德国队的"昨日重现"。那场比赛在雨中进行，德国队众星闪耀，美国队却只有这位德国籍主教练引人注目。那场比赛德国队就像是在有意让球，不多，就赢一个，这一结果最终确保美国队以小组第二的身份晋级。

　　在两次担任国家队主教练之间，克林斯曼还有短暂的、执教拜仁慕尼黑队的经历，但不到一个赛季，算不上成功，我觉得唯一的收获就是给了穆勒这位后来大放异彩的新人出道的机会。2020年1月出版的德国《体育图片》详细揭秘了克林斯曼当年在拜仁执教时不少有意思的新闻，比如，他喜欢和全队在周二研究周末比赛的对手。有一次却被施魏因施泰格发现，竟然在阵型中出现了11名门将以外的球员。他想让球员学外语但没人感兴趣，设立图书馆却成为里贝里偶尔睡觉的地方，放置的电脑被球员们用来打游戏。俱乐部主席鲁梅尼格希望克林斯曼在执教中加强纪律性，但收效甚微，里贝里甚至在迪拜冬训时开起球队的大巴车，还撞上了标志牌。克林斯曼那个冬歇期引进美国球员多诺万是看重他的速度，但第一次队内测试时，只有门将比多诺万跑得更慢。克林斯曼还曾让球队与家人们共进午餐，试图让球员们培养各种兴趣，但这些做法最终被当时俱乐部的总经理赫内斯叫停。而在柏林赫塔队任教时，他甚至没有想到自己的教练证书会过期。

　　相比之下，"金色轰炸机"的球员生涯无疑显得更辉煌灿烂。

　　回到开头的那期《英超世界》，克林斯曼这段不到15分钟的专访让我感慨良多，很多过去的影像资料唤起不少曾经的过往。他提到1996年欧洲杯，那是我球迷生涯中第一次看着最喜欢的球队登顶巅峰。半决赛时，英德之战"火星撞地球"是那届欧洲杯最经典、最富激情、最值得记忆的一战。克林斯曼因伤缺阵，德国队落后又扳平，加时赛惊险无比，因为加斯科因和昆茨的射门都滑门而出，最后的点球大战，现任英格兰队主教练索斯盖特是唯一一个没有罚进点球的人，德国队涉险过关，决赛又"金球制胜"绝杀捷克队。当年的故事可以讲一天一夜，我的直觉是：那届欧洲杯就是要给德国队一个好事多磨的圆满结局，所以不管之前克林斯曼如何经历停赛和伤病，最终的冠军归属已然注定。而那届英格兰队也是我眼中20多年来最赏心悦目的"三狮军团"，假如半决赛他们赢了德国队，那我一定支持他们主场夺冠。

　　记得2002年世界杯后，我来CCTV5《体育新闻》面试，英语考官问我：

"你谈到自己很喜欢足球，你最喜欢的球员是谁？他在哪家俱乐部效力？"当时的我大脑飞速旋转，说克林斯曼还是巴拉克呢？如果答后者，是个现役球员，会不会后面的问题更复杂。于是我说了前者，我强调他已经退役了。考官接着说："你知道他退役前的最后一家俱乐部是哪里吗？"我回答是热刺。如今这已经是被我当成笑话讲给别人听的段子了。

这几年围绕克林斯曼的"转会"传闻也有不少，还传出有英超球队甚至英格兰队邀请他执教的真真假假的消息。我在想，如果当年他取代卡佩罗上任，那南非世界杯的"英德大战"又会是什么样子呢？

足球是一个永远让我徘徊在记忆与现实之间的神奇世界，因为眼前所有的一切都会让我不由自主地想起从前。每当面对喜欢的球员，常常为他们的喜怒哀乐或欣喜、或忧伤，也为他们多变的命运而唏嘘感叹。

对克林斯曼来说，他似乎一辈子都在向着远方而去，留下背影，但又从未离开过足球。宠辱偕忘，把酒临风，或许"金色轰炸机"也会无限感慨：一杯敬故乡，一杯敬远方；一杯敬明天，一杯敬过往……

3 硬核男神

对德国足球队前队长巴拉克来说，足球带来的感怀可能终究是遗憾多于荣耀。他曾无比接近梦想，却总与冠军擦肩而过，虽距离世界杯、欧洲杯和欧冠奖杯近在咫尺，却终究未能打破笼罩在身上的"决赛不胜"定律。他为最灰暗时期的德国足球带来一道亮光，在遭受一次次挫折和打击之后依然负重前行，他的职业生涯几乎成了海明威在《老人与海》中那句"人可以被打败，绝不会被毁灭"的最真实写照。于是，每每看到他当年的英姿，都让人感慨不已。

退役多年的巴拉克最近几年时常现身国际足联和欧足联的各种颁奖典礼，尽管这位德国足球重量级人物没有国家队冠军的荣誉，在世界大赛舞台上也只活跃了不到10年，但这10年，对德国足球来说举足轻重，是"德意志战车"从低谷走向又一个巅峰的10年。

2000年欧洲杯惨淡收场后，德国球迷将复兴希望聚焦在当时处在上升期的代斯勒身上，可重压之下他最终选择提前结束足球生涯。是巴拉克横空出世，救德国队于水火之中，在世界杯预选赛欧洲区附加赛上，从冰天雪地的乌克兰将"德国战车"带到了韩日世界杯上。而当葡萄牙、西班牙和意大利几路豪强都干不过东道主韩国队时，又是巴拉克用一己之力将德国队送进决赛，而他自己却因为累计黄牌停赛无缘站上横滨竞技场，坐实了"悲情英雄"的称号。

那时，还不是媒体人的我写了一篇关于巴拉克的文章，发表在《体育世界》杂志上。我说他的进球"不仅昭示着强者的尊严，也为所有相信公平公正的心灵留住了一片光明与正义的蓝天"，并向世人宣告"一架新战车的崛起，一个新时代的来临，一个新恺撒的诞生"。我毫不吝惜对他的溢美之词。

4年后，我终于有机会在《体育新闻》的"世界杯前瞻"系列球员中，为巴拉克编辑了一期专题节目，尽管他的资料实在不多，除了进球几乎没有别的素材。在翻阅一本体育杂志时，一篇名叫《从A到Z》的文章突然给了我灵感。我发现巴拉克效力过的球队的开头字母都在他名字Michael Ballack里，像凯泽斯劳滕、勒沃库森、拜仁慕尼黑以及即将前往的切尔西，因此我决定选他名字里9个字母开头的单词，代表他生活中不同的侧面，分别是Childhood童年、Beer啤酒、Ads广告、Hobby爱好、Matt Damon马特·达蒙（长相酷似巴拉克的美国好莱坞影星）、Emotion情谊、Love爱情、Internet因特网、King王牌，题目就叫《字母解读不一样的巴拉克》。

虽说编辑过程复杂繁琐，然而当节目以另一种讨巧的方式呈现出来时，我还是无比开心，并在片尾用歌曲I will come to you做了个MV。我给很多球迷好友发了预告，在节目播出当天忐忑不安地坐在电视机前等候，十几分钟后，好评的短信息就像雪片一样飞来。

老实说，我愿意让时间永远停留在播出前的那一刻，让自己有一种恍惚中期待的感觉。而当一切结束，忽然心里空空如也，释怀中带着一份恋恋不舍。

这个专题的编辑过程让我重新认识了这位硬核男神，我不再用4年前球迷的眼光去看待和欣赏他，而是从一个体育编导的角度去审视和评价他。他的个性、风度、一言一行、一举一动或许都会通过我的节目，让许多以前不认识他的人知道他，让不了解他的人熟悉他，让曾经对他无所谓的人由此喜欢上他。

几天后世界杯打响，"男神"领衔家门口作战的德国队历经了小组赛的高开高走，淘汰赛与阿根廷点球大战艰难过关，但最终没能翻越宿敌意大利这座山，在临近比赛结束前，被意大利左后卫格罗索击败，当时29岁的巴拉克没能得到像贝肯鲍尔和马特乌斯等前任队长在这个年龄所拥有的荣誉。

世界杯后巴拉克远走英伦，他在9月的一场联赛中因为一次铲球吃到了英超生涯第一张红牌，他30岁的那个生日是在看台上度过的。

新环境带来新的压力和挑战，但在国家队，他依然是当仁不让的队长。2008年欧洲杯，"战车"状态起起伏伏，男神队长又一次单骑救主，可最终他们还是被"斗牛士"一剑封喉，看着西班牙人捧杯，并开启长达3届洲际大赛的垄断。巴拉克最后一次世界舞台亮相仍以遗憾收场。

在这之后，他遭遇了此生最不逢时的一次伤病。

2010年5月17日晚上，"巴拉克无缘南非世界杯"这几个字忽然出现在刚开播的《天下足球》大屏幕上。我惊叹一声，想不到上届的三四名决战亦是诀别！因为巴拉克不可能再有下一个4年。时光啊，让所有人都回不到从前了，2000年的青涩岁月，2002年的板凳悲情，2004年剪不断理还乱的过程，还有2008年擦肩而过的心痛……

客观上说，巴拉克的缺席某种意义上成就了穆勒、施魏因施泰格、赫迪拉、克罗斯们领衔的青春中场，他们速度更快，打法更简洁，进攻更赏心悦目，踢出了那届世界杯最犀利的两场大胜，而巴拉克也以局外人身份亮相南非，目睹眼前这群年轻人尽情挥洒青春。

之后的故事里充斥着他与国家队的恩怨，德国队主帅勒夫和德国足协看似无情，当时的队长拉姆看似公事公办，将巴拉克的回归之路彻底封堵。现代足球的世界里，俱乐部早已不是养老院，国家队更没有商量的余地。于是，巴拉克为国家队出场的次数停留在"98场"，眼看着身后穆勒等小字辈纷纷赶超，突破百场纪录。而他甚至没有一场特别体面宏大的告别仪式来宣布自己就此挂靴。

退役后的巴拉克更多出现在英国天空体育的评论席。他的英语发音清晰，德语腔并不重。在2014年巴西世界杯半决赛上，德国队狂扫东道主巴西队，半场就5球领先，巴拉克中场休息时毫不掩饰地伸出5个手指。他几次走访曾效力的切尔西俱乐部，与好兄弟兰帕德和切赫畅谈。据说，他也考取了教练证书，给自己后半生创造出一种可能，只是什么时候实践还不得而知。

我觉得男神的职业生涯最适合用两个词概括：一个是"悲情"，一个是"铁血"。作为球员，他没有赶上最鼎盛时期的德国队，却是最好的队长，在国家队最黯淡的时候将它扛起并带上一条星光大道。而在俱乐部比赛中，他得到过除欧冠之外的所有荣誉，例如凯泽斯劳滕"升班马"夺冠的奇迹，勒沃库森的惊世崛起，拜仁慕尼黑的顺风顺水，还有切尔西的数度捧杯。欧冠半决赛上，他追着裁判咆哮其判罚不公，点球憾负"红魔"曼联队后，又泪水滂沱。当他重归勒沃库森队，以对手的身份再回切尔西队主场斯坦福桥时，全体主场球迷为这位老队长送上了经久不衰的欢呼和掌声。

当年用歌曲I will come to you给男神编MV时，我就是觉得好听，其实没有特别明白这首歌表达的含义。后来在央视论坛留言区看到一位球迷"跪求"歌名时，我仿佛才意识到应该仔细研究下歌词："当指路的灯光熄灭，没有人陪伴在你左右，当漆黑的暴风雨夜来临，你迷失了方向，当你落泪时不要害怕，因为我会听见你内心的召唤。如果你找不到人生的意义，我就会伸出援手。我发誓，不管发生什么，我都会来到你的身边……"

重新再听的感觉真美，美到不用时光倒流，不用矫情地回忆过往，因为所拥有的足以温暖一切平凡之路。

4　匆匆那年

回忆像一把钝刀，费力地划下一道伤口，不足以致命，可还是会痛。时间是把匕首，划破所有的回忆，任往事飞舞，思绪万千。

2018年5月一个清晨，我被手机闹钟叫醒，迅速投入早间《体育晨报》的编辑工作中。那天有条新闻在等着我，那就是意大利队中场大师皮尔洛的告别赛，地点是远在万里之外的米兰圣西罗体育场。北京的凌晨，比赛刚刚结束，我翻开手机和iPad，睁着惺忪的眼睛开始翻阅查找所有与比赛相关的内容，结果发现网上全是赛前各种预热，于是只能用最快的速度翻看画面，然后自己整理。

这几乎是我见过的阵容最豪华的告别赛。皮尔洛邀请的大多是和他在AC米兰、尤文图斯、意大利国家队和美国纽约城做过队友的明星。米兰城曾经的"宝贝们"都来了，就职于意大利足协的科斯塔库塔头发略白，但容颜几乎没变。阿尔贝蒂尼身形发福，脸面却还是20多年前追风少年的模样，这个一度被我认定是蓝衣军团罚点球最靠谱的人，居然在1998年法国世界杯1/4决赛上，将球直接送到了法国门将巴特兹的怀中。曾经的"万人迷"马尔蒂尼和巴乔都坐在教练席上，旁边是安切洛蒂、孔蒂和多纳多尼等。对我这个年龄的球迷来说，这踢的哪里是足球啊，分明是满满的回忆。

众人簇拥中，皮尔洛登场亮相，但从比赛一开始，他就不再是主角了，进球纯属表演，不管是早已退役的西多夫，还是刚刚结束了半程中超赶去参赛的帕托，都毫不留情地愚弄起门将，比分节节攀升，比赛也始终处于高潮。舍甫琴科还是那么眉清目秀，卡福还是那样稳健，因扎吉依然狡黠，托尔多也依旧神勇，只是这一回，不知他有没有扑点球的机会。维埃里进球后，仍然喜欢脱衣庆祝，秀出自己的虎背熊腰，但他在法国世界杯无缘4强后，却伏在齐达内的肩头哭得像个孩子。那一年另一位失意者是罗纳尔多，如今他挺着肚子坐在场边，不知会不会怀念自己当年驰骋沙场的豪迈。

说了这么多，主角皮尔洛我只给了不多的镜头，作为世界杯冠军的拥有者，皮尔洛是幸运的。可2006年夺冠后，不管尤文图斯还是意大利国家队，都先后遭遇了各种磨难。"蓝衣军团"在之后的两届世界杯大赛上，都没能从小组出线，皮尔洛泪流满面的镜头也是他留给世界杯的最后瞬间。

我庆幸自己在2012年的鸟巢现场观看了尤文图斯和那不勒斯的那场意大利超级杯赛，眼前的皮尔洛和布冯都比电视上看要清瘦许多。那年夏天，意大利队刚刚在欧洲杯决赛上经历了被西班牙队4球完胜的惨痛，博努奇痛哭的一幕叫人心酸不已。而鸟巢的那个夜晚，皮尔洛、博努奇和他们的尤文图斯队取胜而归，他们应该带着不错的心情离开了北京。

2015年，皮尔洛离开欧洲，加盟美国大联盟的纽约城队，和英格兰中场大将兰帕德做了队友。而兰帕德的球员时代，除了辉煌的履历外，就是南非世界杯的"门线冤案"，只可惜那时候没有VAR（视频助理裁判），否则假设有录像回放帮忙，那这场比赛，那届世界杯乃至那一代人的命运又会怎样被改写呢？

这场告别赛第80分钟，皮尔洛被自己的儿子尼科洛换下，身披同一号码的父子俩进行了一次有趣的交接。我只是描述了这个瞬间，没有使用类似"新老传承"的词句，但猜想未来的足球场上，我们一定可以看到很多熟悉的姓氏。

临近尾声，40岁的布冯终于亮相，他已经作别效力17年的尤文图斯队，即将远走他乡。比赛的最后一个进球来自因扎吉，他一个小角度打门，攻破了布冯的十指关，也将最终的比分定格在7比7。因扎吉跑到球门前，被布冯高高抱起。

随着终场哨响，如梦般的回忆在这里戛然而止，皮尔洛从此华丽地转身而去。2020年，他拿到欧足联职业教练资格证，以"菜鸟"兼"DNA"教练的身份执教尤文图斯队。回想起当年场上风度翩翩的球员，如今换了身份在场边挥斥方遒，指点江山！而曾经的老友们也会以这样的方式再相见。他们从少年到白头，每一个365天，都是一个人青春的写照。

不得不感慨，记忆是个太神奇又太残忍的东西，随便撩动心弦，都会让人心潮澎湃，浮想联翩。而作为每个人的终极走向，"告别"又意味着什么呢？

想起歌曲《匆匆那年》里一句极其应景的歌词："如果过去还值得眷恋，别太快冰释前嫌，谁甘心就这样彼此无挂也无牵，我们要互相亏欠，要不然凭何怀缅。"

5 "三人行"回眸欧洲杯

如果没有席卷全球的疫情，2020年7月13日本该是这届欧洲杯决战的日子，曾畅想挑灯夜战的我们无奈得格外轻松。可能是为了保持欧洲杯热度，《体育新闻》推出"欧洲杯回眸"系列，我负责编辑三个人物专题——施梅切尔、佐夫和巴洛特利。

这是三个身处不同时期的人物，是3个无论技术还是个性都独具特色的人物，在欧洲杯历史上，他们都拥有非凡的成就和功绩。在查阅素材时，那些珍贵的影像资料反映出的鲜活瞬间和片段重新唤起了我的记忆。

很喜欢一句话："球迷不怕年老。"因为经历丰富才有资历谈论曾经的过往。丹麦队门将施梅切尔最闪耀的那届欧洲杯是1992年，那时候我还不是球迷，他的故事我后来才知晓。那一届的丹麦队是"童话王国"带给世界足球的惊喜，是一个旁听生能考全班第一的典范，也是现实版丑小鸭变成白天鹅的逆袭。在讲述施梅切尔的文字中，我因为私心作祟加了两段克林斯曼的采访，当然，有克林斯曼这样的射手的评价更能凸显门将的卓越能力。

那届欧洲杯，卫冕冠军荷兰队和世界冠军德国队都相继败给了拥有施梅切尔的丹麦队。4年后的1996年，施梅切尔的丹麦队负于克罗地亚队，无缘淘汰赛。德国队以一套并不年轻的阵容捧起德劳内杯，我的第一次欧洲杯"观摩之旅"如愿以偿。

那届大赛上，罗马尼亚成为第一支出局的球队。在对阵保加利亚队时，拉杜乔尤的进球就像2010年南非世界杯上英格兰队兰帕德的翻版，他们射出的皮球都落在门线里，但反弹出来没有被当值主裁认可，而最终输掉了比赛。如今回想当年，恐怕他们只能感叹：如果当时就有VAR（视频助理裁判）该多好！

所有前锋们的遗憾都成就了门将的丰功伟绩，施梅切尔的故事我最后以他的儿子卡斯帕·施梅切尔收尾。当1992年欧洲杯上演"丹麦童话"时，卡斯帕还不到6岁，一晃20多年过去，他也成了一位出色的守门员，还打破了老爸在国家队的不失球纪录。在2018年俄罗斯世界杯上，小施梅切尔发挥不俗，他将继续穿着"施梅切尔"的球衣出现在今后更多的国际大赛上。

相比施梅切尔，同样是守门员的佐夫在欧洲杯上的履历要更丰富些。除了做球员，佐夫还作为意大利队的主教练率队征战2000年欧洲杯。

那届欧洲杯的最大特点就是"戏剧性"：揭幕战比利时门将德维尔德老

眼昏花，白白送分；英格兰队两球领先后又被葡萄牙队3球逆转；同在"死亡之组"的德国队和英格兰队携手出局出乎人们预料；法国队凭借"金点球"取胜葡萄牙队……而意大利队半决赛战胜荷兰队堪称欧洲杯历史上的巅峰之作，佐夫充分展现了他作为主教练的才华和能力。全场比赛，荷兰队总共罚丢了5个点球，队长弗兰克·德波尔就两次点球不进。这一幕被解说员描述为"一个人可以在同一块石头上被绊倒两次，一个人可以两次踏进同一条河流"。加上意大利门将托尔多的英勇神奇，如同"神灵附体"，"蓝衣军团"最终化险为夷，惊险晋级。意大利球员阿尔贝蒂尼赛后接受欧洲杯官方采访时说："尽管上半场我们就10人作战，但全队战术非常成功，所以谁都没想到荷兰人最终会以那样的方式出局。"

决赛上，大半场都领先的意大利队在补时阶段被法国队的维尔托德扳平了比分。加时赛上，特雷泽盖的"金球"成就了"高卢雄鸡"的伟业，佐夫和他的"蓝衣军团"曾距离奖杯那么近，瞬间却又永远失去了。阿尔贝蒂尼说："这太可惜了，我直到现在都难以释怀。"说这段话时，他眼里泪光点点，就像赛后那个永久定格的表情一样。佐夫也无奈地说："我们全场都踢得很好，就输在最后那几分钟，可能这就是命吧！"

纵然是莎士比亚的经典戏剧也没有像那届欧洲杯那样充满悬念，得意者得意得几乎忘形，失意者失意得几近崩溃，而所有这一切，都是刹那间发生的故事。

当年欧洲杯每晚的专题报道是我看过的最精彩、最煽情的节目，记得最后一期叫作《我们热爱足球》，主持人是这样表述的："昨天凌晨，我们共同感受了欧洲杯离去的那份怅然若失，作为本次欧洲杯的专题，最后一期《我们热爱足球》今天就要结束了。在过去4年，我们共同感受了足球带来的快乐，今后的4年，我们还有很多很多期待。最后，来欣赏一首歌曲，是由波切利和沙拉布莱曼共同演唱的It is time to say goodbye……"那一刻坐在电视机前的我，眼泪就像断了线的珠子一样，稀里哗啦掉了下来。

欧洲杯结束后，我写了一篇名为《生命因你而精彩》的文章，投稿给《当代体育》杂志，但稿子发出去很久都没有回音，我有些纳闷。终于在

10月中旬的一天，在欧洲杯结束3个多月后，我看到自己的文章被印成了铅字，原来，编辑们把它当作该杂志"欧洲杯专题论坛"的结束语刊登了。那个秋天的下午，走在东方广场，我被懒懒的阳光晒着，感觉欣喜而温暖。

在佐夫辞去意大利队主教练职务时，我第3个人物专题的男主角巴洛特利还不到10岁，从那时候一直到他进入国家队，意大利队经历了天翻地覆的变化。

2004年，我第一次参与欧洲杯报道，兴趣之外也增添了不少责任，可坦白地说，也许当纯粹球迷看球的日子更美好。那一年，德国队又被分在"死亡之组"，还是没能小组突围。我印象最深的有两件事儿：一是意大利队被北欧两强瑞典队和丹麦队合伙挤出8强后，《足球报》在头版写道——《果然是2比2！》，二是拉脱维亚队中好多个"斯基斯"，队员的名字又长又拗口，搞得配音员每次都头疼不已。

4年之后的2008年欧洲杯，意大利队携手法国队和荷兰队，落入一个更高级别的"死亡之组"。最后一轮，所有人都在看荷兰队是不是要放水，法国队和意大利队是不是死磕后双双出局。然而，上届欧洲杯因"公平"获益的荷兰队没有放过罗马尼亚队，这让意大利球迷两次为另一块场地的结局欢呼。最终，法国队遭遇了伤退、红牌和丢球等一切背运，意大利队则像抓住了救生圈，漂过死亡之海，成功上岸。但之后他们点球不敌西班牙队，无缘4强。

4年后，在2012年欧洲杯决赛上，"蓝衣军团"以溃败的方式被"斗牛士"4球完胜，完全没有了小组赛两军对垒、势均力敌的锋芒。而就在那场小组赛上，巴洛特利演绎了匪夷所思的"思考人生"的一幕。当时，形成单刀之势的他带球慢慢悠悠，最后被西班牙后卫拉莫斯铲断，夺回球权。巴洛特利就是这样无厘头，这样让人哭笑不得。然而，那届欧洲杯是他职业履历中唯一的封神之作。半决赛面对德国队，巴洛特利两个劲爆的进球，让德国"战车"瞬间抛锚。进球后，巴洛特利脱衣庆祝，轮廓分明的肌肉线条让他犹如战神般被人仰慕，那一刻堪称他的人生巅峰。

我这3期节目的男主角们都没有出现在2016年在法国举行的欧洲杯上。那年7月11日清晨，朋友圈里充满了蓝色和红色，蓝色是遗憾，红色是喜悦。在蓝红相间的海洋中，又一届足球盛宴在狂欢中落幕。从1996年那个夏天算起，欧洲杯伴我整整20年。

当C罗一瘸一拐走上冠军领奖台时，这个足球世界的超级巨星终于赢得了一项国家级至高无上的荣耀。从2004年家门口启航，到12年后登顶欧洲之巅，当年的"小小罗"终于"破茧成蝶"。小组赛一路平局不代表平庸，坚守到最后就配得上冠军的荣誉。

在那届欧洲杯报道中，我除了编辑赛况之外，还有一项内容叫战术分析。虽然我写出的距离专业评论还有距离，但它增加了我对足球的理解，我的写作风格也开始不断转变，褪去了小女生式的迷恋，多了些思考。我力争在文稿中有更多有价值的信息和水到渠成的调侃，让理智与情感更加平衡。

如果用一个词形容2016年欧洲杯给我的感受，那就是承受。我能承受德国队的失败，因为不能将优势转化成进球就等于自绝后路，尽管我多么渴望"日耳曼战车"能够开启属于他们自己的王朝，就像4年前的西班牙队那样，我也能承受"斗牛士"的溃败，球场上没有常胜球队，德国队也是从2000年谷底开始了复兴之路，于是，也就不难理解西班牙人的处境了。同样，我更能体会法国人的感受，奖杯近在咫尺却最终旁落，就像12年前的C罗和葡萄牙队一样。

感慨良多之余，我在想，究竟是足球告诉了我们生活的哲理，还是生活演绎出更多足球的喜怒哀乐，或许两者都有，作为足球的看客和生活的主人，我们永远都无法预知下一刻会发生什么，因为足球永远比一切剧本都来得更戏剧，猜得出过程，想不到结局，有情理之中，有意料之外。很多新人登上国际舞台，也伴随着一些老将就此成为历史传奇。身为球迷，有希望支撑，有泪水宣泄，有心灵震撼，有感动分享，还有美好的记忆传承，值得一辈子好好珍藏。

没有欧洲杯的清晨，当天边泛出鱼肚白，有多少人此刻会感叹：历经风霜，归期有望，绿荫深处，许谁一世荣光。

6 我仍愿世间美好与你环环相扣

前几年喜欢上一首歌，名叫《世间美好与你环环相扣》，听歌的情景恰逢2019—2020赛季英超联赛进行时，里面几句歌词"风雨兼程，途经日暮不赏……也乘风破浪，去了黑暗一趟"非常符合我对索尔斯克亚执教的曼联队的印象。在那个被疫情影响的赛季，"红魔"历经起伏、迷失、挣扎和转机，这位绰号"娃娃脸"的曼联队昔日名宿西装革履场边一站，被推上引领"红魔"走向复兴的宝座。从2018年年底临危受命，到2021年11月21日"下课"，索尔斯克亚治下的曼联一直在前行，但终究与奖杯无缘，也与人们的期望有距离。

上任伊始，一波九连胜让索尔斯克亚刷新队史纪录，来年春天在欧冠联赛中逆转"大巴黎"更让不少人依稀看到曾经无往不胜的"红魔"背影。但"蜜月期"之后，留给索帅的难题才刚刚开始。可以说，他的执教过程不断伴随着下课的声浪。2019—2020赛季输给排名靠后的纽卡斯尔、伯恩茅斯和伯恩利，让他遭遇信任危机，但在战胜热刺和曼城后又短暂复活。元旦输给阿森纳，足总杯出局，紧接着从葡萄牙体育队签下布鲁诺·费尔南德斯，从而盘活全队，之后，联赛被疫情叫停。复赛之后连战连胜，最终位列联赛第3，拿下新赛季欧冠的参赛资格。2020—2021赛季尽管1比6惨败给热刺，还从欧冠小组赛出局，但联赛悄悄逼近榜首，还一度短暂登顶。我甚至大胆畅想，或许他真的会是功勋主帅弗格森之后，带领"红魔"走向复兴的那个人？

不过爱之深，责之切，索帅治下的曼联也有很多事情让人始终搞不明白：他不常对主力阵容进行轮换，临场换人优柔寡断，签下新援又不给太多出场机会，难以激发一些球员的能量，防守始终难改善，总在半决赛掉链子，总在关键场次折戟沉沙。这其中，恐怕很多"红魔粉"最不能原谅的就是2021年春天欧联杯决赛的失利。假如他能带队捧回哪怕一座奖杯，都会给自己争取多一点继续执教的理由，而3年无冠，我觉得有些说不过去。

这些年，不少名宿纷纷执起教鞭回归母队，例如兰帕德之于切尔西，皮尔洛之于尤文图斯，科瓦奇之于拜仁慕尼黑，哈维之于巴塞罗那，还有阿尔特塔、波切蒂诺等，都去了自己曾效力的俱乐部担任主教练。主帅赴汤蹈火，球队情真意切，球迷心向往之，但一切都要用成绩说话，这道理亘古不变又天经地义。索尔斯克亚曾经感慨：很遗憾不能带领球队继续前进，所以要交给更合适的人。而曼联俱乐部在官方送别中称"他随时回来都会有掌声"。

对我而言，与其说是一个"红魔粉"，倒不如说是"索粉"。索尔斯克亚留给我如此深刻的印象：他超级替补的本色，他与红魔的传奇履历，他对球队的忠诚，他的骑士风度，他为曼联打进的126球（没有一个点球），他绰号"娃娃脸Baby Face"，有着为数不多的"今年30、明年28"的颜面……记得2018年年底，索尔斯克亚在曼彻斯特俱乐部走马上任的那条新闻还是我编辑的。他接受英国媒体采访时说过一句话，大致意思是：我会时刻记得自己来自曼联队，记得自己的前进方向。一年后，索帅透露，当年所谓的"曼联条款"是真实存在的，他与之前执教的挪威莫尔德俱乐部的合同中有条规定，只要"红魔"召唤，他随时可以自由离开。只是签下这个条款时，没人相信他能做到。对曼联，他太痴迷，太执着，爱得太深，而莫尔德也是一家让人尊敬的俱乐部，很有气度，在"红魔"危难之际招索尔斯克亚回队时顺利放行，并对他说："这是好事，去吧，然后不再回来！"这一切就像谈了几年恋爱最终却没能走进婚姻殿堂的一对情侣。其实索尔斯克亚早就明白，这条路布满荆棘，亦充满艰难险阻，但有退路吗？他的"一约既定，万山难阻"的勇气和决心就足够再一次成为"红魔"队史榜单上的英雄了。就像曾经回荡在曼联队主场老特拉福德上空的歌声中唱的："你是我的索尔斯克亚，我唯一的索尔斯克亚，当天空变得昏暗时，你却能将它照亮……"

在曼联俱乐部未来主帅的候选名单中，阿根廷人波切蒂诺曾呼声很高。他与索尔斯克亚妙不可言的缘分可以追溯到1999年那场经典的欧冠决赛。当索尔斯克亚在替补席观看比赛时，身为西班牙人队球员的波切蒂诺和队友已经偷偷溜进了巴塞罗那诺坎普的包厢，然后就看到了索尔斯克亚上演绝杀的场面，并振臂欢呼。成为教练后的波切蒂诺很受弗格森的青睐，弗格森曾多次表示，波切蒂诺是最适合曼联的教练人选。

假如未来曼联再有崛起之时，也该少不了索尔斯克亚带队3年的功劳。他前队友兼好友吉格斯说过，索尔斯克亚值得拥有最好的回报。而加里·内维尔的评价是："你让我们感到骄傲，过去的两个月很艰难，但在此之前，你为俱乐部恢复了一些往日的灵魂。"

对曼联俱乐部，索尔斯克亚永远都是战功赫赫的英雄，忠诚坦荡的赤子，跋涉过漫长黑夜的勇士。我想修改那句歌词做结尾：愿世间所有美好都与你环环相扣。

7 跟世界杯往事干杯

我想要梳理自己的世界杯往事，源于魔幻的2020年，那一年，很多人被"带走"了。

北京时间11月25日凌晨，"一代球王"马拉多纳溘然离世，震动了世界足坛。有人说："是上帝收回了'上帝之手'，所以球王走了。"14天后，意大利"金童"罗西也撒手人寰。在此之前离开的，还有英格兰名宿杰克·查尔顿，前国足主帅高丰文……他们经历的世界杯过往对我来说如同老胶片一般，有点遥远，当很多老资格球迷讲述马拉多纳当年连过6人进球的壮举时，那种兴高采烈的眼神让我只有羡慕的分儿。

在我开始看懂足球时，中国男足还没能进军世界杯，唯一一次"冲出亚洲"的经历就是1988年汉城奥运会，当时带队的正是高丰文，他那届国家队曾距离世界杯近在咫尺。然而，1989年的"黑色3分钟"成了永远扯不掉的标签，只差一步就到罗马，国足世界杯的遗憾仍在延续。整整12年过后，在沈阳五里河，这个如今已经被拆除的体育场，中国男足才首次突围成功。对球迷而言，2002年韩日世界杯无疑具有标志性的意义，于我而言，那是我最后一次以纯粹球迷的心态去欣赏比赛。那届世界杯除了国足3战皆负的段落，还有德国"战车"8球碾压沙特队的胜利，罗纳尔迪尼奥不符合物理学规则的任意球，留着"阿福头"的罗纳尔多在决赛独中两元，以及土耳其队的哈坎·苏克创造世界杯历史最快进球纪录等。

4年后，我第一次以体育新闻编导的身份开启了"世界杯之旅"。2006年，我编辑了16期人物专题，他们无一例外都是球队的核心或比赛的主角，但他们的经历如同坐过山车一般起落沉浮。鲁尼那一年脚踩对手，被红牌罚下；比利亚，一个赛季都在同埃托奥竞争，可最终站上了世界杯赛场，使对手难以望其项背；内德维德携手捷克队悲情告别，黄金一代完成谢幕演出；而对"男神"克林斯曼，我写下的解说词并不足以表达我的隐忧，因为当时我最关注他会不会留任德国队主帅一职，而他最终选择离去，4年后在南非，他担任了解说嘉宾。

南非世界杯时，我每天直播完新闻就去一楼演播大厅看比赛。那段时间，文艺频道的青年歌手电视大奖赛就在旁边另一个演播室直播，于是，担任综合素质评委的阎肃老爷子时常过来看球，等到该他点评了，才恋恋不舍起身离开。作为世界杯解说嘉宾的陶伟指导和我一样，是"德迷"。在德国队酣畅淋漓地击败英格兰队和阿根廷队后，他难掩兴奋和激动，断言德国队一定会战胜西班牙队挺进决赛。

相比"德国战车"的青春洋溢，西班牙"斗牛士"更加沉稳老练，在他们夺冠的进程中，力克C罗领军的葡萄牙是关键一战。我和几个同事是在一家酒吧看完了整场比赛。除了我们几个和老板，其余几乎全是西班牙人。所以，每当葡萄牙队，特别是C罗拿球时，酒吧内嘘声四起，就像在球场一样。比赛以西班牙队一球小胜告终，终场哨响，北京的天已经蒙蒙亮。我们回台简单收拾，准备一天的工作。世界杯的日程就是这么疯狂，因为热爱，所以身不由己却心甘情愿。

陶伟指导的预言最终没有实现，更遗憾的是，他本人也没能坚持到4年后又一届足球盛宴。2012年，他因病去世，生命的年轮永远停留在46岁。阎肃老爷子也在2016年驾鹤西去，但愿天堂里也有他们挚爱的足球相伴。

被陶伟指导预测能进决赛的德国队在4年后的南美大陆成功加冕。那届大赛上，"德国战车"前行的每一步都走得扎扎实实。首战葡萄牙那场比赛，我穿着网上淘来的8号球衣来到德国大使馆观战，一场4比0打得对手毫无招架之力。这个小组不算"死亡之组"，但拥有C罗的葡萄牙队还是在同美国队的较量中败下阵来。而当德国队遭遇克林斯曼执教的美国队时，我更关注的是"战车"会不会脚下留情。比赛在雨中进行，两队机会都不少，但德国队运气欠佳，美国队同样射术不精，最终德国队1比0小胜，两队携手顺利晋级。我的解读是：若论实力，德国队必须赢球，但如果想帮美国队一把，那就不要赢太多。直到现在我都认为这个推断比较合理。与阿尔及利亚的1/8决赛堪称"德国战车"那届世界杯最艰难一战，在经历后卫失误、伤员下场、平局加时后，他们才险象环生，挣扎上岸。德国队这些艰难的铺垫让对阵巴西的半决赛显得如此不真实，只打了半场，"桑巴军团"就完全崩盘，包厢里的罗纳尔多更是看着克洛泽将自己的世界杯进球纪录超越。决赛前，网友们在讨论巴西球迷会支持谁，一方是他们永远的宿敌阿根廷队，另一方是刚把他们吊打到哭的德国队。在我打趣身在巴西的一位同事千万别穿错球衣时，她开玩笑说，保险起见只有选择北京国安的队服了。

从2002年开始，卫冕冠军们的运气都不太好，1998年冠军法国队输得丢盔卸甲，2006年冠军意大利队在南非踢得糊里糊涂，2010年的新科冠军西班牙队到了巴西水土不服，而2014年的德国队尽管打破了欧洲球队无法在南美捧杯的魔咒，却没能逃脱卫冕冠军提前出局的厄运。

2018年俄罗斯世界杯，媒体都在调侃，说这届几乎是按照二战的路子在行进，意大利队没能晋级，日本队小组出局。而德国队的小组赛之旅又何等惊心坎坷，在负于墨西哥队之后，"战车"遭遇瑞典。我描述那个凌晨的情景是：为一场比赛坐立不安，为一个结果焦急等待，为一个进球振臂呐喊！对阵瑞典队的这场比赛，德国队鲁迪意外因伤下场，克罗斯又因失误丢球，此时的德国队已经被预选赛淘汰意大利队的"北欧海盗"瑞典队推到了悬崖边，到了补时最后15秒，克罗斯的绝杀来了，这让德国队绝处逢生。不知这是不是世界杯历史上时间最晚的绝杀。这场比赛的地点索契是苏联作家奥斯特洛夫斯基创作《钢铁是怎样炼成的》的地方，就连解说员都这样评述："德国队用行动证明，钢铁是这样炼成的！"

那届世界杯的后半段我是在环法自行车赛上度过的，幸运地和法国球迷一道见证了法国队第二次捧得"大力神杯"的壮举。而他们第一次拿到世界杯冠军的1998年，姆巴佩还没有出生。一晃20多年，时光飞逝如电，我从十几岁开始看球，到如今和这帮正当年的"小鲜肉们"已经相差了一代人。

在姆巴佩还没出生的1998年世界杯时，学校刚刚给每个宿舍安装了电视。因此，世界杯就成了我给舍友们普及足球的最好教材。尽管临近期末考试，但丝毫阻止不了我的"教学"热情。那年英格兰队与阿根廷队的1/8决赛"天雷地火"，足够在世界杯经典战役中排进前列，希勒、欧文、贝克汉姆、萨内蒂、西蒙尼、巴蒂斯图塔……"德国战车"抛锚成就了"格子军团"克罗地亚的崛起，罗纳尔多"迷失"巴黎让法国队首度捧杯，世界足球格局在新世纪即将到来时迎来了天翻地覆的变化。

待我环法归来，世界杯的喧嚣早已散去。对普罗大众而言，它就像一个盛大的狂欢娱乐大Party。当然，很多人也是通过世界杯放眼国际足球舞台，成为这项运动永远的追随者，比如我。我第一次成为世界杯球迷是1994年。在那个出奇炎热的夏天，我感受到了足球世界掀起的浪潮是多么汹涌澎湃，势不可挡，锻造出的英雄和他们的故事流芳百世，千古回响。沙特队奥维兰连过数人的进球堪比当年的马拉多纳，而后者却陷入禁药风波，埃斯科巴因为乌龙球丢掉性命，巴乔那脚冲天而去的罚球自毁前程，他孤寂的背影却永久定格……从那时起，足球和世界杯彻底融入我的生活，成为一部如影随形、精彩激昂的乐章。

有人曾说，如果你能活到100岁，那你可以看25届世界杯……这个命题不太现实但足够有趣，2022年卡塔尔世界杯是我看过的第8届世界杯，第一次在中东举办让它的历史地位极其特殊，它运用的高科技技术，它无处不在的中国元素，它赛前和赛中各种纷纷扰扰的话题，以及它对中国球迷非常友好的开球时间，此外，它还伴随着北方严冬的来临和新的疫情形势。故事的最高潮由剑指卫冕的"高卢雄鸡"和梅西领衔的"潘帕斯雄鹰"在卢赛尔体育场书写。虽然我不是梅西的"死忠粉"，可当这幕跌宕起伏的大戏以一个几乎所有人都期待的走向和结局收场时，我也觉得这是给梅西和他的阿根廷队最完美的荣耀和褒奖，因为在追寻"大力神杯"的漫长旅途中，被视作天才的梅西更像是一个始终负重前行的普通人，在历经迷茫、遗憾、挫败与煎熬后，他依然愿意坚持和守望，时隔36年，终于带领阿根廷队重回阿兹台克的荣誉巅峰。

每届世界杯都伴随着老将们的告别，2022年卡塔尔世界杯更犹如德国作曲家瓦格纳的歌剧《尼伯龙根的指环》中那段著名的乐章——《诸神的黄昏》，35岁的梅西和苏亚雷斯，36岁的诺伊尔和吉鲁，37岁的C罗和莫德里奇，39岁的佩佩和阿尔维斯……就连34岁的莱万多夫斯基和布斯克茨，33岁的穆勒和贝尔，甚至31岁的阿扎尔和德布劳内，卡塔尔都极有可能是他们的世界杯绝唱。2022年12月"球王"贝利的人生终场哨吹响，他走完了传奇一生，享年82岁。对多数球迷来说，恐怕都没有亲眼见过贝利踢球，但这并不影响他的丰功伟业在我们记忆中变得耳熟能详。他是世界级的超级巨星，是打破无数纪录的绿茵偶像，他三夺世界杯桂冠的荣誉更是空前绝后，他曾让规则改变，让战争中止，他与中国有着不浅的缘分，也与马拉多纳有过"世纪最佳"之争，还是一个可爱的"乌鸦嘴"和老顽童，他出任联合国大使，帮助贫苦青少年通过足球重燃对生活的热爱，他留给这个世界最重要的一句话就是"足球是一项美丽的运动"。

人永远无法打败时间，但人的作为可以站在时间之上，无论贝利、马拉多纳，还是C罗、梅西，他们对足球简单而赤诚的热爱让人羡慕，他们在球场上行云流水的技术为人惊叹，他们几十年如一日的执着和努力激励着无数人，在他们的奔袭驰骋中，我们看到了他们以平凡人之身对抗命运之无常，对抗时间之无涯，他们超越自我，书写传奇，他们的故事也寄托着我们人生中的英雄梦想，所以，我爱足球，更爱世界杯。

我的世界杯往事中，同样不缺少中国队的片段，只是像所有中国球迷一样，可能痛苦比快乐的记忆更多。"5·19""黑色3分钟"是后来听长辈们讲述的段落，我自己亲历的是1993年施拉普那带队在伊尔比德惨败，以及后来一次次重复的经历。1997年在大连金州的失利让人痛心不已，《足球之夜》制作的MV《给所有知道我名字的人》，不知引发多少球迷的眼泪。随后，米卢蒂诺维奇带来神奇转机，2001年9月在昆明拓东体育场，国足2比0击败乌兹别克斯坦。那一天，正在昆明参加书展的我就下榻在拓东路的一家酒店。比赛结束，我迎着夕阳走上街，瞬间感觉呼吸通畅，空气沁人心脾。那年的10月7日，在我老爸生日那天，国足第一次成功出线，晋级世界杯决赛圈。一转眼，又是20年。

时光催人老，但足球的脚步永远在前行，2026年在玛雅文明存在过的地方，美加墨世界杯将首次迎来48支球队的参与，谁会带来高光时刻？谁能延续辉煌胜利？谁能创造无限奇迹？谁又能开创属于自己的新时代？没有人能预料未来的世界，就如同无法预知明天又有哪些意外，但我永远都期待"下一届"，也愿所有心怀足球和世界杯梦想的人们都平安快乐，希望满怀。

Chapter 6

看体坛"群英会"

1 一生何求

在2020年澳大利亚网球公开赛男单决赛上，当塞尔维亚的德约科维奇击败奥地利新生代球员蒂姆夺冠后，前大满贯得主、俄罗斯人萨芬手持男单冠军奖杯——诺曼·布鲁克斯挑战杯入场，作为颁奖嘉宾，40岁的萨芬也曾"掌控"过这片球场，15年前的这时候，萨芬击败本土球手休伊特，捧得自己职业生涯最后一座大满贯冠军奖杯。这位绰号"沙皇"的俄罗斯网球"万人迷"在挂拍后深居简出，已经销声匿迹多年。我也只有在整理网球资料时，才想起一些关于他的尘封往事。

我开始学习编辑网球新闻时，萨芬正处在职业生涯的巅峰，除了技术全面、发球有威胁之外，他还给人留下爱摔拍子、爱发脾气等深刻印象，所以他比赛的状态总是起起伏伏，时好时坏。

2003年，因为手腕伤病，导致他无论是比赛还是情绪都非常不顺，尽管他的名字在媒体上出现的频率不低，可往往伴随着"摔""怒"这样的字眼。那年年底，萨芬来到北京为即将于第二年开始的中国网球公开赛做宣传。组委会安排了观看京剧《大闹天宫》的活动，看完剧后，记者问他是否看明白了，萨芬点点头，饶有兴趣地指着演员们开始"乱点鸳鸯谱"，还说

"一定是他爱上了她，她又怎么样……"不过，他还是说了些正经的客套话，比如他来年一定会来北京参赛，希望这里成为他的福地等。事实上，北京不仅是萨芬的福地，也成了他职业生涯一次由低谷走向高峰的转折。

两个月后的澳网公开赛，萨芬重新起步。1月27日这一天，他在1/4决赛中5盘大战击败美国"大炮"罗迪克后，主持人对他说："我们都知道，今天是你的生日，我们也准备了礼物……"此时《生日快乐》的歌声响彻罗德拉沃尔球场，场面温馨而感人。萨芬欣喜地笑了，他有点儿疲惫，也有点儿不知所措。

在淘汰美国老将阿加西跻身决赛后，萨芬却无力应对同样向着巅峰行进的瑞士人费德勒，决赛只打了3盘，他就败下阵来，成了"新天王"费德勒加冕的垫脚石。

那年秋天，萨芬果然如约出现在中网的赛场上，尽管排位不是最高，但人气是最旺的。当他在球场上亮相时，球迷们的欢呼呐喊声不绝于耳，而萨芬也彰显出自己强大的实力和魅力，他在决赛上击败同胞尤日尼，成为首届中国网球公开赛的男单冠军。赛后他兴高采烈地挥舞手臂，向全场观众致意，将现场热烈的气氛推向顶点，仿佛一夜间，他爱上了北京，也被北京幸福地拥抱着。

这一年的中网公开赛的确有很强的先兆性，夺得男女单打冠军的萨芬和美国名将小威廉姆斯在来年澳网比赛中势如破竹。男单半决赛，萨芬遭遇卫冕冠军费德勒，他被看作是唯一能和"费天王"抗衡的人，一场5盘大战，两位高手的对峙气贯长虹，如同一年前击败罗迪克那样，最后一个球萨芬同样选择了网前施压，此时，费德勒被逼到底线一侧，待回过头来，卫冕之路已然结束，萨芬昂首晋级男单决赛。

决赛上，萨芬横扫本土名将休伊特，女单决赛，小威廉姆斯逆转同胞达文波特，这两位2004年中网公开赛的冠军在墨尔本双双折桂。

不过，这一年的澳网也是萨芬最后一个大满贯奖杯。他的秉性、他的天赋、他的打法以及他对网球的认知，这些都是他成为巨星的条件，但他过于感性和随意，缺少更多理智和执着，所以虽然他拥有成为天王的潜质，却永远无法成为天王级的大师。

那几年，在每一次编辑萨芬获胜的新闻时，我都忍不住想，他能夺冠吗？能拿更多的奖杯吗？每次看到他捧杯，我都格外珍惜。2006年后，属于他的辉煌时刻真的越来越少了。

在那之后的日子里，和他同时代的球员中，费德勒依然坚如磐石，可球场早已换了人间。罗迪克、费雷罗、休伊特和纳尔班迪安等已是走的走，退的退。在这些明星们现身球场的日子进入尾声时，萨芬选择了提前退场。

2019年对俄罗斯男子网球来说收获不小，随着梅德韦杰夫、卢布列夫、卡恰诺夫和卡拉采夫等一批年轻人的崛起，不少人惊呼"后萨芬时代"来了！而早已离开网球的萨芬是否还怀念曾经属于他的一切呢？荣誉、地位、奖金，还有享受全场球迷高唱《生日快乐》的幸福。说来有趣，这项专利般的待遇除了他似乎没有人可以享用了。当他消失在人们视野中时，也带走了属于他的那片云彩：他与对手史诗般的对决场面，他丰富的表情，夸张的动作，摔拍的愤怒，还有粉丝们狂热的呐喊和尖叫……

退役后的萨芬选择从政，他2009年留在国际网联担任副主席，两年后成为统一俄罗斯党的杜马议员。在自己的任期内，他曾投票支持通过充满争议的法律。2016年，萨芬被提名参加新一届杜马议员的选举，但很快，他出人意料地拒绝连任。自那之后，他的名字就只是偶尔出现在零星的网球元老赛和大满贯的颁奖仪式上了。

不管从事什么事业，萨芬在业余时间都喜欢泡在健身房锻炼身体，保持身形，但几乎不打网球。平日里散步、旅行、读书，做自己想做的事儿，他坦言希望来西藏登山，他不喜欢谈论私生活，据说家里还有两只猫。

萨芬有句话让人颇为赞赏，他说："我不会刻意经营社交媒体，因为生活只属于自己。"这让我想起前几年看澳网时有人对萨芬的采访，他说："We live because of the dreams"你我皆相似，因梦狂热，为梦而生。

对大部分球员来说，网球不可能，更不应该是生命的全部。我们爱一个人辉煌的职业生涯，更期待他走下神坛的平实和质朴。爱的最高境界是祝福，如果他在离开受人追捧的舞台后，依然过得好，那才是真正的美丽人生。其实对每个人来说，这恐怕都是值得一辈子去追求的人生境界吧！

2 爱在深秋

阿加西曾经让我既熟悉又陌生，说熟悉是因为这个名字耳熟能详，说陌生是直到成为一名体育新闻编导，我才用心关注他的比赛，了解关于他的故事。

在最初学习网球新闻报道时，一位前辈曾经这样描述阿加西，他说："阿加西的网球境界要比任何人都高。"果然如他所说，从职业生涯的中段到末期，阿加西对网球越来越执着和睿智，他认真去打每一场比赛，而之前那个年少轻狂甚至玩世不恭的"浪子"人生仿佛是发生在另一个世界的事。在2003年澳大利亚网球公开赛上，"高龄"的阿加西捧得自己职业生涯第8座大满贯。那年3月在休斯敦公开赛问鼎冠军后，33岁的阿加西成了当时网球历史上年龄最大的"世界第一"。北京时间2006年9月4日凌晨，这位36岁老将停下了在网球场奔跑21年的脚步。当时的我有点儿怅然，但并不难过，因为阿加西不是悲情英雄，至少在我做的所有关于阿加西的新闻和专题里，他都是一如既往的幽默、顽皮和快乐。

2003年美网开幕前一天，桑普拉斯宣布告别网坛，阿加西没有到场，他通过一段视频表达了对这位老朋友、也是老对手的敬意。第二天，张德培首轮出局，随后宣布正式退役。我想，欣赏阿加西的比赛可能会变得越来越稀缺，毕竟年龄不饶人，面对雨后春笋般涌现出的新一代网球明星们，他应该如何去面对呢？

那年年底的休斯敦大师杯，阿加西小组赛第一轮就碰上了费德勒，苦战三盘，后者抢七涉险过关，但最终他俩还是相遇在决赛。现在看来，这是一场几乎决定了今后几年世界网坛格局的比赛——它奠定了费德勒的王者地位，但也告诉人们，阿加西依旧是个强有力的对手。

2004年澳网公开赛是我第一次编辑网球的大满贯赛事，从开始到结束，欣喜、兴奋和感动，所有的感觉应有尽有，每当阿加西比赛时，我都给予他尽可能多的笔墨，凡是他的采访也尽量会使用，我想这应该是观众期望看到的，当然不排除有一点私心。现在回想起来，这些经历都成了我美好的藏品。

客观上讲，2004年对阿加西来说并不顺利，澳网卫冕失利，法网首轮出局，退出温网后，美网又遭遇费德勒而败北，结果，成全了费德勒一年包揽3项大满贯的霸业。最终，阿加西年终排名第9，他婉言谢绝了只有前8名才能参加的大师杯赛替补的角色。

同样在这一年，我编辑了几乎所有阿加西的新闻。我除了捕捉他的比赛镜头外，像妻子格拉芙、儿子杰登及家庭其他成员，甚至教练卡西尔和狂热的观众也在其中。

2005年是阿加西最后一个巅峰之年。尽管在澳网再度败给费天王，法网又一次首轮出局，但他还拿到职业生涯第60个单打冠军头衔。

8月底的美网公开赛是阿加西第20次出征，他在不被看好的情况下一路过关斩将，1/4决赛的对手是同胞布雷克。这一天比赛时，我守在演播室边收录边观看，所有人都在为阿加西呐喊，当他最后一次接发球得分后，大家鼓掌叫好。我想，不管他能走多远，我都要给他做一个MV。半决赛战胜同胞吉奈普里后，阿加西在新闻发布会上有点儿动容，他说："你们看到了，这就是我多年为之奋斗而想得到的。"

9月12日凌晨，总比分1比3意料之中败给费德勒后，阿加西获得了美网亚军，我拿出早已准备好的音乐《爱在深秋》，我希望通过这个创意，让更多人看到阿加西坚韧的个性和不舍的情怀。新闻播出时,我远远看着,独自欣赏自己的作品。

随后几个月,阿加西一直在疗伤。这一段时间里,我读完了同事赠送的《阿加西传奇》,当时唯一的心愿就是期待去报道年终的上海大师杯赛,并亲眼见到他。11月,我在绵阳进行的世界拳击锦标赛上奔波,而千里之外的上海,阿加西输了小组赛第一场。几小时后,同事告诉我,他退赛了。

直到2006年9月4日清晨,从国际广播电台的节目中传来《爱在深秋》的钢琴前奏,关于阿加西,这位网球传奇的记忆在这一刻戛然而止。

当时有一串关于阿加西职业生涯的数字:历史上唯一一位同时拥有网球4大满贯冠军和奥运会金牌的男选手;唯一一位在3个不同的10年都进入过世界前10的球员,并成为历史上最年长的世界第一(33岁零13天);历史上5个赢得全部4大满贯冠军的选手之一;历史上至少4次夺得澳网冠军的4个人之一;唯一一位在18年职业生涯中每年都至少获得一项冠军的人;历史上11位至少赢得8项大满贯冠军的人;3届戴维斯杯冠军成员;当时获得大师系列赛冠军次数最多的球员(17次)。这其中的一些已经被"后浪们"改写,但那个时候,他是独一无二的。

后来的阿加西多次出现在大满贯的颁奖典礼上,一成不变的发型、容颜和身材,一如既往的开心、大气和恬淡,他与格拉芙这对"神仙眷侣"一直过着充实又低调的生活。球员时代的阿加西是阳光的,不是悲情的,是天真的,不是世俗的。他用心感触这个世界,在每个年龄段都有着与众不同的起落沉浮,享受着不同的人生乐趣。所以当他告别球场时,网球迷们很留恋他,但他不需要那么多眼泪,他的过往已经足够充实,他的新故事里有妻儿家庭、慈善事业、商业投资和兼职教练,经历丰富深厚,人生无悔无憾。

3 他永远都是个爱哭的孩子

作家三毛有本散文集叫《哭泣的骆驼》，如果给网球运动员费德勒出本书，那应该叫《哭泣的天王》，不是吗？从2003年第一次成为大满贯冠军至今，他有好几次在颁奖仪式上都伴随着泪水同行，费德勒似乎就是要告诉人们——"哭比笑好"。

在2003年的温布尔登第一次捧得大满贯时，费德勒在领奖台上哭得稀里哗啦，那是一个21岁大男孩纯粹的喜极而泣。2005年温网三连冠，他哭着拥抱老对手、美国人罗迪克，那是失去当年前两个大满贯后的解脱和释放。2006年第二次捧得澳网冠军，当他站在领奖台上看到网坛传奇罗德·拉沃尔等众多前辈，看到自己第一任教练卡尔的父亲（卡尔几年前在南非因车祸丧生）时，他又哭了，是触景生情，也是对教练的怀念。

2007年温网，摘得五连冠的费德勒艰难追平了瑞典球王博格的纪录，但荣耀来得异常艰难，那场与西班牙球员纳达尔的对决也是我看过的最提心吊胆的决赛之一。

比赛中，费德勒一度面临着尴尬和困境，他因为不满裁判而爆了粗口，挑战鹰眼也以失败告终，还陷入失误的怪圈，用一种近乎放弃的表现将比赛带入到决胜盘。可几分钟后他就判若两人，又成了那个无所不能的天王。在一记高压球得分后，费德勒瘫倒在温布尔登中心球场，温网五连冠到手！在颁奖仪式上，费德勒微笑却哽咽地说，自己一直在顶着巨大的压力比赛，看到曾经的网球名宿博格、康纳斯、麦肯罗、贝克尔都来了，真是个值得永生铭记的时刻。现场主持人问他，追平博格的纪录有什么想说的？费德勒回答："我可不会瑞典语，说什么呢？感谢您（博格）来观看我比赛，这对我是莫大的荣誉！"

在我记忆中，费德勒的眼泪多半是喜极而泣，但2009年的澳网是个例外，因为决赛输给了纳达尔，第一次接过"银盘子"的费德勒泣不成声，他第一次接受主持人和对手的安慰。但唯一不变的，是响彻罗德拉沃尔球场上空的掌声，一浪高过一浪。

在那年澳网桂冠旁落后5个月，费德勒在法国巴黎罗兰加洛斯完成了升级，他第一次摘得法网冠军，与美国名将阿加西和澳大利亚网球传奇罗德·拉沃尔比肩，成了集4大满贯于一身的"全满贯"得主。此外，这还是他的第14座大满贯奖杯，追平了桑普拉斯的纪录。

在成就"全满贯"的途中，费德勒对阵德国"老枪"哈斯和阿根廷的德尔·波特罗，都鏖战超过3个小时。面对决赛对手、瑞典"大炮"索德林，费德勒一步一个脚印，扎扎实实向"枪手杯"迈进。他的ACE球得分比擅长发球的对手还多，他在底线对攻中也具备足够的耐心，他的单反依然威力不减，眼神也一如既往的坚定，最重要的是，他的状态比之前任何时候都放松。结局水到渠成，索德林一个正拍挂网，费德勒赢了。伴随着巴黎天空飘落的细雨，他从前辈阿加西手中接过冠军奖杯，喜极而泣。

费德勒最近一次在颁奖仪式上流泪是2017年的澳网，35岁的他在决赛上击败老对手纳达尔，捧得不知会不会是职业生涯最后一个大满贯的奖杯。熟悉的罗德·拉沃尔，熟悉的冠军，还有熟悉的眼泪，时光如梭，岁月如歌。

有人形容费德勒就像一杯白开水，没有场外新闻，没有花边消息，做什么都默默无闻，谨慎低调，甚至缺乏个性。然而，这丝毫不影响他成为万千球迷追逐的偶像。从出道至今，费德勒除了一贯的冷静、内敛和沉着外，更有执着、感性和温情的一面，而他最吸引我的特质就是真实，他的微笑和喜悦，挣扎和迷茫，还有他时常宣泄的泪水，他似乎永远都是个爱哭的孩子，那个从小一路哭着被送到网球学校的孩子；那个打不好球就摔拍子、哭鼻子的孩子，那个站上最高领奖台就会百感交集、泪流满面的孩子……

在职业生涯末期，迈入不惑之年的费德勒不谈退役，仍继续着自己的网球生涯，只是对参加的比赛精挑细选。同时代的跑者们身边几乎一个都没有了，曾经创造的那些纪录也被"后浪们"一个个赶超。但"费天王"在意吗？当纳达尔超越他，收获第21个大满贯之后，他赠给老对手最真挚的祝福。当德约科维奇甩开他，占据史上时间最长的"世界排名第一"时，他给予小德最坦诚的评价。与势均力敌的对手并行，这样的人生经历弥足珍贵，而他们彼此间的竞争，也是这个时代身为网球迷的我们的幸运。

2022年9月15日晚，费德勒更新了个人社交媒体，宣布在拉沃尔杯后退役。没有新闻发布会，也没有录制视频，只有一张他本人精心挑选的照片和一段4分多钟的音频，费德勒用一种非常传统又疏离的方式，和他的球迷们轻轻说了声"再见"，他说："我已经41岁了，24年来打了1500多场比赛，网球对我的慷慨程度远超我的想象，现在是时候跟我的竞技生涯告别了……"他的声音温润质朴，一如每次赛后接受采访时风度翩翩的样子。

有人描述费德勒是网球古典时代的继承者，却又奇迹般地生存于当代，有人形容他就像一只在风洞中翩然起舞的蝴蝶，如今只留下我们孤独想念他行进过的轨迹，也有人不禁感慨，九万里不止其高远，一万年不解其风华。而我最喜欢的是纳达尔对费德勒的那句评价："你是最伟大的，因为你一直在追求卓越，一直想要赶超前辈，这样的对手最值得敬重。"在我编辑过的所有费德勒的比赛中，他都一如既往的专注、真诚和坦荡，除了这些，恐怕定格在我脑海中更多的，就是他流泪的画面和哭泣的样子。

4 你像雪花天上来

　　与俄罗斯花样滑冰名将普鲁申科生在同一个时代很幸运，因为大概率可以得到很多人的关注，但又很不幸，因为想从他手中抢走金牌是件太不容易做到的事，然而，普鲁申科却不是我的"最爱"，当年我最关注的是领奖台上总站在他身边的加拿大选手杰弗瑞·巴特。在并不长的职业生涯中，巴特每年都像一朵雪花一样，在冬天飘然而至，落入冰场，然后辗转于各个城市的比赛场馆，不知疲倦地当着"空中飞人"，然而跳跃技术始终是他的短板，因此虽然跻身一线选手的行列，但多数情况下，都难以登上顶级国际赛事的最高领奖台。直到2008年世锦赛，巴特才终于在自己的荣誉簿上增添了一个分量十足的冠军——世界花样滑冰锦标赛男子单人滑冠军。

　　我是在2004年开始关注巴特的，在我的印象里，他的形象清秀、健康和阳光，冰上动作编排自然优美，具有人与音乐浑然一体的艺术表现力。我最喜欢的是他对观众的诚恳和亲切，每当结束比赛等待最终成绩时，他都会对着镜头表达一番感言："爸爸、妈妈，亲爱的朋友，你们好……"尽管此时运动员们早已汗流浃背，尽管等待的感觉有时让人紧张到窒息，但巴特是个例外，他永远显得轻松而真诚。

　　2004年12月的世界花样滑冰大奖赛总决赛落户北京首都体育馆，我有幸走进赛场，坐在看台上欣喜地等待运动员们一个个登场亮相。那年的男子单人滑竞争堪称"群星荟萃"，法国的茹贝尔、加拿大的桑德胡和巴特，还有当时大红大紫的"冰王子"普鲁申科。其实，普鲁申科那个赛季发挥得并不十分理想，跻身总决赛还是因为美国选手威尔受伤后选择放弃，由普鲁申科递补参赛。当时，处在职业生涯最高峰的普鲁申科堪称"万人迷"，短节目比赛中，他伴随着名曲《月光》，整套动作凄婉优美，全场观众都沉浸其中。

那一天，我坐在看台上静候巴特的表演，当现场大屏幕给了他一个精致的脸部特写时，观众们顿时惊呼起来。巴特的整套节目没有普鲁申科那么让人眼花缭乱，但短节目该有的技术环节他都发挥完美，没有失误。在艺术表现力方面，他也一直是我心目中的顶级选手。

在男单短节目结束后，巴特悄悄坐上了看台，中场浇冰时，我发现了他，并询问他可否合个影，他欣然接受。只是不知道这两个月内两次造访北京，先后参加了大奖赛北京站和总决赛，他的感受是什么？

短节目过后，巴特仅次于普鲁申科排名第二。我觉得他很难翻越后者那座大山，因为接下来的男单自由滑需要高难度和稳定性，而这都不是巴特的强项。第二天的进程证明了我的推断，巴特第一个四周跳就摔倒了，尽管其他方面无懈可击，最终还是摘得银牌，和普鲁申科同处一个时代让巴特多了个头衔——"千年老二"。

2005年的世界锦标赛，普鲁申科因伤退出，可半路杀出个程咬金，瑞士"旋转王"兰比尔横空出世，伴随电影《亚瑟王》的配乐，兰比尔将冠军席卷而去，巴特仍然没能站上领奖台正中央。为了备战都灵冬奥会，普鲁申科没有参加那一年的总决赛，巴特出场时冰刀出了问题，不过这既没有影响他继续比赛，也没影响他获得银牌。没有了普鲁申科，冠军就是兰比尔的。他几乎接管了所有普鲁申科缺席比赛的冠军，巴特只能位列次席。

2006年都灵冬奥会，普鲁申科毫无悬念地摘得桂冠，兰比尔获得亚军。巴特凭借自由滑的超水平表现，力压短节目发挥出色的美国名将威尔，为加拿大代表团拿到一枚铜牌。依然不是冠军，但他灿烂的笑容始终如一。

冬奥会过后，一些人沉寂了，一些人放弃了，还有一些人无声无息，但巴特和兰比尔都还在比赛。兰比尔的竞技风格开始改头换面，旋转动作和装扮越来越炫酷，也越来越成熟。都灵冬奥会后的那届世锦赛，兰比尔选择了弗拉门戈风格的音乐和作曲家维瓦尔第的《四季》作为配乐。巴特的成套动作还是一如既往的乖巧可爱，轻灵优雅。

转眼到了2008年春天，巴特运动员生涯唯一一个世锦赛男单桂冠悄悄降临。那年3月23日，一身红衣的巴特滑出了可能是这辈子他最让裁判认可的一套动作。还是那幅谦逊的表情和期许的眼神，也依然没忘记对着镜头"例行公事"般的问候，成绩一公布，他等来的是一块最大的"蛋糕"——世锦赛男单冠军。

那届世锦赛的4个冠军得主都是首次在世锦赛上登顶，但男子单人滑冠军巴特的胜利恐怕是赛前人们最难预料的。当时他还不满26岁，可在一线男单选手中已经属于高龄了，打拼多年终于世锦赛加冕，这让他的职业生涯更加圆满。

时间就像火车，跑开了就追不回来，巴特夺冠的喜悦还没来得及回味，又一个赛季画上了句号。几个月后，巴特和兰比尔双双宣布退役，两人几乎选在同一时间，相隔不过几天。

对巴特来说，伤病和学业都是可以解释的理由，如果还有，那就是任何人都敌不过的年龄，以及由此带来的体力、精力和心气等的变化。当时一个冰雪运动论坛网站上有篇评论，说他俩的退役对冰迷是"震惊"和"崩溃"的，我觉得没那么严重，我甚至为他们可以自主选择和自由驰骋感到高兴。唯一遗憾的是，也许再不会有人像巴特那样，对着镜头向亲友和冰迷们表达诚挚的问候和感谢了。

2010年温哥华冬奥会，我是在巴特的家乡忙忙碌碌中度过的。这期间，曾读到一封他写给冰迷们的信。没有催人泪下的抒情，依旧是质朴自然的表述，他感谢大家多年来的支持，并希望自己这个选择能被冰迷们理解。年复一年，树叶黄了又绿、绿了又黄，冰雪赛季也是远远近近，人来了又走，走了又来。退役后的巴特没有离开花样滑冰，而是做起幕后指导，成了一位优秀的编舞老师。这几年，他与日本名将羽生结弦合作紧密，不少短节目编排都出自巴特之手，特别是深受冰迷们喜爱的《巴黎散布道》和《肖邦第一叙事曲》。

既然时光飞逝谁也无法左右，那么接受和期待就是最好的选择。我希望能看到巴特更多的编舞作品，就像每个冬天，企盼第一朵雪花从天上飘落。

5 篮球世界的片段式记忆

少年时代的我知道NBA，知道乔丹、马龙、皮蓬，1992年巴塞罗那奥运会上也曾痴迷过美国"梦之队"的表演，也知道中国男篮的几位名人，但多半都是一知半解。从事体育媒体工作后，我才主动关注篮球运动员、球队和赛事，其中一些往事片段，更让我记忆深刻。

篮球界群星荟萃，每个大腕星光闪耀的背后都有很多故事。我开始看NBA直播时，正好赶上科比领衔的"70后"这拨球员大显身手，邓肯、加内特、雷·阿伦、麦克格雷迪、纳什、基德、斯托亚科维奇……而我最欣赏的是德国人诺维茨基。

在科比2016年退役后，诺维茨基成了为数不多坚守赛场的"70后"老将，而他何时告别赛场也成为球迷们最关注的问题，似乎人们都在等待，等待有一天一把高高悬挂的剑突然落下，斩断他与篮球世界相连的那根纽带。

2002年秋天，姚明进入NBA，加盟休斯敦火箭队。一天上午，电视里直播了休斯顿火箭队对达拉斯小牛队的比赛，姚明单场砍下30分，但休斯顿火箭队还是输了，因为达拉斯小牛队诺维茨基的表现更抢眼。

第二年春天的NBA季后赛如火如荼，那年的西部半决赛中小牛队遭遇国王队，其中一场比赛经历了3个加时，比分最后打到141比137。与此同时的一场东部对决，活塞队对阵步行者队，居然只打出60多分对70多分，比分悬殊。在与马刺队的西部总决赛倒数第二场中，诺维茨基伤退离场，"牛马大战"最终以"牛"放南山收场。

小牛队的进攻风格赏心悦目，时常让人看得心潮澎湃，但防守的弊病让他们一直难以进入总决赛。2006年夏天，小牛队在总决赛迎战迈阿密热队，前两场过后总比分2比0领先，这似乎对诺维茨基与小牛队都是好兆头。可接下来，他们被翻盘，直到5年后的2011年，小牛队终于击败热队，首次捧起总冠军奖杯——奥布莱恩杯，诺维茨基也终于得到了总冠军MVP的荣耀，可以与科比、邓肯等比肩了。

抛开战绩和贡献不谈，作为球队的核心和支柱，诺维茨基几次降薪留队就是NBA全联盟里不多见的，毕竟"从一而终"是这个世界少之又少的稀缺。几年中，他一直默默刷新着自己的得分纪录，直到超越张伯伦，升至NBA历史总得分第6位，仅次于贾巴尔、马龙、科比、詹姆斯和乔丹。他也是联盟里为数不多的、在一支球队效力超过20年的球员。他与纳什的友谊，对库班的情意，与邓肯等一干对手的经典对决场面，都深深印在每一个篮球迷心里。他一个人的故事早已成了达拉斯这座城市的体育记忆，他是达拉斯的荣誉市民，获赠金钥匙，他的雕像仁立在美航中心球馆门口，城市中还有以他名字命名的道路，"41号"球衣也最终在这里光荣退役。

2018年季前赛，他在上海遇到曾经的老队友、时任八一男篮主教练的王治郅，两个不惑之年的男人再次相见，他们一起弹着吉他，谈笑风生。

时光如流，岁月弹指，一切恍如隔世，又仿佛就在昨天。我看过以他为主角的纪录影片《完美的投篮》，当他捧得NBA总冠军奖杯的那一刻，他的启蒙教练霍尔格就站在场边，眼含热泪。谁能知道当年霍尔格是怎么发现这个练过体操和网球的孩子有如此高的篮球天赋？

诺维茨基曾经说过："我来自德国西部一个叫作维尔茨堡的小镇，我希望多年后，人们谈到这里，不再仅仅因为足球和啤酒，还有篮球。"我想，也许人们在谈到篮球或NBA时会说，还有一个德国大个子，叫诺维茨基。

诺维茨基在德国国家队的荣誉难以与效力NBA俱乐部相媲美，毕竟德国篮球的水平不像足球那样能长期立于世界之巅。在国家队层面，进入20世纪以来，似乎只有塞尔维亚队、西班牙队、阿根廷队能从美国队手中抢来为数不多的洲际大赛冠军。

我曾在2016年里约奥运会上现场看过西班牙男篮的比赛，只是不巧，马克·加索尔受伤缺席，保罗·加索尔、纳瓦罗和米罗蒂奇领衔的篮球"斗牛士"首战就以一分之差不敌东道主巴西队，这导致他们在淘汰赛阶段进入美国队所在的半区，两队在半决赛就相遇了。最终，西班牙队没能跻身决赛，获得铜牌。

2019年的男篮世界杯在北京五棵松体育馆举行，这座2008年奥运会期间使用的场馆见证了西班牙篮球掀起的波澜。

决赛中，西班牙队迎来老对手阿根廷队，他们半决赛的经历截然不同，"斗牛士"一路磕磕绊绊，"潘帕斯雄鹰"却是顺风顺水，不过决赛上两队却像互换了运气，西班牙队掌握主动，首节拉开的分差始终没能抹平，西班牙队一路领先，优势一直延续，最终夺得冠军。不过整场比赛显得精彩有余，激烈不足。

说到阿根廷队，一定要提到一位老将——斯科拉。斯科拉被称作本届男篮世界杯最难防的队员之一，他曾在火箭队和姚明做过队友，他在2010年世锦赛时就是得分王。这场决赛之前，斯科拉是世锦赛（男篮世界杯前身）史上第二得分手，40场比赛得到708分，仅次于巴西传奇奥斯卡·施密特的906分。然而，阿根廷队遇到的是这届世界杯防守最好的西班牙队，所以自始至终像被人扼着喉咙，进攻防守都极为不舒服。西班牙队经验老到，面对不同强手，他们总能将对手的技术和打法细细拆解，用身高、控制力和稳定性将比赛逐渐带入自己习惯的节奏当中。

这两支球队当时效力NBA的大腕儿都不多，阿根廷队甚至没有一个人在美国打球，但同样高质量的欧洲篮球联赛造就了他们。西班牙队目前球员储备更是高达60多人，他们的俱乐部培养体系集教育、竞技、团队、文化与交流于一身，永远不断档，永远有源源不断的新鲜血液，一如他们同样称霸世界的足球队。有人说，这两个国家的球员打篮球时也带着足球的思维，就是简练实用，不拖泥带水。无论阿根廷队还是西班牙队，打法上都极少一对一，任何情况下都是有组织、有规则和有套路的联防战术。

五棵松体育馆算不上是西班牙队的福地，2008年北京奥运会时，西班牙队在决赛中惜败美国队，获得亚军。当时的卢比奥还是个17岁的"菜鸟"，颁奖仪式上，他站在保罗·加索尔身边，可能正在品味着竞技体育最高殿堂的残酷。里约奥运会，他们更是壮志难酬，然而，时光轮转，此后的西班牙队仍是兢兢业业，创造出"斗牛士们"时隔13年再登世界篮球巅峰的荣耀。体育没有捷径，特别是团队项目。都说时间是贼，会偷走一切，但时间也是最公平的，每一步坚实的付出都不会被亏待，都会有新的收获。

2020年对篮球迷来说残酷至极，科比殒命，NBA比赛停滞，场外也是纷扰不断。这一年6月，44岁的美国名将、"飞人"文斯·卡特宣布退役。

卡特和迈克尔·乔丹是北卡罗来纳大学的校友，从1998年首轮第5顺位进入NBA，他先后效力过8支球队，8次入选全明星阵容，4次获得"票王"，两次进入年度最佳阵容。他手握奥运会金牌，多次在关键时刻上演绝杀，却是NBA总冠军的"绝缘体"，甚至在季后赛上都没能走多远。在2019—2020赛季里，卡特几乎是NBA仅存的"70后"球员，也是史上唯一一位征战过4个年代的球员。他职业生涯最后一支球队亚特兰大鹰队在官方声明中这样写道："卡特一直都是一位专注的领袖，一位受尊重的导师，他跨越了4个10年，这是前所未有的，他的生涯宽度可能没人能做到。"

这让我想起曾经读过的一篇文章，说NBA球员平均职业巅峰不到5年，卡特却能"活化石般"存留22个赛季，他以扣篮惊艳出道，以"甘当一块砖"的形象结束职业生涯，这些年来，支撑他的是优秀的身体素质和积极平和的心态，当然，还有他对篮球运动的不舍。如果不是疫情及其他原因，或许电视新闻节目可以好好策划一期关于卡特的专题节目。

世间有两个词最容易造成假象：一个是"天长地久"，一个是"来日方长"。科比的突然离去就像一颗曾经光耀宇宙的流星瞬间消失在茫茫夜空，然后所有人感叹：原来这世间本就没有什么"天长地久"，也没有"来日方长"，一切都可能在刹那间灰飞烟灭，但篮球世界的情谊和温暖没有消失，科比的好友保罗·加索尔夫妇给自己新出生的女儿取名"Gigi"——这正是与科比一起遇难的二女儿的名字，寓意深远。

　　我对篮球世界的片段记忆暂时收尾在温情上，不论发生多少事情，恐怕留给我长久铭记的就是"珍惜"和"相伴"，珍惜拥有，相伴永久。

Chapter 7

乐在其中的报道随想

1 苏杯 "实录"

我早先对羽毛球和乒乓球的态度正好相反，羽毛球是喜欢打但不爱看，乒乓球是喜欢看但打球技术极烂。2007年在苏格兰举行的苏迪曼杯羽毛球赛，《体育新闻》成立了专题报道小组，我这个平时做羽毛球新闻并不多的编辑也被"圈地"征用。

我们的专题名为《苏杯高地》，专门提供给《体育晨报》，所以要上一个星期的夜班。

翻阅当年的笔记，我突然发现关于"苏杯"的记忆既有意义又有趣，我没想到场内外会发生那么多好玩儿的事情，也没想到我们直播过程中会临时突发很多有意思的话题，仿佛那一年的"苏杯"带来的都是欢笑。

DAY1

《苏杯高地》的形式和内容都不枯燥，我们设置了互动话题，设计了除纯赛事之外的很多小版块，比如苏杯360，即很多场内外花絮；苏杯媒体扫描，关于苏迪曼杯的媒体消息等。我们还请来没有参赛的奥运冠军张军，添加了"张军评球"以及张军与前方队友"短信互动"几部分内容。

夜里1点半，中国队的比赛开始了，但没有转播画面，所以只能和同事小J坐在电脑前盯着比分直播网站。

小J："看不到画面，只能瞅着比分，一会儿写稿子只能'喷'。"

我："对啊，等画面来了再往上贴吧，没辙。"

DAY2

那一天的节目，我们想让前方记者问问队员们吃得好不好，看看高岭的答案吧："排骨汤、凉拌生菜、清炒芹菜、尖椒牛肉、小鸡炖蘑菇、黑木耳炒肉、麻婆豆腐、大米饭和面包。吃得很好，我感觉没事就在吃。"倒是把夜里饥肠辘辘上班的我们馋得不行。

留守后方的专项记者还和张军合演了一出"戏"。

专项记者："张军，实在不好意思，又让你起这么早，怎么样？今儿又跟谁联系了？"

张军："跟高岭和郭振东，郭振东每天就拿个机器拍，都成'战地'记者了。"

当天的两位主播在直播中聊得很开心。

女主播："有观众发来短信说'喜欢《体育晨报》，更喜欢你，喜欢你单纯的眼神'！"

男主播："我的眼神单纯吗？"还指了指自己的眼睛。

女主播："有人看到你的坐姿，就问，是不是脖子落枕了？"

男主播："谢谢这位朋友的关心，我没落枕，只是有点感冒。"

DAY3

这一天中国队没有比赛，队员们难得放了一天假。凌晨1点多，我和前方记者沟通。

前方记者："我要传一个队员们吃麦当劳的片子。"

　　我："队员为什么吃这么不健康的东西？"

　　前方记者："因为在这儿做饭也特别辛苦，没有火，只能用电炉子，所以两个厨师准备一顿正餐要花费4到5个小时。来到格拉斯哥以来，这俩人哪都没去。所以今天没比赛，队里让他们也出去转转。"

　　我："那到时候肯定挺馋人的，播出的时候正是大早上起来没吃饭那会儿。"

　　前方记者："我还要传一个他们住处的片子，也挺好玩的。"

　　早上直播时，这两条片子中的只言片语引起了大家的兴趣。

　　蔡赟："我不算能吃，林丹、小鲍都比我厉害。特别是鲍春来，像女孩子一样爱吃水果，他吃得特别多。"

　　陈金带着前方记者拍了拍他们的公寓。

　　陈金："这是蔡赟和傅海峰的房间，他们的房间非常小，两张床基本上就把整个房间占满了。"

　　蔡赟："我房间小是因为大房间都给你占了。"

　　陈金："他的（房间）非常整洁，你看。"

　　蔡赟："让两个老大住这么小的房间，他一个人住大套间。"

　　熬了一宿的我本来就又困又饿，编片子的时候已经忍受不住了。看播出时，看着画面上满桌子的面包、鸡蛋、汉堡，感觉自己快撑不住了。结果导播突然说："你们几个，赶紧去买早点吧。"感谢这句话，那天的《体育晨报》还没播完，整个楼道里全都是包子、油条、牛奶和火腿肠的美妙味道。

DAY4

　　在和马来西亚队比赛前，女单的人选有了异议。

唐学华："张宁上可以，但我考虑是不是可以让朱琳上。"

李永波："如果昨天打英格兰你让朱琳上还行，但你昨天没上今天又想让她上，那谁来打半决赛？三个人各上一场，就没有意义了。"

男双比赛中，蔡赟和傅海峰击败了马来西亚名将古健杰和陈文宏，前方记者赛后追问陈文宏是怎么回事儿。

陈文宏："可能他们之前就已经研究了我们的打法，所以他们就赢了。"

前方记者："还有什么其他场外因素吗？"

陈文宏："可能我们打得不太合作。"

前方记者："你和古健杰不太合作？"

陈文宏："可能有问题。"

前方记者："是什么样的问题呢？"

陈文宏："就是说在场上的合作不够好。"

前方记者："不够团结？还是说……"

陈文宏："不够团结，不够合作，可能。"

两位主播也连续鏖战了几天，直播中稍显疲态，在读观众短信时就证明了这点。

女主播："有人发信息说，又看到女主播上气不接下气的样子了。"

男主播："有观众说我怎么占了屏幕3/4的面积，好，我往外挪挪地方。"

男主播："还有观众说，我身边的女主播像张曼玉。"

女主播受宠若惊。

DAY5

这几天的话题就是上一场对阵马来西亚时林丹输给李宗伟的事，等到前方记者传来采访后才知道，李宗伟和教练还有这么一段对话。

李宗伟："我还得最后一场打。"

教练："你和林丹打最后一场，裁判长安排的，可能为了观众吧。"

停了一会儿。

教练："怎么你怕了？怕也得死，不怕也得死，所以还是干脆不怕死吧。"

前方记者之前联系后方，说要拍摄一个中国队厨师做饭的片子，画面极其诱人，在我们的编前会上，这个任务责无旁贷地归属了我，而制片人是这么解释的："鉴于你已经在那天的麦当劳片子中受过一回刺激了，我不想让其他人再受刺激，所以这条片子还是由你来做。"于是我狠狠"训斥"了前方记者："你又传这么诱人的画面来折磨我，上次我就快饿晕了，今儿倒好，还是中餐，我看我到时候非晕倒在直播线上不可。"

早上播出时，除了画面中的菜肴，两个厨师的对话也有趣。

厨师许平："这条件是挺不错，也挺干净，就是比较小，火不大，我们只能一个菜分三锅来炒。"

厨师唐仲林："在这边做饭不方便，没有感觉，不能急火爆炒。"

前方记者："所以就每天圈在这里，哪也去不了。"

厨师唐仲林："我们无所谓，只要他们能把奖杯捧回去，我们辛苦点也无所谓。"

此时正值早餐时间，正在看直播的我们一个个都眼巴巴看着屏幕上丰盛的菜肴，可能是看见吃饭了，有观众发短信说正在包粽子，于是引出一段笑话。

男主播："都有观众在包粽子了，今天是端午节，也祝大家节日快乐。"

制片人查了一下说："今儿可不是端午节，下周二才是。赶紧告诉主播，改过来。"

导播："今儿可不是端午节，赶紧改！"

结果片子播完，切回演播室。

男主播："给大家更正一下，刚才我说今天是端午节，错了，今儿不是，明天才是！"

制片人直拍大腿："明儿也不是！"

马上就有观众发来短信："今儿不是，明儿也不是，下周二才是。主持人你可笑死我了！"

那天的短信内容充满乐趣，有观众询问那两位厨师的姓名，还有人问主播是哪里人等各种五花八门的问题。

DAY6

赛事接近尾声，在前一天的新闻发布会上，有其他媒体记者就李永波评价林丹做了文章，记者问："您的意思是不是说林丹不敬业？"李永波一听就急了："这跟敬不敬业没有关系，你别到时候给我写成不敬业，你挑拨我们之间的关系。"

DAY7

得知男双被排到决赛的第二场，我暗自欢喜，因为蔡赟和傅海峰终于能出场了。于是头一天我就跟制片人请愿，希望自己来做这场男双比赛。

比赛其实毫无悬念，倒是解说十分有趣："傅海峰就是一台精密的仪器啊！""傅海峰真是个粗中有细的南方大汉！""首局比赛简直就是'秋风扫落叶'。"

傅海峰是一如既往地认真："昨天半决赛对韩国队的时候，我们没机会上场，一直在场下憋着这股劲吧。想到今天对印尼，一定要上场，一定要上场。"蔡赟笑道："'风云组合'应该是名副其实的吧！"

中国混双组合郑波调侃"好输不如赖赢"，因为他和搭档高岭虽然丢了一局，但最终还是获胜了。

凌晨时刻，前方记者打电话说了赛前的一个小插曲："印尼队曾经找到组委会，希望把男单比赛从第5场提前到前3场之内。如果真是这样，那林丹就有可能出场比赛，他一度也非常兴奋，他说没有什么比跟陶菲克对决更为重要，他脑子里全都是如何打陶菲克的战术进程。但中国羽毛球队坚决拒绝了调整，组委会维持了原有赛程，林丹一下子就安静了，他甚至连自己专用的水杯都没有带到赛场，因为他知道他的队友不会给他出场的机会了。"

当清晨节目结束时，我收到部门领导发来的短信："感谢你一周来的辛勤劳动，《苏杯高地》渐入佳境，直至今早达到高潮。每一分努力和贡献都会得到尊重和回报。"

几天后碰见回京的记者，和他聊起不少苏迪曼杯中的奇闻趣事，当然，我更喜欢他带回的礼物——一条粉色格子的苏格兰围巾。

$\mathcal{2}$ 《罗宾逊报告》的启示
——原来体育还能做成这样

从球迷归属角度看，我首先是"德迷"，其次或许是"意迷""英迷"。我往往喜欢一支球队，但从不讨厌击败过它的球队，所以通常一对冤家，到我这儿统统都爱。

2010年的南非世界杯让我喜欢上了西班牙队，他们细腻的脚下技术，流畅的传接配合，简直就像一部高效运转的仪器。尽管他们的攻势不像德国队那样酣畅淋漓，进球数也不算多，但一个世界冠军的头衔还是足以确立西班牙队在世界足坛的顶尖位置，于是，我有了想要进一步观望这支球队的愿望，我希望能够像了解自己最爱的德国队那样，去探求西班牙球员的个性和特点。

经好友推荐，世界杯过后我看过一部叫《罗宾逊报告》的纪录片，它以记者罗宾逊采访球员和教练为主，讲述了西班牙队世界杯夺冠幕后的故事，通篇围绕全队世界杯各个方面的准备，并最终得出结论——我们准备好了！

这部片子时长30分钟。第一遍看完罗宾逊大叔的采访，最强烈的感受就是两个字——开心，很多地方很搞笑，很雷人，每个人的性格写照全在其中：哈维老成，伊涅斯塔暗藏雄心，比利亚谨慎，马塔风趣，席尔瓦真实，马切纳纯朴，拉莫斯随性，阿隆索和阿贝罗亚爱搞怪，还有皮克有点儿傻气……总之，他们的个性特点无不展现得淋漓尽致。

《罗宾逊报告》开篇切入巧妙，转场灵活流畅，采访讲究艺术，前后呼应对照，当然这一切的基础是编导开阔的视野和构思的新颖。我将它推荐给很多同事和好友，记得在给别人描述时，我说得最多的就是——原来体育还能做成这样！

一、形式像进球一样丰富多样

《罗宾逊报告》的内容主要分为"拷问""采访""模拟新闻发布会""战术分析"和"临行前准备"等几部分。

"拷问"的样态类似审讯，在一个小黑屋，里面亮着一盏昏暗的灯，罗宾逊有时会把脚跷在桌子上，问球员一些或正经、或无厘头的问题。接受他审讯的"倒霉蛋"分别是马切纳、席尔瓦、玛塔和比利亚。"采访"是我们常见的面对面的那种形式，托雷斯、哈维、伊涅斯塔和博斯克都在这个环节中。

比较有趣的是皮克的"模拟新闻发布会"，台上只有皮克一个人，台下四五个不知真假的记者轮番提问，试图让队员陷入媒体的圈套。而皮克的回答不知是纯粹的背诵，还是自己的真实想法。

记者和阿隆索、阿韦罗亚的"战术分析部分"是全篇最贴近足球、贴近世界杯本身的。他们3人用图板、棋子来设想小组赛和淘汰赛面对不同对手时应该采用的策略，两位帅哥风趣的恶搞本领尽显其中。

片中还展示了国家队"DJ"（流行音乐主持人）拉莫斯为大家准备唱片的情景。身穿一条绿裤子的拉莫斯翻着自己唱片包里的一张张盘，嘴里自言自语："为伊涅斯塔准备的埃斯托帕""为雷恩和托雷斯准备的披头士""一些弗拉门戈音乐给比利亚和普约尔"……来看看他行李箱里的唱片吧，西班牙兄弟音乐组合"Estopa""The Beatles""Queen"、吉普赛歌手"Camarón"、西班牙弗拉门戈歌手"Niña Pastori"、美国+44乐队首张专辑When Your Heart Stops Beating、澳大利亚重金属乐队"AC/DC"，是不是完全可以想象他们听着音乐的欢乐场景？

二、镜头像电影一样有吸引力

先说镜头特点。

最先吸引我的是开头部分，当时的解说词是："自1950年闯入4强后，西班牙国家队的世界杯之旅就一直是个悲剧，但有些东西好像改变了，在2008年夏天的一个晚上……"这时，2008年欧洲杯决赛决胜一球的画面渐渐被"放"进了电视中，而电视机前，看这个镜头的正是打进这个球的托雷斯，他的脸部特写，嘴角的一丝颤动和进球画面相互切换，含义明确，寓意深远。

通篇的镜头都像在讲故事，比如在"拷问"部分，小黑屋的墙上偶尔会有罗宾逊的影子，会有他和队员们的表情特写，会有队员或惊讶、或惊喜、或紧张的面部特写。

在全片的结束部分，每个队员的半身像经过技术处理，摇身一变，"穿"上了红色的国家队队服，映衬了片子的主旨——我们准备好了！

再说转场。

片中拷问、采访等部分都是穿插进行的，而每两部分间的转场都不同。阿隆索、阿韦罗亚讨论完战术后，紧接着是皮克的新闻发布会，这两部分紧扣南非世界杯，于是，中间用了很多南非的风光来衔接：公路、田间、树林、草原和动物等。而采访博斯克和拷问比利亚这两段中间，穿插的是街道、小孩子们踢足球和破旧的房屋等，这些镜头似乎想说明，和以往那些举办世界性大赛的充满现代化的大都市相比，南非的确很不一样，那这届世界杯会不会很特别呢？

半个小时要讲述这么多人，《罗宾逊报告》总体节奏很快，因此长镜头或很讲究艺术效果的镜头并不多。一口气看下来，给人一种一气呵成、极其畅快的感觉。

三、语言风格像庆祝方式一样风趣多样

关于语言，我想分两点说：一是罗宾逊的采访，二是被访对象的回答。

罗宾逊经验老到，问话中充满智慧，真实风趣，而采访对象也应对自如，机智幽默。

我不懂西班牙语，只能看带中文字幕的版本，打心里佩服翻译丰富的想象力。他（她）把西班牙语译成很生活化、很时尚的汉语，个别地方还加了注释，让人捧腹！

看看几段罗宾逊和球员们的对话吧。

罗宾逊：马切纳先生，加林查这名字你熟吗？

马切纳：当然。

罗宾逊：加林查拥有国家队49场不败的纪录，目前只有一个球员追平了他的历史，你知道是谁吗？

马切纳：我当然认识他，你现在正在跟他说话。

罗宾逊：你觉得自己像个球队护身符之类的感觉吗？

马切纳：不，我只是有幸跟这些队友一起比赛，我并不是什么法宝。

罗宾逊：有没有跟安德烈·伊涅斯塔争论过？

　　马切纳：不，这几乎不可能。

　　罗宾逊：谁比你好？

　　席尔瓦：很多。

　　罗宾逊：给我个名字。

　　席尔瓦：伊涅斯塔，比如……

　　罗宾逊：有没有跟伊涅斯塔争论过？

　　（字幕：伊涅斯塔：大叔，怎么又是我？）

　　席尔瓦：不，我想这不可能。

　　罗宾逊：席尔瓦先生，给我讲个笑话。

　　席尔瓦：我不擅长说笑话。

　　罗宾逊：有没有在球场上被后卫追逐？

　　席尔瓦：嗯，当我小时候在村里踢球时，我确实有些有趣的小故事，一个男孩全天都盯着我，即使我到场外喝水，他也立刻跟了过去。

　　罗宾逊：这是你的第一次世界杯，担心吗？

　　席尔瓦：相反，这更加激励我。

　　罗宾逊：席尔瓦先生，我需要你回答我：你准备好去享受了吗？

　　席尔瓦：是的……

　　罗宾逊：西班牙是最大夺冠热门？

　　皮克：哦，我们从来没有得过世界杯，所以最大热门是那些过去的得主，比如巴西、阿根廷、法国、意大利，他们才更热门，所以我们必须要小心谨慎……

　　（罗宾逊旁白：第一个问题而已，他就用了半打的陈词滥调。）

　　罗宾逊：谁是你最忌惮的前锋？

　　皮克：没有，我想我应该无所畏惧……

　　（罗宾逊旁白：不可能阻止他，他的套话没完没了。）

　　罗宾逊：近两年，你认为自己是首发球员吗？

皮克：不，我是这个团队的一员，每个人都很重要，教练决定由谁上场。

（罗宾逊旁白：没辙了。）

皮克：而且我希望每个人都作出自己的贡献，我不觉得我是一线球员，我……对不起请尊重些，不要打呵欠，谢谢……我是说我们要一步一步地前进，我们是一个集体，团队是最重要的……很抱歉，我是如此乏味的存在。

罗宾逊：再见。

皮克：为啥？

（皮克旁白：我还没背完呢。）

罗宾逊：毫无疑问，皮克已经能够应对发布会陷阱，他同样准备好了。

罗宾逊：玛塔先生，我想你小时候经常在电视上看世界杯吧？

玛塔：是的，当然。

罗宾逊：记得什么？

玛塔：有，美国世界杯上路易斯·恩里克被肘击。

罗宾逊：想到会在世界杯赛场上亮相会哽咽吗？

玛塔：是的，有一点点。

罗宾逊：曾经跟安德烈·伊涅斯塔争执？

玛塔：没有。

（字幕：伊涅斯塔：怎么又是我？）

罗宾逊：给我讲个笑话？

玛塔：一个人去看牙医，因为他的牙齿太黄了，他问医生有什么建议，医生答：带一条棕色领带。（笑）

罗宾逊：很好笑吗？

玛塔：是的，很好笑。（笑）

罗宾逊：会讲笑话吗？

比利亚：是的。

罗宾逊：讲给我听。

比利亚：不。

罗宾逊：后卫们对你最坏的恐吓是什么？

比利亚：嗯，可能是叫我不能走着离开球场。

罗宾逊：听着，怎么做可以激励你？

比利亚：让我反感。

罗宾逊：你生气了？

比利亚：是的，有一点。

罗宾逊：比利亚，我希望你愤怒地去踢世界杯，这就是全部，谢谢你，比利亚先生。哦，等等，只有一件事了，你跟安德烈·伊涅斯塔争执过吗？

（字幕：伊涅斯塔：我……）

比利亚：是的。

罗宾逊：啥？

比利亚：玩笑而已。

采访在新闻和专题中的作用不言而喻，它是好片子的点睛之笔。这些球员的回答风趣、幽默、真实，既展示了丰富的个性，也体现了编导和记者的水平，看过之后，能发自内心地笑，能记住某个球员哪怕一两句话，那就证明这部片子成功了。

四、人物个性像不同球队那样鲜明

再看一遍上面引用的采访，不难发现，每个人的性格特点都渗透其中。比如马切纳，尽管拥有骄人的不败纪录，但低调、朴实。皮克则带着点儿傻气，玛塔平和、淡定，从他讲的笑话或是"想到亮相世界杯会哽咽"就不难看出。比利亚大赛前十分小心谨慎，这与他在场上总是目光犀利，不苟言笑，进球后疯狂庆祝的个性相得益彰。

我们平时通过很多渠道都可以多角度、多层面地了解自己喜欢的球员，但这几番问答看下来，我最大的感受是他们性格中的可贵和可爱，他们对理想的执着，对目标的追求，不是单纯的话语，而是脚踏实地的付出。

五、像世界杯一样冥冥中注定的悬念

看过几遍《罗宾逊报告》后，我有个后知后觉的疑问：莫非这冥冥之中已经昭示了西班牙队将会成为新科世界冠军？至少通篇提供了很多种暗示。

在"拷问"部分，罗宾逊总会问球员"有没有跟伊涅斯塔争执过"，我就很想知道为什么总提他，难道认为将由他来决定金杯的归属吗？

在拉莫斯准备唱片时，特别带上了皇后乐队的《我们是冠军》，莫非这也有预感？

在开头采访伊涅斯塔时，他说："球队备战一切都如此之好，但还是一条很长的路，很长……"这是否预示着西班牙队晋级之路并不平坦，而事实的确如此，他们第一场比赛就输给了瑞士，爆出大冷门。

同阿隆索和阿韦罗亚的对话中，也按分组形势"预测"出半决赛将出战德国队或阿根廷队，决赛可能是巴西队，只是巴西队被后来的亚军荷兰队淘汰。

这个片子应该是世界杯前拍摄录制的，但如此多的先见之明让我很惊讶。还好，西班牙队的确准备好了，他们赢得了世界杯！如今，夺冠已过去十几年，而罗宾逊大叔应该也没闲着，他还在继续忙碌。似乎在网上能找到《罗宾逊报告》续集，还有《梅西专辑》《皮克专辑》《卡西利亚斯专辑》等，惭愧的是，后面这几个我统统没看。还是趁着有时间翻翻吧，否则，说不定要错过N多的趣闻逸事呢！

3 《全景奥运》——小故事的盛会

在我记忆中，以"全景"作为新闻专题节目的名称是从2008年北京奥运会开始的。相比日常新闻，《全景奥运》（残奥会期间叫《全景残奥会》）拥有更多的时长，更广阔的空间，自然就"装"得下更多精彩内容和幕后不为人知的故事。北京奥运会和残奥会期间，这里展现出的每一个人物都各具特色，讲述方法和形式也各不相同。

北京奥运会没有时差，对中国观众来说是天大的好事，但对媒体人就有点难度和考验了，因为比赛全天都在进行，像《全景奥运》这样的晚间节目往往紧跟在比赛直播之后，留给记者和编导具体操作的时间非常有限，于是对比较大的新闻事件和重点人物，怎么拆分和组合就成了关键问题。

丰富的故事

笼统地说，像中国体操男女团队、举重冠军陈艳青、女子曲棍球队教练金昶伯、盲人跳远冠军李端等的故事都属于内容丰富的一类，尽管情节曲折，但只要把握好顺序，理清脉络，这类故事往往很好展现。

举重冠军陈艳青那期叫《"艳"归来》。首先，她的身份很特殊，是运动员中为数不多的"官员"——苏州体育局副局长，节目第一个短片就交代了这个信息。紧接着，第二段导语引出很多像陈艳青一样的运动员出身的领导，比如跳水奥运冠军熊倪和举重奥运冠军占旭刚，但他们都是退役之后才上任，那为什么现役的陈艳青既从政又当运动员呢？原因是她曾经退役过，而且不止一次。所以后面的故事就分别讲了她"退役与服役"的"三进三出"的过程。最后一部分展示了陈艳青在北京奥运会上的精彩表演，结尾又一次抛出问题：她会不会再度退役？也留给观众一个可以无限想象的空间。

女子曲棍球队教练金昶伯那期叫《老金这九年》，节目按照3个短片来讲述，第一个从金昶伯悉尼奥运会结束后接手中国女子曲棍球队，到雅典奥运会获得第4名，第二个是从雅典奥运会到北京奥运会这4年的曲折经历，最后一个是如何带领中国女子曲棍球队备战和参加北京奥运会。故事讲完了还有个"彩蛋"，那就是金昶伯4年前写给队员们的一封信，它被翻译成中文做成海报，上面都是老金鼓励全队的内容。节目播出时，专项记者将这封信带到了直播间，也给整个节目增色不少。

北京残奥会时，讲述肢残游泳运动员王晓福的那期题目名为《成长的烦恼》，因为不管是他自己的成长经历，还是在残奥会上的比赛进程，都不是一帆风顺。节目从王晓福担任北京残奥会中国代表团旗手说起，简单回顾了他在雅典残奥会取得3枚金牌以及在北京水立方3次出场拿到一金一银一铜的辉煌战绩，随后节目转到"让大家对后面的比赛充满期待"上。可此时故事发生反转，将王晓福经历的一个又一个意外逐一展示出来。第二个段落就是王晓福两次被判犯规，取消成绩，中国队申诉失败……第三个段落的导语是这样说的："连续两个强项被判犯规，让王晓福觉得很冤枉，对他心里的打击可想而知，后面还剩3项比赛，王晓福能否扭转败局就成了所有人的疑问和期待……"此时，不管是观众还是我们这些编辑记者，都很想知道他接下来会怎么去应对。所以最后一部分，大家看到的是王晓福拿到本届残奥会第二枚金牌的全过程。虽然战绩没能超过雅典，但作为一个20岁的年轻人，他的确成长了，正如他自己所说："学到了很多东西，比如怎么从困境中走出来等，这就是一个成长的过程……"

故事丰富，进程复杂，但只要理出一条清晰的线索，找出需要的内容，整个节目就能容易地编辑出来。

细节的故事

在《全景奥运》和《全景残奥会》中亮相的人物基本都是体育领域的"大腕儿"——是奥运会、世锦赛或各个级别的冠军以及功勋教练等,多数体育迷早已耳熟能详,但他们背后的故事恐怕鲜为人知,这些往往最能引起人们的兴趣,所以,想要取得最佳收视效果,离不开大量的细节叙事。

跳水冠军郭晶晶的运动成绩无人不知晓,但很多人对她场外的了解还仅限于当时网络上的"某女友"到"某太太",但在专项记者的描述中,郭晶晶是个很普通、很单纯、喜欢时尚、喜欢毛绒玩具、享受爱情的女孩子,就连妈妈都说她"根本不会和媒体打交道",于是郭晶晶的那期节目就叫《另一面》。节目从她自述开始,每个段落都从一个普通人的角度入手,像她面对压力的焦虑、她的私生活等,很多人恐怕还不知道,她还烧得一手好菜呢。

博尔特那期名叫《闪电》,节目开始展现了他夺冠的精彩表演,接着从几个非常特殊的动作入手解读他的性格,比如起跑前的"弯弓射月",冲刺时轻松随意,还有喜欢跳舞,新闻发布会上吃果仁巧克力等。节目还回顾了博尔特的运动生涯:从15岁夺取世青赛200米冠军,雅典奥运会小组赛名列第5,背着教练偷偷尝试100米跑并创造新世界纪录。讲到这里,故事转了个弯儿,因为之前的百米世界纪录保持者鲍威尔也来自牙买加,是博尔特的同胞,于是还用一个小短片介绍了牙买加骄人的田径战绩。

菲尔普斯的那期《大鱼》中,细节基本来自他的赛后采访。他坦言自己也会很疲惫,他说:"天呐,整个人都累到了极限。"谈到自己训练和比赛的关系时,他说:"就好比一直往银行里存钱,这次把每一分钱都用上了。"说到奥运村,他说:"见到了费德勒、科比、纳达尔,那么多体坛明星,感到非常兴奋。"有人问:"如果不游泳,你会去做什么呢?"他说:"可能找一份养家糊口的工作。"

这样的细节在节目中有很多,像盲人跳远冠军李端总是在颁奖仪式上高声唱国歌，残疾人乒乓球夫妇张岩和任桂香备战奥运会的相互扶持……这些点滴细节都是节目中的亮点，那些人们耳熟能详的大腕儿们的形象也变得更加丰满、鲜活。

团队的故事

《全景奥运》和《全景残奥会》中关于集体项目的故事有4个，分别是中国体操男女团体、中国女排和中国五人制盲人足球队。我在编辑中的最大感受就是，团队故事必须突出个体，用个体展示团体。

单看故事标题《用人之道》可能很难猜出它讲的是中国体操女团的夺冠历程，因为节目主要想突出中国体操队的"选人"。从女团决赛中国队与美国队的较量过程看，中国队的选人的确"技高一筹"，所以赢在"木桶原理"上：一只木桶究竟能装多少水取决于最矮的那块木板，而不是最高的。在这场体操决赛中，像邓琳琳那样的新人最终起了决定性作用。节目一开始，我们就做了铺垫——"中国女队中除了程菲，其余全是新人。"第二段讲了新人邓琳琳，引用了纪录影片《筑梦2008》的片断，包括国家体操队的海选、训练、上文化课、参加国内比赛等，讲述了邓琳琳在入选奥运会阵容前的情形。第三段展示了邓琳琳在本次奥运会女团决赛上的稳定发挥。第四段综合概述了中美两队在决赛中真刀真枪的较量结果。尽管是首次亮相国际性大赛的新人，但邓琳琳的发挥最终确保全队以稳定的战绩击败美国队，拿到奥运会体操项目中分量最重的一枚金牌。

在残奥会盲人足球的那期《童话》中，我们也力争突出几个有特点的球员，比如郑文发、王亚峰、李孝强等。别看被称作残奥会"中国梅西"的王亚峰年龄小，个头也不高，但脚下技术非常好，闪转腾挪，移动灵活。采访中，他讲述自己和小伙伴们是如何克服恐惧心理，练习带上眼罩奔跑的。在平时的训练和生活中，全队更少不了相互帮助、共同提高，业余时间大家还一起弹吉他、唱歌、做菜、读书……因为多数人对盲人足球都不熟悉，因此，我们还用一个短片简要介绍了这个项目的特点。

时空的故事

当几件事情几乎同时发生时，处理好时空关系无疑是整个节目的关键。特殊时，我们根据时空变化，用"平行剪辑"的方式将几条脉络同时梳理清晰，像讲述皮划艇运动员孟关良和杨文军的那期《兄弟》。

雅典奥运会夺冠后，孟关良和杨文军分开过一段时间，各自忙自己的事情，"平行剪辑"的叙述方式就用在了这里。节目中是这样叙述的："雅典之后，两人先是代表各自省队参加全运会，结果孟关良总是输给杨文军……2006年，孟关良回家结婚，杨文军独自练习单人，但成绩不理想……2007年，孟关良重返国家队，杨文军提高了训练成绩，夺得世锦赛单人划艇铜牌……为备战北京奥运会，教练马克回来，孟关良、杨文军两人也重新走到了一起……"这种"平行"的方式几乎让观众同时看到了他俩在同一时间里各自的备战和生活。

同样的手法也用在了残奥会盲人游泳运动员杨博尊的故事《一样的阳光》中。在杨博尊最后一个项目比赛当天，他的妻子赵月从天津悄悄来到北京，但这一切杨博尊并不知道。所以，杨博尊备战和妻子的到来就成了故事中的两条平行线。在这个小短片中，赵月的行踪成了重点，从走出车站，到来到奥林匹克中心区，从坐上水立方看台，到看到丈夫出场比赛，赵月的篇幅甚至超过了杨博尊。当记者带着赵月来到混合采访区，并把话筒交给她时，她说："老公，我来接你回家……"故事的两条线此时和谐地汇合在一起。

平行剪辑的手法我平时编新闻时用得并不多，不过当两个各自独立、又紧密相连的事情发生交集，这就是一个很好的突出矛盾和产生戏剧效果的剪辑方式。

同期声的故事

鲜活的同期声在新闻里有着"至高无上"的地位。相比画面，同期声更加丰富，更有感染力。在女子200米蝶泳冠军刘子歌那期《黑马之歌》中，同期声起了决定性作用。因为刘子歌常年在澳大利亚训练，她比赛之外的画面几乎没有，夺冠当天，新闻发布会上，有记者问道："你能否介绍下自己，越详细越好……"足见大家对刘子歌的不熟悉。我们专项记者赛后也做了全面的专访，因此刘子歌这期节目几乎全部是她自己讲述的故事。

值得一提的是，主持人几句精彩的串词也能成为节目的点睛之笔，像说到刘子歌是辽宁本溪人时，主持人幽默地说："她来自一个比铁岭还大的城市——本溪……"

类似的情况还有专访北京奥运会会歌《我和你》的演唱者莎拉·布莱曼和刘欢，以及曲作者陈其钢。演播室里的主持人碰巧参与了这期访谈，他结合所见所闻，时常来几句"佐料"一般的妙语点评，为节目增添了别样的味道。

编导《全景奥运》节目曾一度让我很纠结和焦虑，但收获也很大。面对每天不同的人物、事物和素材，我们不断探索节目的编辑手法和播出样态。北京奥运会结束后，"全景"的概念在亚运会、全运会、世界杯等大型体育赛事中被更广泛地应用和实践。随着时间推移，"全景"里不仅有第一时间的赛事资讯，还有背后独家的动人故事和不止于获取冠军的体育精神，赛场上所有的精彩都被浓缩成一档精品节目，为观众一一呈现。

我也期待着能挖掘出更新颖、更鲜活、更吸引人的讲故事式的节目创作模式，此处不过是抛砖引玉，希望更多人来补充和完善。

4 "身"在新闻 乐在其中

我编辑过的新闻节目中，有一个小版块一直让我深深留恋，那就是《体育世界》的《新闻24小时》（不是新闻频道的哦）。"跨越时区界限，纵览全球体坛"，这12个字既是它的导语，也概括了它的特点，简单地说，就是用时间和事件来记叙和梳理24小时之内那些重要的体坛要闻。从2009年1月起，《新闻24小时》都是《体育世界》每天雷打不动的内容。

对《新闻24小时》的编辑和创作，我经历了一个由难到易再到相对熟练的摸索过程，其中有辛苦也有享受。为将它制作得既有内容，更有趣味，我在每期节目中都用一个"关键词"作为标题，它既是概括和主导，又如同一条纽带将所有的内容按照一定方式串接在一起。这个"关键词"范围广泛，可以是一个词语，一个有趣的句子或流行语，也可以是一组数据甚至某些专业术语等。这样的新闻看上去内容丰富，形式活泼，特别"大众化"。应该说这个做法相对有些难度，需要多动脑子，有时甚至绞尽脑汁，但每当完成一期节目，心里总是满满的成就感，直到今天，每当回想起这一则则新闻故事，依然是快乐和享受。

新闻也有"共同点"

新闻内容本身总会有一些相同或类似的东西，即具有某些"共同点"，了解和提取这些新闻的共性，寻找彼此之间的某些关联，是找到合适的关键词的重要手段。这里用几个例子说明一下：

2012年3月的一天，我收集到如下新闻资料：中国跳水队包揽迪拜系列赛全部金牌，拜仁慕尼黑和尤文图斯分别以大比分战胜对手，澳大利亚名将索普无缘伦敦奥运会，冰壶世锦赛开赛等。细看这几条消息彼此并无关联，但为了使内容变得更新颖有趣，我用了"悬念"两个字把它们串联起来：中国跳水队大包大揽没有悬念，足球强队胜弱队没有悬念，索普无缘奥运会似乎也不意外，而冰壶这种比赛原本就悬念多多，可见这几条新闻中"悬念"有所不同，所以那天的一组标题就是：《悬念——真没有》《悬念——可以有》《悬念——必须有》，等等。

2010年4月4日，节目的标题是《感谢××》。那一天，效力国际米兰的巴洛特利和主帅穆里尼奥化解了矛盾，他用进球和胜利表达了对主帅的感谢；AC米兰战胜卡利亚里是因为对方送的乌龙球，所以AC米兰要感谢卡利亚里，当然，这个感谢要加引号；拜仁慕尼黑凭借当时还是新人的穆勒的进球，战胜沙尔克04，全队应该感谢这位新人；克里斯特尔斯夺得迈阿密网球赛冠军，她特别感谢了家人的支持，于是，标题就分别成了"感谢教练""感谢对手""感谢新人""感谢家人"。

此外，还可以用相似或一致的句式描写一组新闻的特点。2009年8月23日拜仁慕尼黑输给美因茨，新赛季三轮不胜，这个数据平了他们历史最差纪录，于是新闻题目用了《历史和现在，同样糟糕》；田径世锦赛上，牙买加实力太强，男女队双双接力夺冠，新闻题目是《男子和女子，同样强大》；波兰铅球运动员沃洛达奇科夺冠后兴奋得崴了脚，新闻题目是《夺冠和崴脚，同样幸福》；辛辛那提大师赛上，排名第1的费德勒和排名第4的德约科维奇都轻松赢了球，新闻题目为《第一和第四，同样强势》。

当然，有时候新闻的内容比较庞杂，共同点或关联不十分明显，但我始终坚信，只要用心去寻找就肯定会有结果。

标题也像流行语

利用俗语、歌词、广告词或流行用语等时髦词作为关键词是一种比较讨巧的方式。人们每天都接触着各种流行用语，其中不少既有意义又俏皮有趣。

几年前的影片《非诚勿扰2》中有句台词非常流行——"你见，或者不见我，我就在那里，不悲不喜；你念，或者不念我，情就在那里，不来不去。"我曾经尝试用这段话里的句型作为串接各部分新闻内容的关键词，比如报道足球世界杯举办地有关新闻时，标题是：《你成或者不成，世界杯都在那里》，因为当时的背景是在距离巴西世界杯还有3年时间时，阿根廷和乌拉圭已经在为联手申办2030年世界杯做准备了，可不管谁来举办，世界杯都是客观存在的；再比如《你缺或者不缺，级别都在那里》，内容是奥运会女子柔道几个级别中，中国队最缺少的就是负57公斤级的队员，可不管你有没有，赛事中这个级别是存在的。中国队教练也表示，备战伦敦奥运会时，这将是全队重点需要突破的。

北京电视台的《7日7频道》中有句话叫作"生活就是一个七日接着又一个七日"。2010年12月年终岁末，这个句式在节目中也派上了用场，选择的题目是：《赛车就是一次出发接着又一次出发》《最佳就是一次超越接着另一次超越》《幸福就是一次回报接着又一次回报》《备战就是一次学习接着又一次学习》《比赛就是一次选拔接着又一次选拔》。

每年春晚的相声小品中都会产生几个当年的流行语，比如有一年的小品《同桌的你》中有这么一句话："此处略去。"手头的一组新闻是：拜仁慕尼黑的戈麦斯进了球，跃升射手榜首位，然而球队输了，他表示自己宁可不要射手的名声，也不愿让球队失利；这一天，巴塞罗那队完胜马德里竞技队，迎来联赛16连胜，超越了斯蒂法诺时代的15连胜纪录；NBA华盛顿奇才队创造了新赛季的连败纪录；出征联合会杯网球赛的美国队也面临首轮出局的意外等。于是，这一组节目选用的标题就是《此处略去》或者是《此处增加》。

歌词也能做标题

2010年11月的一天，我借用《牵挂你的人是我》中的几句歌词，为当天的新闻做串接。那天，布雷西拉西耶宣布退役，但他很舍不得，所以这条新闻的标题是《舍不得你的人是我》；布拉特考察2022年世界杯申办国之一的韩国，对他们的能力深信不疑，于是就用《相信你的人是我》；巴黎大师赛上，法国球员克莱蒙特一场比赛换了3身衣服，足够吸引球迷，所以从球迷的角度看，就是《看不够你的人是我》；西甲塞维利亚主教练曼萨诺很了解球员，他换上的两名替补都进了球，最后他们全取三分，这显然是《最了解你的人是我》。

人物特点找不同

人物永远是新闻的核心，《新闻24小时》更要从每条新闻事件的人物入手，挖掘他们的共同或不同甚至相反的特点。

在2011年4月一天的新闻事件中，每个人物的特点都很突出：斯捷潘内克获胜但很烦躁；伊斯托明因为崴脚输了比赛很郁闷；已经成为联合国难民及救济工作署大使的法国前国脚图拉姆的言语很幽默；曼联队老帅弗格森在预测时出言很谨慎；备战一级方程式锦标赛的法拉利车队工作人员很繁忙；西甲萨拉戈萨队摆脱了降级区，显得很开心。所以，那一天的新闻里人物是主体，标题就是《我很烦躁》《我很郁闷》《我很幽默》《我很谨慎》《我很繁忙》和《我很开心》。

汉语词句显身手

在博大精深的汉语中，选择很多相同或相似的词、句、成语或短句做新闻标题，既省事儿又显得高端、大气、上档次。

比如，2011年3月26日，意大利队在欧洲杯预选赛上战胜斯洛文尼亚队，这是"一球小胜"；同一天，荷兰队战胜匈牙利队，他们的积分在小组中是"一骑绝尘"；而法国队连续第13次战胜卢森堡队，多年来对对手的战绩"一成不变"；西班牙队击败捷克队，哈维第100次代表国家队出战，比利亚超越劳尔，成为国家队头号射手，所以这场比赛对新科世界冠军来说是"一箭双雕"；北美冰球职业联赛上，飓风队战胜闪电队凭借的是"一鼓作气"；而世界一级方程式锦标赛墨尔本站的比赛中，维特尔夺冠是"一帆风顺"。

还可以选择"叠字"成语。例如2010年5月12日，萨芬输球输得"昏昏沉沉"，小威廉姆斯打比赛则"起起伏伏"，场地汽车赛就是"晃晃悠悠"。

另外，一些简单而生动的句式也可以作为标题，比如"我来了""我赢了""我怕了""还是那么顺""还是那么强""还是那么弱"，等等。

数据说话最明快

新闻报道中，数据最明了，也最有说服力，有些数字完全可以直接体现在标题上。比如在报道2011年3月11日的几场足球赛时，标题中引用的数据就是：拜仁慕尼黑迎来了他们联赛的"第900场胜利"，意甲罗马"结束两连败"，皇家马德里收获联赛"第11场连胜"，森林狼队"终结四连败"，热队则主场"12连胜"。此外，比赛中的很多数据也能成为标题的来源，例如，网球中多少次破发，对同一个对手多少次连胜，篮球中抢下多少篮板、砍下多少分，足球中多少次射门，田径、游泳中获胜或失利的时间差距等。

也给新闻"扣帽子"

每当很难找出新闻或人物的共性，想不出用什么作为编辑核心用语时，通常会找一个"大帽子"扣到这些事件中，给新闻一个取景框。

2010年1月31日的新闻很庞杂，有比赛，有花絮，有人物，于是选择

《赛场风景线之×××》为题将如下内容归纳在一起。这些"风景"有：拜仁慕尼黑赢球了，但赛场出现了里贝里和罗本两人抢罚任意球的情景；皇马客场迎战拉科鲁尼亚，开赛前，主场球迷用投掷大蒜的方式祈祷胜利；斯诺克比赛中，红球很不听话，像是被"施了魔法"；在中国乒乓球队队内选拔赛上，教练不满队员的表现，一气之下走上了看台等。这些都是发生在赛场上形形色色的事情，头绪多，不容易串接，所以它们统统被视作"赛场风景线"。

2009年6月3日，发生了很多有关输赢的事，例如网球选手莎拉波娃因为身体没能很好的休息导致输球，穆雷因为正手发挥太差而败下阵来，于是《诊断书》成为这一天新闻的大标题，我借用"诊断书"分析了每个选手成败的原因。

像类似"最佳""最差""最上镜""最倒霉"这样的标题应用就更广泛了，扣上这个万能的"帽子"，许多内容就好处理了。

巧用天气或节日

各种中外节假日也可以作为综合新闻的标题，如果是在元旦或春节，可以用"新的开始"为题展开；如果在"母亲节""父亲节""教师节"则以表达感激之情组织内容；如果是"妇女节"则要突出当天出彩的女运动员。

2011年1月1日有几则消息：美洲杯帆船赛落户旧金山，纳达尔新年赢球开了个好头，西蒙阿曼摘得新赛季第一个桂冠，布法罗军刀队赢得了新年首场胜利，中国越野滑雪队队员包揽了瓦萨滑雪节男女组冠军，这些事件都发生在元旦这一天，关于他们的新闻题目是《新的开始》。

有些日子与天气有关，比如2010年10月16日，是中国传统的重阳佳节，按照传统习俗，要登高望远，因为这一天通常秋高气爽、天气宜人。那天，世界体坛却发生了很多喜忧参半的事情，于是，在报道这些新闻时就拿"天气"做"关键词"，好事儿可以说"晴天"，不太好的则用"多云转阴"，更差的事用"暴风骤雨"来比喻。例如利物浦队被美国老板收购，对那段时间一直境况不佳的球队来说是好消息，就是"阴转晴"；多特蒙德队七连胜，高居积分榜首，他们一直"艳阳高照"。

"乔太守乱点鸳鸯谱""巧合"可遇不可求

在编辑2009年11月26日的新闻时，我用了电视剧《北京人在纽约》的主题歌，将每一句歌词与一条新闻信息对应，将"歌词"大意与"人物"结局串接起来。"千万里我追寻着你"——费德勒夺回了世界第一的头衔，这是他不断追寻的东西；"可是你却并不在意"——世界冠军刘子歌夺得金牌，但成绩不理想，而她曾说自己并不是每场比赛都那么在意成绩；"你不像是在我梦里"——法甲波尔多从欧冠死亡之组脱颖而出，用他们自己的话说，简直像在做梦，而事实上，这的的确确不是在梦里；"在梦里你是我的唯一"——AC米兰在欧冠的处境相对有点难，他们觉得小组出线这个目标不是唯一却胜似唯一；"一次又一次，我问自己到底爱不爱你"——纳达尔大师杯无缘4强，但他表示，自己依旧深爱着网球；"一次又一次，我问自己是否离得开你"——艾弗森想要退役，但没有透露具体细节，因为当时没有球队要他，所以他的处境有些尴尬。

应该说，这种串接的确很难找，这取决于当天的新闻内容和时间顺序，要是"赶巧"了，就会很出彩。

《新闻24小时》曾经伴随我3个多年头，我深感制作这个节目的辛苦，也同样为每次能想出一个贴切、恰当又有趣的"关键词"而兴奋，从心里享受这个"苦乐兼而有之"的创作过程。如今，我离开《体育世界》已经多年，偶尔回想起来仍然感到十分亲切，它不经意间激励我不断创新，不断探索，并在这个过程中感受新闻的快乐和魅力。

5 为伦敦奥运会"上凉菜"

　　作为媒体人，职业习惯让我同样喜欢关注同行们的动向。那些行动迅速、特点鲜明的媒体总会给我的日常报道提供各类新鲜又有趣的资讯，所以每天浏览网页就是一件幸福感十足的事。2006年都灵冬奥会期间，扫描媒体成了我的工作，我带着3个新来的年轻编辑一道从各大媒体上搜寻信息，然后编成一组既有趣又有意义的新闻，相比那些"正儿八经"的赛事消息，我们打趣地称自己为"花边小组"。有人说这个版块虽然很小、很短，却调节了新闻的节奏，增加了节目的趣味性和娱乐性，我们做起来也乐此不疲。到后来，每天都有人问：今天又有什么好玩儿的消息？

　　2012年伦敦奥运会期间，我有幸"重操旧业"，重新捡起之前做过的事情，在每天的《奥运午间报道》中负责"媒体扫描"这个版块，只是换了个新的名字叫《全球视角》，就是看看国内外媒体爆料的各种奇闻趣事，只要吸引眼球的，都可以说给大家听。

　　搜罗网站其实没什么难度，大型运动会期间，为了消息来源真实可靠，更有说服力，我一直搜寻国内外知名媒体的相关报道和各类信息，最重要的是选哪些素材，选哪些评论，怎样为我所用，这都是值得好好思考和总结的。假如把这档一小时时长的《奥运午间报道》比作一顿午餐，那《全球视角》就像一道凉菜，开胃、解腻，真是"甜""酸""苦""辣""咸"几种口味应有尽有。

正面评论

正面评论是报道运动员及团体最常见的内容。

伦敦奥运会第一天，中国选手易思玲"射落"首金，英国广播公司就说："她一直以来都对金牌情有独钟。"《每日电讯报》说："锁定首金，这一刻将被载入史册。"《印度时报》则给出一个细节，指出："在她合枪结束比赛的刹那间，巨大的欢呼声从2000余人的观众席上传来，国际奥委会主席罗格也起立鼓掌。"另一位中国选手郭文珺摘金过程竞争激烈，可谓"惊心动魄"，伦敦奥运会官网评论说："郭文珺戏剧性地赢了。"路透社在报道标题中用了"完美"一词，文中指出："凭借近乎完美的最后一枪，中国姑娘郭文珺在这场让人神经紧张的混乱决赛中成功卫冕。"

同样极富戏剧性的还有中国体操男团夺冠的历程，从资格赛第6到决赛成功逆袭，媒体的声音也来了个360度大反转。美联社曾在资格赛后感叹"中国队已不再是4年前的中国队"，但决赛后，他们话锋一转，很快写了一篇煽情的文章，开头就说："如果有一枚金牌等待争夺，绝不要怀疑中国队的实力。"

国内媒体画龙点睛的评论也很到位，陈若琳跳水10米台摘金后，新华社的标题是《请叫我"淡定姐"》，因为面对"压力山大"的奥运比赛，陈若琳的表现始终镇定自若。

除了褒奖成功者，媒体对没有取得好成绩的人和团队评论也比较中肯，比如中国男篮和刘翔。中国男篮在伦敦的战绩让人大跌眼镜，在第一场输给西班牙队后，路透社点评道："易建联是唯一给西班牙男篮造成威胁的中国球员，但凭他一己之力，是无法帮助中国男篮获胜的。"意大利媒体《走进篮球》则将视角聚焦到孙悦身上，觉得他有点让人失望，没能发挥出正常水平。

对刘翔，媒体们都表达了遗憾，中新社发表了《享受奥运 跨越生命之"栏"》，文章说，作为中国体坛的一面旗帜，刘翔已经站在了荣誉巅峰。

在难以与时间和身体抗衡的竞技场，我们没有理由再对刘翔要求太多。新华社在《八年悲喜弹指间 两届伤别徒留憾》中指出，伤病可以使刘翔无法在跑道上飞翔，却不能阻止他追求奥林匹克精神，刘翔以一种悲壮的姿态告别了奥运会，他不是失败者。

争议话题

处理争议事件的新闻比较费心思，因为相比正面报道，争议话题往往因为各种质疑而存在一些评述的难度，体现出来的也是不同媒体的不同立场，但这恰恰也是多数观众希望看到的。

天才游泳少女叶诗文夺得两金的议论自始至终就没停止过，各种质疑不绝于耳，但多数媒体还是力挺叶诗文，像美国有线电视新闻网在播报时就把叶诗文夺得第二枚金牌的报道放到了菲尔普斯之前。英国广播公司则巧妙运用了"叶诗文"的名字，解说员最后说Yeah! She wins! 这句英文"她赢了"读起来，发音就好像在读"叶诗文"的名字。国内媒体中，新华网和中新网分别刊载了题为《外国人请放心，中国人很清白》的署名文章。

陈一冰的吊环无懈可击，却只得到银牌，第二天，国外各大媒体纷纷鸣不平。英国媒体认为，陈一冰是"金牌动作拿银牌"，美联社则用《之后再无"吊环王"》来送别陈一冰的奥运绝唱。

媒体的声音一定程度给了运动员和代表团强大的支持，而对争议判罚、假球或假摔，媒体的态度要开放和尖锐得多。

自行车场地赛上，英国选手辛迪斯出发后不慎摔倒，结果比赛重新开始，英国队凭借第二次出发拿到冠军，赛后有媒体认为辛迪斯是假摔，他就是要重新出发以获得更好的位置，他是利用了规则。但也有媒体觉得只不过是一个偶然事件而已。对此，路透社指出："规则摆在那里，参与比赛并力争获得好成绩的运动员自然会去利用。那'合理'利用规则究竟算不算违背奥林匹克精神呢？这的确是个值得思考的问题。"可能很多人认为辛迪斯的确是在利用规则，但又没有确凿证据，因为他确实摔倒了，那怎么界定是不是假摔？这或许可以借鉴田径百米出发的规则，即抢跑一次就被罚下，看谁还敢不小心。

如果说辛迪斯摔倒"情有可原"，那羽毛球女双比赛中韩那场假球就表演得太拙劣，最终双方都被世界羽联取消了资格。赛后，法新社指出，当她们在场上故意发球下网或者回球出界时，他们没能竭尽全力去赢得胜利，这有违体育精神。美联社引用了曾担任过世界羽联主席的克雷格·雷迪的话，他表示："体育就是竞争。如果你失去了求胜心，那这一切都没有意义。"新华社连续刊发文章，指出中国羽毛球队为了算计金牌，置奥林匹克精神和公平竞争的体育道德于不顾，输球又输人，丢人丢到家！人民网也指出，中国是世界羽毛球整体实力最强的国家，应该以更大利益为重，为世界羽毛球运动健康发展作出贡献。各大媒体对于违背奥林匹克精神不能容忍，态度明确坚决，评论犀利尖锐。虽然考虑到那天的具体情况，关于羽毛球的这些内容没有播出去，可单纯读这些评论，还是觉得非常在理。

赛场内外

总有赛场内外很多事情是摄像机难以捕捉到的，但一些媒体是怎么知道的呢？他们怎么拥有那么多"闲工夫"去调查收集呢？比如有的媒体竟然总结出许多开幕式上的中国元素，有媒体爆料，引领意大利代表团出场的是一位中国姑娘，叫张晨，来自杭州。开幕式上使用的烟花，有3/4出自湖南一家工厂。还有美国、克罗地亚、伊朗和新西兰等代表团和火炬手所穿的运动服都来自中国企业。

竞技场上，更有媒体"闲得"专门观察意外事件。选手在赛场受伤原本是家常便饭，但女子手球赛场上的一次"受伤"，就让人哭笑不得。巴西环球网发布了一则消息：克罗地亚手球队员蒂加娜·约维蒂奇在一次对抗中，将安哥拉选手卡罗莱娜的一缕头发拽掉，事发后，约维蒂奇竟然还非常淡定地把这缕头发在手里攥了一会儿，然后找机会扔到了比赛场边。天知道，那位安哥拉选手得有多疼啊！

对中国游泳名将孙杨和老对手、韩国的朴泰桓之间的竞争，在不少媒体纷纷猜测两人的关系可能很紧张时，韩国媒体却另辟蹊径，发了几张很温馨的照片。在男子200米自由泳颁奖仪式上，当朴泰桓走到领奖台边时，孙杨似乎向他说了什么，朴泰桓笑了起来，随后孙杨向先登上第二名领奖台的朴泰桓致以尊敬的掌声，两人握手，呈现出很友爱的一幕。我很羡慕这些媒体能有如此"闲工夫"去专门报道赛场内外的细节花絮，会有人不喜欢吗？应该没有吧。

名人逸事

我还极其佩服另一些媒体，竟然能跟踪各路大腕儿，拼命挖掘新鲜猛料，让很多"迷弟迷妹们"看着羡慕嫉妒恨，眼馋得很。

篮球巨星科比被万人追捧，不过伦敦之行他也有想追逐的人。据美联社报道，科比非常想见到哈利·波特系列小说的作者罗琳，他说："我是超级哈利·波特迷，也是罗琳的书迷，她的每一本书我都读过，非常喜欢。"美联社还透露，菲尔普斯在住进奥运村之后，大赞奥运村伙食"超级好"，是自己参加的4届奥运会中吃得最好的一次。马来西亚媒体报道过一个叫诺苏雅妮的射击运动员，她成了奥运会历史上怀孕天数最多的人。不过她坦言，怀孕让自己体重增大，增加了比赛稳定性。不过马来西亚代表团也做好了一切必要的准备，以应对诺苏雅妮万一在奥运会期间生下宝宝。

名人逸事点击率绝对超高，只要有故事，都可以搜索来为节目添彩，这些小故事既能增加新闻深度，也能给观众带去快乐。

鲜为人知

"鲜为人知"未必是名人的事，也可能是人们并不熟悉的人和事，但我们有必要把这些有意思的小故事说给大家听。

俗话说："打虎亲兄弟，上阵父子兵。"但也有父子是对手的。美国国家广播公司报道说，一对阿根廷父子在奥运会男排揭幕战上成了对手，儿子尼克劳斯是阿根廷国家队队员，父亲乔恩·乌里亚特是澳大利亚队的主教练。2011年5月，老爸率领澳大利亚队获得奥运会席位，场上相遇，对这爷俩儿来说也许真是幸福的烦恼。许多官网还列举了更多例子，比如澳大利亚一对射击运动员是父女兵，日本体操运动员是三兄妹等。

中国花游姑娘们在集体项目中创造了历史，其中，担任高难度空翻动作的队员叫常思，很多人都不熟悉她，但有谁知道她的爷爷是相声泰斗常宝华？

英国《天空体育》挖掘了不少奥运背后的故事，他们的记者在伦敦采访了一个名叫瓦西里的小偷，当被问到他对奥运会的期望时，瓦西里说奥运会就像是一份圣诞节礼物，他甚至有信心让自己收入翻番。看来人们在奥运会期间绝不可放松警惕啊。此外，英国媒体还报道说很多场馆闹狐狸，狐狸跑上看台，甚至跑上领奖台，可以想象它们在场馆里"上蹿下跳"的场景，那该是一副多么生动而和谐的画面啊！

风土人情

大型比赛举办地的风土人情也是媒体争相报道的重点，它趣味性强，关注热度也不低。英国《每日邮报》就报道了关于飞蛾干扰奥运会的事。文章说，由于伦敦天气持续湿冷，导致一些喜欢蛀蚀衣服的飞蛾滋生，所以运动员们的衣服都有可能被飞蛾啃食。防蛾专家指出，这些飞蛾什么都吃，贴身衣物无一幸免，甚至还播放了沙滩排球女将的比基尼被飞蛾津津有味吃掉的画面。此外，还有一位美国选手因为没把阳台门关好，导致整晚睡不好，因为他一直在不停驱赶蛾子。

"吃"向来是奥运会大家最关注的话题之一，说起英国餐饮，网友经常调侃道：英国最好吃的3样东西：炸鱼、炸薯条、炸鱼配炸薯条。《每日电讯报》曾在奥运会开始时单独谈到吃的话题，文中说，伦敦奥运会专门开辟了"英国美食区"，菜名精雕细琢，每样都要加上英国地名做前缀，主办方诚恳地表示，想要借助奥运会，为向来被人讥讽"磕碜"的英伦美食博个好名声。不过中国新闻网指出，从官方提供的价目表来看，真令人咋舌，一份普通英式肉饼配土豆泥售价8英镑（当时折合约80元人民币），而一瓶同样的啤酒，"奥运价格"是超市的4倍。

只要有比赛，就少不了当地风土人情，这样的奥运会看着才爽。

最初，我感觉《全球视角》就是整个新闻节目的点缀，相当于餐桌上的凉菜，好像任务就是逗大家开心一笑，但随着比赛的深入，越来越多的人关注它，关注我们提过的选手，关注场内外发生过的一切。此外，这个版块也在一定程度上体现了"人文关怀"。作为新闻报道，我们既要让观众知道赛事消息，谁拿了金牌？谁得了第几名？也要通过搜索一切场内外新闻来展现运动员们多姿多彩的一面，展现一种更为宽泛的体育概念，更重要的是要听到国内外各种媒体的声音，看他们怎么评价运动员，怎么看待奥运会，怎么看待争议。

这道各大媒体评论集萃的"凉菜"，不富贵华丽，却清爽有味，可能没有它，还会觉得油腻呢。作为编导，我们更需要发现这些独树一帜的点评，它们给新闻增添了味道，给观众带来了乐趣，还丰富了自己的编辑头脑，这才是品味这道"凉菜"的最终享受吧。

Chapter 8

与体育相伴

1 IL DIVO和他们的北京之夜

第八章

在我还没有爱上足球时，就非常喜欢摇滚风格的歌曲《意大利之夏》，直到现在我都认为那是最好的世界杯足球赛会歌。在我还不太熟悉奥林匹克运动时，就超级迷恋1988年汉城奥运会的主题歌《手拉手》，我觉得之后所有的奥运会会歌都没有它让我心动。对将体育和音乐视作人生两大顶级爱好的我来说，当体育与音乐相融，都让我心中溢满幸福感和满足感。

而所有大型体育赛事的主题音乐中，2006年德国世界杯那首Time of Our Lives（《生命之巅》）带给我截然不同的感受，因为我喜欢上了那个演唱组合——IL DIVO，中文曾翻译成"美声绅士"。这是由英国音乐顾问西蒙·考威尔打造出来的音乐组合，比起西蒙另一个杰作"西城男孩"，将古典与流行融为一体的"美声绅士"同样在全球拥有广泛的受众，还被誉为"最成功跨界团体"。4名风格各异的年轻歌唱家兼备超强的唱功和超高的颜值：拥有歌剧演唱硕士学位的美国男高音戴维·米勒，演唱过音乐剧《小王子》的法国声乐天才塞巴斯蒂安·伊萨巴德，清唱剧演出经验丰富的瑞士帅哥厄斯·布勒，曾与著名女高音歌唱家卡芭耶同台的西班牙著名男中音卡洛斯·马林。那届世界杯后，我找到他们已经发行的专辑以及所有能搜到的现场演唱会视频，并幻想有朝一日可以亲临现场，近距离欣赏他们的表演。

2012年，这个愿望终于实现了。在北京一个飘着雪花的寒冷的一天，五棵松万事达中心，"美声绅士"开唱了。如我所料，这座2008年北京奥运会时的篮球馆并没坐满，毕竟比起很多流行乐队，"美声绅士"的知名度要小很多。这个兼顾美声与流行的组合刚刚出版发行了他们的新专辑Wicked Game，而这一轮世界巡演的目的就是推出新歌。

晚上8点整，灯光逐渐暗下，乐队悄悄出场，我屏住呼吸，满心期待。当法国人塞巴斯蒂安唱出第一声，我兴奋之余竟然有点恍惚，一度怀疑这一切是不是真的。

两首新歌过后，4位歌唱家走到台前，向现场观众致敬，除了打招呼和来点搞怪的，他们还分别秀了秀临时抱佛脚学来的中文。这种没有主持人，任由演员自由发挥的感觉很新颖，但不知有多少人真正能读懂、能体会到他们一如既往的风趣、幽默、体贴及背后付出的辛劳呢？

音乐再次想起，是我非常喜欢的Adagio（《柔板》），这首意大利著名作曲家阿尔比诺尼的名曲曾被演绎成许多不同的版本。在2010年温哥华冬奥会上，申雪、赵宏博就是在这首音乐的伴奏下，夺得了那届花样滑冰双人滑的冠军。阿尔比诺尼与维瓦尔第是同时代的人，但由于珍藏他作品的德国德累斯顿国立图书馆在二战中遭到严重破坏，因此人们对阿尔比诺尼18世纪20年代中期后的生平知之不多。

"美声绅士"翻唱过很多耳熟能详的歌曲，这张新专辑中我最期待的就是美国电影《保镖》中的主题歌I Will Always Love You。这首歌的原唱惠特尼·休斯顿有过很多成名曲，其中之一One Moment In Time还是1988年汉城奥运会美国队的队歌，包括网球名将小威廉姆斯在内的很多运动员都因为受到这首歌的鼓舞才走上了职业体育之路。

西班牙语是"美声绅士"演唱主要使用的语言，包括他们与托尼·布莱斯顿合作的德国世界杯主题歌Time of Our Lives（《生命之巅》），这首歌既有古典的气质，又飘逸唯美。布莱斯顿的低沉浑厚加上"美声绅士"的浪漫温情，让这首歌显得大气、雄壮，和以往以激情狂欢为主题的体育赛事主题歌截然不同。其实，我很期待能在北京之夜现场听到这首歌，看着眼前既恍惚又真实的演唱者，听着熟悉或不熟悉的美妙歌声，任万千思绪从近到远，由远及近，享受这个难忘的夜晚。

"美声绅士"曾在几年前一次采访中透露，由于4个人来自不同的国家，他们一起看体育比赛时难免会产生争执，但接下来还要一起演唱，所以这就是他们工作中的消遣和插曲。谈到2010年南非世界杯冠军西班牙队时，来自西班牙的男中音卡洛斯·马林表现得很骄傲又很顽皮。而在每次演唱会上，他也是开心果一枚，总不忘向女歌迷们来个特别的招呼，问大家有谁需要被单独辅导西班牙语，或在演唱一首萨尔萨风格的歌曲时卖个关子："下面这首要看谁舞跳得最好！"

卡洛斯是"美声绅士"中最活跃、最爱出风头的。而说到演唱，我最喜欢的是美国人戴维·米勒，作为欧柏林音乐学院的硕士生，世界各大剧院男主角的热门人选，《茶花女》《弄臣》《艺术家生涯》这些经典剧目的男一号，他一登场就给人一种玉树临风的感觉，在"美声绅士"里，他个头最高，声音最高，人气也很高，在舞台上有时还会客串"主持人"的角色。

在演唱了近20首新老歌曲之后，米勒走上前说："It's time to say good night."像所有演出的程序一样，歌手和指挥先退场，然后再返场。前奏一响，告别的时刻到了——It Is Time to Say Goodbye。对我而言，它不仅是一段音乐，更是纪念一次大赛和一段体育往事的标记，我刻骨铭心的2000年欧洲杯MV就是以这首歌曲作为背景的，所以每次听到它，都会让我回忆起那届足球盛宴的精彩纷呈和波澜壮阔。此时，也同样到了告别的时刻，背景大屏幕上飞花缤纷，中间的"IL DIVO"清晰又伤感。

在那之后，我对"美声绅士"的热爱和关注与日俱增，也期待能再次现场听到他们的演唱。然而2021年12月，卡洛斯·马林因感染新冠在英国去世，享年53岁。在入院的前一天，他还在舞台上演出。这一年，"美声绅士"精挑细选了10首经典歌曲，推出新的专辑《生命中的瞬间》，而随着卡洛斯的离世，这也成了他们完整组合体的最后一张专辑。

怀念是对逝者最好的纪念，美国作家大卫·伊格曼在《生命的清单》里说过："当这个世界上最后一个记得你的人把你忘记，于是你就真正地死去……"从这个意义上说，只要卡洛斯的天籁之音长久留在喜欢他的人们的记忆中，他就永远不会离去。

我因为体育和"美声绅士"偶然"结缘"，也因为体育听到了更多好听的会歌和队歌。这些歌曲是音乐海洋中特别的浪花，也是体育世界里独具特色的"标识"，每当音乐响起，优美的旋律总会伴随着或激烈、或焦灼的比赛场景，让人经久难忘，成为抹不去的记忆。

2 体育都在 谢谢有你

我家窗外有一排高高的法桐，初春乍暖还寒，一对喜鹊夫妇衔来树枝开始搭窝。那段时间，阳台被我打造成健身房，我眼见它们的"新家"从无到有，从小到大。2020年的春天与往年没什么两样，只是大街小巷空空荡荡，而我们也毫无准备地成为这段特殊历史的见证者。

进入3月，新冠疫情蔓延全球，确诊人数呈几何级数增长，处于重灾区的意甲、西甲相继停摆，随后是德甲暂停，法甲直接被腰斩，宣布本赛季就此结束，被降级的球队扬言要上诉。随后英超也宣布停赛，那时候已经有包括阿森纳队主帅阿尔特塔、莱斯特城主帅罗杰斯、切尔西前锋亚伯拉罕在内的多名球员和教练确诊感染。比赛暂缓恐怕只有当时热刺队的主教练穆里尼奥"心中窃喜"，因为在此之前，凯恩、孙兴慜和小卢卡斯等相继受伤，热刺队到了锋线几乎无人可用的境地。

此时的体育迷们不禁猜想，2020这个体育大年将如何运转？不出所料，欧洲杯和奥运年相继宣布推迟一年举行，虽极不情愿，但迫不得已。对观众而言，竞技体育带来的快乐会延迟，但对运动员，特别是众多老将，这意味着他们又要在和年龄、身体的对抗中咬牙坚持一年。国际奥委会主席巴赫说："奥运会只是推迟，希望奥林匹克的梦想始终像黑暗里的一束光，照亮所有人前行的方向。"

在时代大潮的助推下，我一向紧张快捷的工作节奏也暂缓下来。自从成为一名体育媒体人，我的作息就适应着节目变化，没有周末，也没有节假日。2020年春节后，我迎来参加工作以来连续休息时间最长的一段日子，我似乎又重回学生时代的寒暑假：看书、学习、听课程、观摩心仪的影视综艺、做饭、健身、练琴和陪爸妈。这期间，我还过了几天被隔离的生活，真正体验足不出户的感觉。很多这辈子都难经历的事情让我极不情愿却很开眼界，我清理社交媒体和朋友圈，却和一些之前并不熟悉的人成了朋友，在出行频率被降到最低时腾空大脑并思考一些事情，我彻彻底底把家里打扫了一遍，筛选真正值得留存、简约又简单、最适合我的东西。

盛夏时节，随着国内防控形势的好转，中超联赛和CBA陆续开始启动。得知这一消息时，向来不怎么关注国内联赛的我竟然都有些迫不及待了，莫非是报复性消费心理在作祟？同事们重新开始被安排出差，只不过他们的任务都比以往更艰巨，除了报道比赛，他们要跟运动员一样被严格限制行程，还要满足各种防控要求。当然这一切都是为了联赛更健康、更平稳、更安全地进行。

几乎与此同时，我的工作重心也发生了变化，我被抽调去做短视频。从大屏到小屏，从电视到网络，我这个老阿姨要向年轻人一样学习抖音、快手，琢磨如何做出爆款短视频，以博得可观的点击量。几个月下来，我一直在摸索、研究和实践中，很多新事物就这样突然降临，所以探寻永无止境。

2020年的最大感受就是意外来得特别快，应了那句被人们用烂了的话——明天和意外，永远不知道哪个先到来。也有人把突如其来的意外比作"生活那一锤"，无论或轻或重，但生活的锤下无人幸免。如果命运要捉弄你，那可真是没辙。当生活落下那一锤时，还能继续前行的人们，都是强者中的强人。

疫情之下，尽管形势不容乐观，确诊数字仍在持续攀升，但体育在允许的范围内没有停摆，只是看台上没了往日喧闹的助威呐喊声。提前锁定车手总冠军的汉密尔顿追平了"车王"舒马赫保持的纪录，而老车王的儿子米克·舒马赫则如愿追随父亲的脚步加盟了F1车队。推迟的网球大满贯既有老将称霸，又有新人加冕，纷繁复杂的争夺让球迷们更加期待来年。居家独自训练大半年的田径运动员们不断打破世界纪录，20岁瑞典小将杜普兰蒂斯将乌克兰名将布勃卡保持了26年的撑竿跳纪录甩在身后，进军东京奥运会成了很多人最现实的目标。在欧洲足球联赛恢复后，利物浦队好事多磨，拿到俱乐部历史上首座英超联赛的冠军奖杯；拜仁慕尼黑一骑绝尘，成为"魔幻之年"的欧洲盟主；拜仁队的莱万多夫斯基在2019—2020赛季为球队打进112个球，数据"恐怖"，光鲜耀眼；法国国脚姆巴佩带领巴黎圣日耳曼队首次进入欧冠决赛；30多岁的C罗和梅西依然不输年轻人，不知疲倦地追逐梦想……只是金球奖被宣布因为情况特殊而取消，引发了众多圈内圈外人士和球迷们的不解，人们的理由是，在这个特殊年份，足球人依然执着贡献着自己的青春和力量，他们理应得到更高的荣誉和褒奖。

这一年，体育界也被"带"走了很多人，"黑曼巴"科比、"球王"马拉多纳、"金童"罗西、前NBA总裁大卫·斯特恩、英国名宿杰克·查尔顿、法国名帅霍利尔、国足前主帅高丰文、功勋游泳教练徐国义、体操教练陆善珍……作为曾经给体育迷带来过无限快乐和幸福的人，愿他们在天堂依然能过得好。

体育以其不大不小的视角，撕开了2020年如此残酷和魔幻的现实。《人物》杂志在一篇名为《柏林爱乐的孤独夜晚》的文章中这样描述："等到明天醒来，无论世界又将变成什么样子，柏林爱乐一定还会演出。它可能以不一样的方式出现，演奏不一样的曲目，沿袭不一样的礼节，但它一定会出现，在历史的任何一个夜晚，音乐都在。"同样我看到，无论天地如何变幻，在任何一天，体育人都会向世界传递这样的信号——体育都在，而且超越极限和追求卓越的目标从未改变!

秋去冬来,那棵高高的法桐树的树叶渐渐掉光,喜鹊夫妇的窝再度清晰可见。这一年就这样过去了,生活轨迹一直安稳的我几次由衷感慨,对比无数人天上地下的经历,我发自内心感到庆幸和知足。身为体育迷,我也很想说一句:谢谢有你!

后记

在为这部拙著做小结时，我刚结束北京冬奥会的报道，处在第3次隔离中。从东京奥运会到北京冬奥会，还有中间的冬奥会火种采集，我视"隔离"为出差的后续，这也是疫情改变世界后，带给每个人的独特体验。

第一次隔离是2021年8月，结束东京奥运会报道的我们一行分几批回国，散落在深圳、大连、西安、杭州、上海等不同城市。北京冬奥会火种采集是从北京出发，再回到北京，这两次行动牵扯出入境，所以每次都少不了在机场的流调、医学排查和核酸检测。

入住酒店的流程大致相似，全副武装的医务人员先给行李消几遍毒，所有人领取表格，办理入住，然后进入各自的房间。同行的伙伴们会在楼道里拍照合影，为了未来可能21天见不着面留个念想。我会迅速收拾房间，把这里倒腾成临时的小家，然后安心度过隔离的日子。每天早睡觉、自然醒、三餐按点取饭、按时上报体温、按要求进行检测核酸，足不出户的日子里，我看书、写字、画画、健身、吹口琴、看影视剧和纪录片……生活似乎从没有像这样规律过。

巧的是，这三次隔离，我随身带的都是作家刘墉的书。我喜欢他用自己亲历的事实，深入浅出又妙趣横生地讲出各种人生道理和处世哲理，喜欢他把生活琐事都当成乐趣一样珍藏，历经起伏后又云淡风轻般谈笑风生。我看书的时间大多临近中午，这时阳光照进房间，搬把凳子坐在窗前，全身心都被温暖紧紧包裹着。

隔离中间，我看了以曼联队前主帅弗格森为主角的纪录片《永不屈服》；记录2004年11月"奥本山宫殿球馆斗殴事件"的Malice at the Palace；展现"闪电"博尔特超凡个性的《我是博尔特》；让无数车迷唏嘘的《车王舒马赫》；引领很多人走上单板滑雪这条道路的Dear Rider以及张艺谋两次执导奥运会开幕式的纪录片《张艺谋的2008》和《盛宴》。不知是不是因为刚刚现场观摩了北京冬奥会的开闭幕式，我对张艺谋的采访格外有感触。执导完2008年夏奥会开幕式，当年57岁的张艺谋说过："你一辈子可能会导很多部电影，但奥运会开幕式只有一次。"当然，那时没人能想到他会有第二次。导完2022年冬奥会开幕式，71岁的他说："中国人的家国情怀是特别浓厚的，如果没有国家的强大，我们不可能在这么短的时间里申办两次奥运会，也不可能有我所谓的'双奥导演'，这是我的幸运。"的确，"见证双奥"的我们都是幸运的，回想两届奥运会的前前后后和日日夜夜，不禁让人心潮涌动、感慨万千。

不少朋友问我，这段日子难不难熬？三次隔离中，陪伴我的其实很多。我有时候站在窗前，看白云蓝天，听轻风细雨，还有蝴蝶、蜻蜓和小鸟落在树上，再听听马路上的车流滚滚，偶尔也会心算回家倒计时的天数。结束冬奥会火种采集后的那次隔离中，北京迎来了初冬的第一场雪，所有人都隔着玻璃，感受"燕山雪花大如席，片片吹落轩辕台"的意境。同行的小伙伴们还通过很多方式交流学习，嘘寒问暖，相互克服弱点，排忧解难，有的培养和学习折纸、练字等兴趣和技能，有的创造条件，坚持不懈健身运动，有的迎来了恐怕人生中最特殊的生日……

这期间，我见到次数最多的就是防疫人员。比起我们，疫情暴发以来，他们的经历更复杂，付出更多，也承受着更大的压力，待我们离开，还有周而复始的任务在等待着他们。

在我静心隔离的日子里,窗外的世界并不太平,很多争端发生在各个角落,很多地方还在擦枪走火,很多人或逃离或奔波。东京奥运会后,美国从阿富汗撤军;北京冬奥会刚落幕,俄乌冲突爆发。可就在冬奥会期间,"俄罗斯和乌克兰运动员在赛场上拥抱"的场景还被人们津津乐道。我想,这应该是体育带来的幸福和美好,而站在这个时间点,面对瞬息万变的世界,体育又该怎样为地球上的人们贡献更多的团结与和平呢?

结束隔离临回家前,我把房间收拾成刚搬进来的样子,甚至更加干净整洁。不知下一位入住的会是谁,又会经历什么样的故事,此时,脑子里突然浮现出电视剧《士兵突击》里许三多离开钢七连的情景,心中竟然多了几分不舍。回家途中,看着窗外飞速而过的风景,几句歌词非常符合我当时的心情:"阵阵晚风吹动着松涛,吹响这风铃声如天籁,站在这城市的寂静处,让一切喧嚣走远……"

深圳和北京的隔离酒店给了我难忘而特殊的独处时光,让我静心休养,潜心思考,回顾过往,也畅想将来。生活啊,有多少突如其来的意外在等待我们去面对、去体会,又有多少未知的世界亟待解锁?人生如逆旅,我亦是行人,生命这场修行漫无止境。而疫情,改变了世界,也改变了所有人习以为常的生活和工作模式,在这样的大环境下,隔离中这份平静来得让人无法抗拒,又来之不易。生活永远不可能像想象的那么好,也不可能那么糟,它所有的馈赠都是一生中弥足珍贵的财富。

图书在版编目（**CIP**）数据

天地一沙鸥 ：一个体育新闻编导的随笔 ／ 张婷婷著
. － 北京 ：中国广播影视出版社，2023.8（2024.4重印）
ISBN 978－7－5043－9041－7

Ⅰ．①天… Ⅱ．①张… Ⅲ．①随笔－作品集－中国－
当代 Ⅳ．①I267.1

中国国家版本馆CIP数据核字（2023）第104287号

天地一沙鸥——一个体育新闻编导的随笔

张婷婷　著

责任编辑	王　萱	
封面设计	智达设计	
版式设计	水京方设计	
责任校对	张　哲	

出版发行　中国广播影视出版社
电　　话　010-86093580　010-86093583
社　　址　北京市西城区真武庙二条9号
邮　　编　100045
网　　址　www.crtp.com.cn
电子信箱　crtp8@sina.com

经　　销　全国各地新华书店
印　　刷　永清县晔盛亚胶印有限公司

开　　本　710毫米×1000毫米　1/16
字　　数　240（千）字
彩　　插　4面
印　　张　17
版　　次　2023年8月第1版　2024年4月第2次印刷

书　　号　ISBN 978-7-5043-9041-7
定　　价　58.00元

图书在版编目（CIP）数据

. —北京：中国广播影视出版社，2023.8（2024.4重印）
ISBN 978-7-5043-9041-7

Ⅰ.①天… Ⅱ.①张… Ⅲ.①随笔—作品集—中国—
当代 Ⅳ.①I267.1

中国国家版本馆CIP数据核字（2023）第104287号

出版发行　中国广播影视出版社
电　　话　010-86093580 010-86093583
社　　址　北京市西城区真武庙二条9号
邮　　编　100045
网　　址　www.crtp.com.cn
电子信箱　crtp8@sina.com

经　　销　全国各地新华书店

开　　本　710毫米×1000毫米　1/16
印　　张　17
版　　次　2023年8月第1版　2024年4月第2次印刷
书　　号　ISBN 978-7-5043-9041-7
定　　价　58.00元